Wer sucht, der findet

AF195599

Der Roman spielt in Irland, in der Grafschaft Kerry auf Valentia Island

Alle Personen und Ereignisse in diesem Roman sind frei erfunden. Wie auch nicht alle beschriebenen Orte oder Einrichtungen so aussehen oder anzutreffen sind.

Tatjana Botzat

Wer sucht, der findet

Kriminalroman

*Bibliografische Information der Deutschen National-
bibliothek:
Die Deutsche Nationalbibliothek verzeichnet diese
Publikation in der Deutschen Nationalbibliografie;
detaillierte bibliografische Daten sind im Internet
über http://dnb.dnb.de abrufbar.*

© *2016 Tatjana Botzat*

Umschlagfoto: Helmut Landgraf, Valentia Lighthouse

*Herstellung und Verlag: BoD – Books on Demand,
Norderstedt*

ISBN: 978-3-7412-6586-0

Wer sucht, der findet

Der Wagen hielt am linken Straßenrand. Die Frau deutete auf den auf der Karte markierten Kreis. „Hier", sagte sie. Der Fahrer nickte. Vorsichtig bogen sie in die mit Schlaglöchern übersäte Straße ein. Er fuhr langsam und wich geschickt den knöcheltiefen Löchern aus, während sie nach beiden Seiten Ausschau hielt.

„Das Kreuz mit der Heiligen Quelle ist dort drüben." Sie zeigte mit der Hand nach rechts hinüber auf eine am Horizont kaum auszumachende Erhebung.

Der Mann schüttelte den Kopf. „Das ist aber nah an den Häusern. Merkwürdig. Obwohl, vielleicht gab es die damals nicht. Zeig mir noch einmal die Karte." Er hielt an.

Sie reichte ihm den Plan hinüber. „Bitte. Sieht aber danach aus, als ob es genau dort ist."

„Okay. Aber dann müssen wir am Ende der Straße anhalten und zu Fuß weitergehen."

„Und wie willst du die ganzen Sachen dort hinbringen? Wir können nicht die Taschen einzeln hinschleppen, das sieht doch komisch aus."

Er überlegte kurz. „Wir fahren näher heran und sehen uns erst mal um. Was hältst du davon, heute nur einfach herumzulaufen und morgen dann richtig anzufangen? Ist unauffälliger. Einen Vorteil haben wir: wir sind die Ersten! Und gefolgt ist uns niemand, darauf habe ich geachtet."

Sie lachte und strich sich über die kurzen blonden Haare. „Heute ein erster Blick, morgen dann mit dem ganzen Zeug. Wer sucht, der findet."

„Gut. Jetzt erst einmal ins nächste Kaff. Ein Bett und ein Bier."

„Einverstanden. Hast du übrigens an Gummistiefel gedacht?"

1.

Er musste niesen. Erschrocken hielt er inne. Als sich nichts rührte, ließ er die Haustür vorsichtig ins Schloss fallen. Er horchte wieder. Nicht ein Laut war zu hören. Unzufrieden fuhr er sich über die kurzen grauen Haare, überlegte einen Moment, ob er den Wagen so laut starten sollte, dass sie aufwachte, verwarf die Idee und öffnete die Heckklappe.

Ein schaler Geruch nach kaltem Zigarettenrauch schlug ihm entgegen und erinnerte ihn unbarmherzig an die vergangene Nacht. Er unterdrückte ein Aufstoßen, aus dem hätte mehr werden können, und verzog angeekelt das Gesicht. Obwohl er (wenn er ehrlich gegenüber sich selbst war) zugeben musste, dass der Abend nett begonnen hatte: er war mit offenen Armen aufgenommen worden, und das war ihm letzthin nur noch selten passiert. Blindlings griff er nach den neben der Haustür stehenden Gummistiefeln, warf sie ins Auto und versuchte sich zu erinnern, wo er die Angelsachen zuletzt gesehen hatte.

Es waren Schwaben gewesen. Schwäbische Angler, verbesserte er sich. Erkennbar an karierten Flanellhemden, grünen Armeehosen und absolut regenfest aussehenden Wetterhüten. - Hinten am Anbau! Da hatte Andi sie vergangene Woche nach ihrer letzten Tour hingestellt.

Angefangen hatte es wohl mit den Erzählungen über die Makrelen, die es auf der Insel zu angeln gab. Vielleicht hätte er besser nicht von Hunderten sprechen sollen. Eigentlich entsprach es ganz und gar nicht seiner Art, sich einer solchen Runde anzuschließen, geschweige denn mit der Anzahl oder Größe der Fische anzugeben, die er in seinem Leben gefangen hatte. Das hatte er nicht nötig. Vor ein paar Jahren war er ganz wild aufs Fischen gewesen. Jetzt ging er nur mit Andi. Ab und zu.

Hastig nahm er Rute, Tasche und Eimer auf, überzeugte sich, dass genügend Ersatzfedern und Gewichte bereitlagen, warf alles den Stiefeln hinterher und schloss energisch die Autotür. Egal, hatte er sich eben lächerlich gemacht. Nichts im Vergleich zu der idiotischen Idee, sich so früh zum Fischen auf Culloo zu treffen. Es war nun einmal geschehen, *so what.*

Er streckte den Rücken, zog die Kappe aus der Jackentasche und hob den Kopf. Zum ersten Mal blickte er sich bewusst um: es war herzlich wenig zu sehen. Ein paar schwärzliche Schatten im Hintergrund deuteten das hintere Gebäude an, die Wiese selbst verlor sich in deprimierendem Nebelgrau. Dazu wehte überraschenderweise ein recht frischer Nordwest, der im Moment noch den feinen Nieselregen in lang gezogenen Schwaden vor sich hertrieb. Im Laufe des Vormittags würde er sicherlich die tief hängende Trübe vertreiben. Das Wetter bot keine Entschuldigung, stellte er bedauernd fest.

Widerwillig schob sich der Wagen, heftig schaukelnd, den Hügel hinauf. Er gähnte. Wenn er nicht diesen idiotischen Streit mit Marion gehabt hätte, dann wäre er nicht in den Pub gegangen. Dann hätte er nicht diese Idioten kennen gelernt, nicht soviel Unsinn verzapft, sich weder betrunken, noch sich auf diese blödsinnige Wette eingelassen und säße jetzt nicht zu dieser gottverdammt frühen Zeit in dem kalten, stinkenden Auto. Hätte, hätte, wäre. Er verzog den Mund.

Mein Gott, ein Streit; obwohl, den gab es in der letzten Zeit häufiger. Entweder um Andi, das Geld oder um ihren Wunsch, wieder zu arbeiten. Oder eben

- um alles. Um ihr Leben, sagte sie, und er nehme sie nicht ernst. Sie brauchte nicht wieder zu arbeiten, seinetwegen nicht. Er verdiente gut, sie hatten alles – ein Haus, zwei Autos, ein Segelboot - sogar das Ferienhaus hier auf der Insel. Natürlich nahm er sie ernst: war sie zuerst nicht begeistert gewesen, dass sie nicht mehr ins Büro musste? Was hatte sich geändert? Er schnaubte durch die Nase.

Das Gatter zur Straße zwang ihn zu einem plötzlichen Halt - er sollte sich mehr konzentrieren, sonst würde am Ende nichts aus seinem Ausflug. Er stieg aus, zog das Tor auf, fuhr den Wagen auf die Straße hinaus, besann sich, machte pflichtbewusst die Warnblinkanlage an, stieg wieder aus und schob den Riegel vor. Der Esel liebte lange Ausflüge die Straße entlang.

Er fuhr, sich sorgsam an den linken Straßenrand haltend, wenig mehr als Schritttempo, da die Straße seine gesamte Aufmerksamkeit erforderte. Schmal und unübersichtlich, von Hecken und Mauern begrenzt, wand sie sich in vielen unvermittelten Kurven einmal um die ganze Insel. Trotzdem hätte er den Abzweig nach Culloo fast verpasst. Er bog ab und fluchte. Jedes Mal! Der Wagen holperte, jedes Loch voll auskostend, den von Wind und Regen ausgewaschenen Weg entlang. Jetzt, in der Vagheit des nebligen Morgens und in seiner vernebelten Wahrnehmung erschien ihm die Landschaft fast bedrohlich: das Moor war eine nasse Leere, unterbrochen von einigen stehen gebliebenen Mauerresten am Wegesrand, die kundtaten, dass es hier einmal menschliche Behausungen gegeben hatte. Selbst die Felsen von Culloo, die sich bei klarem Wetter gut sichtbar gegen den Horizont abhoben, konnte er in dem verwaschenen Grau nicht ausmachen. Auch wenn der Wind weiter aufgefrischt hatte.

Als er das Wagenfenster einen Spalt weit öffnete, bekam er einen Schwall feuchtkalter frischer Luft ins Gesicht, der ihn aufschrecken ließ. Schon wieder! Diesmal war es eine einfache Eisenstange, die von einem Steinpfosten zum anderen den Weg versperrte. Und keine Kuh weit und breit zu sehen. Er schüttelte den Kopf, knirschte leise mit den Zähnen und stieg aus dem Wagen. Er schob die Stange aus ihrer Halterung, fuhr den Wagen durch und legte die Stange wieder an ihren Platz zurück. Was die sich wegen ihrer paar Viecher alles einfallen ließen. Einfallen lassen mussten, verbesserte er sich. Clever waren sie, wenn er da nur an Will dachte. Arbeitete sich nicht tot, hatte trotzdem sein Auskommen.

Obwohl, die Zeiten änderten sich. Dieses Formular, das Will ihm gezeigt hatte, hatte er trotz seiner guten Sprachkenntnisse nicht verstanden. Europa. Er kannte sich eigentlich aus. Aber Agrarsubventionen?

Nächste Woche galt es, dann waren alle Unterschriften zusammen, alle Anträge durch und abgesegnet. Dann konnte er loslegen. Er klopfte sich innerlich auf die Schulter und lächelte zufrieden in sich hinein. Sein Projekt! Schadenfreude? Vielleicht ein wenig. Irgendwie, fand er, hatten sie es auch nicht anders verdient.

Toms Angriff hatte ihn überrascht. Auch seine Skrupel. Der würde sich mit der Zeit hoffentlich wieder einkriegen.

Nur, Marion war ganz still geworden, als er ihr seine Pläne am gestrigen Nachmittag erzählt hatte. Er hatte Begeisterung, vielleicht einen Freudenausbruch erwartet, nicht dieses Schweigen. Vor allem nicht ihren Protest, dass sie hier nicht leben wollte. Hier gab es doch alles. Fast alles. Angeschrien hatte sie ihn, dass sie hier umkomme vor Langeweile. Niemanden kenne. Allein sei. Fassungslos hatte er sie angestarrt. Sie bekamen alle naselang Besuch. Seine Geschäftsfreunde, hatte sie erwidert, seine Anglerfreunde, seine, seine, seine. Und ich? hatte sie gefragt, und was mache ich? Zuhause sitzen? Hilflos hatte er geantwortet, du hast doch mich. Und Andi. Jedenfalls, bis der in die Schule kam. Danach könne man ja sehen, hatte er eingelenkt. Es musste hier doch eine Stelle für sie geben, halbtags. Wenn sie unbedingt arbeiten wollte. Sie hatte ihn nur angesehen und gesagt, er verstehe rein gar nichts. Und war aus dem Zimmer gerannt. Ehrlich gesagt, er hatte es tatsächlich nicht verstanden. Gut, dass ihm das mit den Blumen eingefallen war. Rosen, die mochte sie. Sie würden schon eine Lösung finden.

Er blickte in den Rückspiegel und zog eine Grimasse. Lächeln, ermahnte er sich, einfach ganz entspannt lächeln. Gleich galt es. Langsam nahm er die letzte Kurve vor dem Parkplatz.

In der Gewissheit, im nächsten Moment einem Haufen aufgekratzter Männer gegenüber zu stehen, die ihm fröhlich zuwinkten, behielt er das festgefrorene Grinsen bei – aber niemand erwartete ihn, keine Männer, kein lautes Hallo, noch nicht einmal ein einsames Auto. Er hielt an und versuchte sich zu besinnen. Sie hatten sich verabredet, da war er sich ganz sicher. Sie hatten sich für heute verabredet, und zwar früh, da war er sich ebenfalls sicher. Er sah auf seine Uhr: genau sieben.

Mühsam nahmen undeutliche Gesprächsfetzen in seinem Hirn Gestalt an. Der Dicke hatte etwas von

Tide gesagt. Dann hatten sie alle gerechnet. Jemand, der rechts von ihm saß (der, mit dem er dann Brüderschaft getrunken hatte?), hatte etwas von schlechtem Wetter erzählt. Es hatten alle gelacht, und einer der anderen Männer hatte sieben Uhr vorgeschlagen. Er zögerte. Und wenn sie ihn reinlegen wollten und bereits am Felsen warteten? Hatte er dann die Wette verloren? Allerdings, kein Wagen da ... den konnte allerdings einer von ihnen zurückgefahren haben. Besser nachsehen, entschied er. Außerdem, holte er eben allein ein paar Makrelen hoch. Sollten sie ihn alle ... Entschlossen schlug er den Kragen hoch, zog die Kappe tief in die Stirn und stieg aus. Er tauschte die Schuhe gegen die Gummistiefel ein, nahm die Angelsachen und den Eimer, schloss den Wagen ab und ging auf die Brücke zu.

Schon wieder ein neuer Stacheldraht. Früher, bevor die Klippen noch nicht als Geheimtipp in allen Anglerzeitschriften auftauchten, und nur die Einheimischen mit ihren Söhnen oder solche Leute wie Lorenz und er selbst dort den Sonntagnachmittag verbrachten, konnte man den Felsen direkt von der Straße aus erreichen. Seither hatte der Farmer mit stoischer Geduld, aber aus nicht ganz nachvollziehbaren Gründen, immer wieder versucht, die Angler auf die nächste Wiese umzuleiten.

Er kroch unter der Brücke hindurch und wand sich mühsam durch den dort gespannten Draht, überkletterte die Mauerreste eines Stalls und landete an den Ufern eines mit dunklem Wasser gefüllten Torfgrabens. Dem folgte er, bis ihn der nächste Zaun direkt auf die Klippen von Culloo zuleitete.

An sonnigen, warmen Tagen war dieser Gang reines, ungetrübtes Vergnügen. Langsam an den tiefbraunen, glänzenden Abstichen der Torfbänke entlang über den weichen, nachgiebigen Boden zu laufen mit Blick auf den Atlantik und das Moor, ließ ihn tiefen Frieden fühlen. Heute dagegen erschien ihm der Marsch unangemessen lang und anstrengend. Der Wind hatte so an Stärke gewonnen, dass er sich richtig dagegenstemmen musste. Da behielt ja sogar der Wetterprophet von gestern Recht.

Eigentlich war er stolz auf seine Menschenkenntnis, sonst wäre er nicht das geworden, was er war. Nur, dass er sich in der Reaktion seiner eigenen Frau so verschätzt hatte, verunsicherte ihn. Ratlos zuckte er die Schultern. War sie in der letzten Zeit anders gewesen? Hatte er die Anzeichen übersehen, dass sie unzufrieden war? Er überlegte, doch es fiel ihm nichts ein. Und er war sich doch gleichgeblieben, in all den Jahren, die sie nun schon verheiratet waren, oder? Sieben Jahre. Glückliche sieben Jahre. Überhaupt Glück, dass er sie getroffen hatte. Nach Ruths Tod hatte er lange Zeit nicht noch einmal heiraten wollen. Vor allem nicht eine jüngere Frau. Und ein Kind zeugen. Es war anders gekommen, und das war gut so. Auch, wenn es jetzt Schwierigkeiten gab. Die konnte man überwinden. Nicht umsonst, wie gesagt, hatte er erreicht, was er nun war. Es war nicht das Geld, das ihn interessierte, zumindest nicht nur. Menschen zu beeinflussen, das war es. Damit sie das taten, was er wollte.

Inzwischen hatte er die Furt erreicht - eine Reihe von Springsteinen - und machte sich daran, das letzte Hindernis zu überwinden. Eine Holztreppe, wahrscheinlich erbaut mit Geldern des Reiseunternehmens, das jetzt Culloo vermarktete, ermöglichte eine elegante und bequeme Überquerung des letzten Viehzauns.

Vor ihm ragten die Klippen von Culloo auf. Ein paar Meter, bevor das Land zum Meer hin plötzlich abbrach, endete das Gras und der bloße Fels trat hervor. Im Laufe der Jahre hatte das Wasser die Felsen zu Quadern geformt, die sich in unordentlichen Stufen über ihm aufschichteten, tatsächlich so, als hätte sie ein Gigant mutwillig übereinander fallen lassen. Weiches Gestein war der Wucht des Wassers gewichen, übrig geblieben waren die Formen, die ihm getrotzt hatten.

Als er sich weiter nach links wandte, hörte er das Meer. Donnernd brachen sich die Wellen an den Felskaskaden, drangen über die unterirdischen Spalten bis in die Ecken der ausgewaschenen Höhlen vor, um sich dann in ruhiger Würde wieder zurückzuziehen und der nächsten Welle Platz zu machen. Er blieb stehen und wartete ehrfürchtig, bis das Wasser zurückgeflutet war. Wenn hier schon die Wellen so klangen, wie mochte es sich wohl oben auf der Plattform anhören? Vielleicht sollte er einfach zurückgehen und behaupten, er habe bei dem Wind nichts gefangen. Aber - am Ende standen sie bereits dort oben. Er blickte sich um. Er konnte nicht einmal mehr seinen Wagen erkennen. Widersinnig. Trotzdem, er musste nachsehen.

Aufseufzend begann er den Aufstieg. Mit Gummistiefeln fiel es ihm schwer, sicheren Tritt in den rutschigen, von Algen überwachsenen Felsen zu finden. Noch dazu mit Rute und Eimer in der einen Hand, die Tasche mit den Angelutensilien in der anderen, die ihn zwangen, immer von neuem anzusetzen, nachzuziehen, Hände und Füße aufzusetzen. Ich höre mich an wie eine Herde Seekühe, dachte er, als der

Eimer gegen die Steine krachte. Er keuchte vor Anstrengung und zwang sich anzuhalten um Luft zu holen. Rechts von ihm fiel nach ein paar Metern der Felsen steil ab, und als die nächste Welle kam, wurde er von der Gischt übersprüht. Halte dich mehr links, ermahnte er sich selbst, nur noch ein paar Meter. Mit Kraft schwang er sich über den letzten Felsen, rutschte ab, fing sich wieder, schlitterte an dem abfallenden Rand entlang und kam, wie er dachte, glücklich an dem scharfkantigen Felsvorsprung zu stehen, den es als letztes Hindernis zu umklettern galt, um hinunter auf den Angelplatz zu gelangen.

Er klammerte sich mit der freien Hand fest und riskierte einen Blick hinunter. Es war wohl besser, auf jede Eleganz zu verzichten und rückwärts auf die nur ein paar Quadratmeter große Plattform zu steigen. Mühsam tastete er sich den Vorsprung hinunter. Er schwitzte. Noch zwei Schritte, dann war das Schlimmste geschafft. Noch einmal Atem schöpfen. Langsam richtete er sich auf und drehte sich dem Meer zu. Er vermeinte Stimmen zu hören und beugte sich vor. Er spürte den Schlag mehr, als dass er ihn sah, spürte die Gischt, die Wucht des Wassers, die ihn mit sich riss, auf die Felsen warf, nach unten stürzen ließ ins Nichts. Den Aufschlag spürte er schon nicht mehr.

Marion legte den Kopf zurück auf das Kissen. Er war fort. Natürlich hatte sie gehört, wie er nach unten gegangen war, gehört, wie er geflucht hatte, hatte die Tür gehört, das Auto. Einen Moment lang hatte sie gezögert, ob sie aufstehen und ihn rufen sollte. Ihm die Hand reichen, sich an ihn schmiegen sollte: Versöhnung anbieten. So weit war sie noch nicht.

Sie hatte die Nacht über wach gelegen und nachgedacht. Dass er so wenig Rücksicht auf sie nahm, noch nicht einmal gefragt hatte, ob sie einverstanden sei hier zu leben, hatte sie tief getroffen. Dass er die Entscheidungen, die den Betrieb betrafen, nicht mit ihr diskutierte, in Ordnung. Bisher hatten sie zumindest gemeinsam das beschlossen, was sie auch beide anging. Sie hatte oft auf ihn gehört, er war älter, hatte Erfahrung. Eigentlich hatte sie immer das gemacht, was er vorschlug, dachte sie. Beharrte sie jemals auf ihren Vorschlägen? Oder widersprach ihm? Das hatte sie sich im Laufe ihrer Ehe irgendwie abgewöhnt. Unwillkürlich zuckte sie die Schultern. Anfangs war es angenehm, nicht alles allein entscheiden zu müssen. Später wohl einfach bequem.

Dass er dachte, sie würde hier leben wollen. Hatte sie wirklich nie angedeutet, mit keinem Wort, dass sie sich hier langweilte? Im Sommer, wenn die Sonne schien, es warm war, gut, dann konnte man spazieren gehen oder mit dem Boot hinausfahren, schwimmen, Muscheln suchen. Wie oft schien die Sonne?

Ein bisschen tat er ihr leid, als sie sich sein erschrockenes Gesicht vorstellte, als sie *niemals* geschrien hatte. Warum nicht Spanien, Italien, hatte sie gefragt, da ist es warm, da scheint die Sonne. Liebte sie Valentia denn nicht, hatte er gefragt. Sie überlegte. Liebte sie die Insel? Langsam schüttelte sie den Kopf. Nein, dachte sie, ich liebe sie nicht.

2.

Judith erwachte, als die Sonne das Fenster erreicht hatte und ihr voll ins Gesicht schien. Plötzlich war es viel zu hell und viel zu warm. Einen Moment lang wusste sie nicht, wo sie sich befand. Erst langsam kam die Erinnerung zurück: auf Valentia. Natürlich. Sie drehte sich auf die Seite und steckte den Kopf unter die Decke. In Anbetracht ihrer Ankunft weit nach Mitternacht durfte sie wohl heute ausschlafen. Ein nicht aufschiebbares Bedürfnis ließ sie allerdings schon nach einer halben Minute von einem weiteren Aufenthalt im Bett Abstand nehmen und schlaftrunken ins Bad wanken. Das war einer der Vorzüge von Gisela und Heiners Cottage: der weite ungehinderte Blick über die Insel. Sie genoss erst einmal den Ausblick, der sich ihr aus dem Badfenster bot: die grünbraune, sanft gewellte Ebene, die sich vor ihr ausbreitete, gelb betupft mit blühendem Ginster; der tiefblaue Himmel, über den hier und da grau angehauchte weiße Wolken zogen; das überraschende Mittelmeerblau des Atlantiks; die scharf gezeichneten Konturen der baumlosen Berge; das blendende Weiß der verstreut liegenden Häuser; der braune Strich einer Torfbank.

So viel Landschaft – und so überraschend gutes Wetter! Dass sie nach der Fahrt vom Flughafen durch die trübe Nacht ganz und gar nicht erwartet hatte. Eigentlich – eigentlich hätte es neblig sein müssen. Spontan beschloss sie sofort aufzustehen, Einkauf und Frühstück aufzuschieben und als Erstes einen Gang hinunter zur Küste zu machen - wer weiß, wie lange das Wetter hielt. Das wusste sie aus leidvoller Erfahrung: anfangs hatte sie immer bis Mittag geschlafen -

und dann am Nachmittag ebenfalls, weil es sich bis dahin bereits eingeregnet hatte.

Sie warf einen kritischen Blick in den Spiegel und versuchte ihre Haare mit beiden Händen zu fassen und sie zu einem Knoten zu bändigen, den sie am Hinterkopf feststecken konnte. Es gelang ihr im zweiten Anlauf, auch wenn sich sofort wieder ein paar Strähnen gelöst hatten, die ihr vor die Ohren fielen. Macht nichts, dachte sie, es sieht mich ja niemand. Sie trat vor ihren Koffer, den sie nachts nur noch geöffnet hatte um ihr Nachthemd heraus zu zerren. Sie hatte vor allem die Sachen mitgenommen, denen Regen und Wind, nasse Wege oder feuchtes Gras nichts ausmachten. Das schränkte ihre Möglichkeiten ein: eine blaue oder eine schwarze Jeans, eine rote oder eine blaue Fleecejacke? Das übliche Outfit für sportliche Aktivitäten. Obwohl, zu Jogginghosen hatte sie sich nicht durchringen können. Immerhin zu Laufschuhen, die sie nun schnürte. Nicht ohne Mühe, wie sie feststellen musste. Sie hatte zugenommen. So viel machte das nicht aus bei 68 kg im Verhältnis zu 170 cm. Gut erhalten nannte man das, dachte sie, oder: wohl proportioniert. Bei dieser Formulierung musste sie merkwürdigerweise immer an Hähnchenschenkel denken. Sie konnte sich - immer noch - sehen lassen, tröstete sie sich.

Das Haus, das die Freunde ihr nicht ganz uneigennützig zur Verfügung gestellt hatten, lag am Ende einer Sackgasse. Ihr Auftrag bestand darin zu überprüfen, ob alles in Ordnung für den Saisonbeginn war, den Rasen zu mähen und Mrs Branagan, die Nachbarin, zu überreden weiterhin als Hausbesorgerin zur Verfügung zu stehen.

Zumindest in dieser Jahreszeit lag es wunderbar ruhig. Der Verkehr beschränkte sich auf die wenigen Nachbarn, die die Einfahrt zum Wenden nutzten, zu ihrem Vieh unterwegs waren, das an der Küste weidete oder zu ihren Torfbänken, um Torf zu stechen. Ruhig war es auch wegen der riesigen Hecke, die Haus und Garten umgab und die sich gerade so überblicken ließ, von der Straße her hingegen die Sicht auf das Haus vollkommen versperrte. Wahrscheinlich hatte Gisela deshalb sofort Gefallen an dem Cottage gefunden, weil im Sommer die Hecke von kleinen roten Rosen überwuchert war. „Wie bei Dornröschen", hatte sie geschwärmt und diese romantische Anwandlung hatte mit Sicherheit dazu geführt, dass der Verkäufer den Preis ordentlich erhöht hatte. Es war ein nettes Haus und geräumig genug - jedenfalls für eine Person. Oder auch zwei.

Sie war allein gekommen. In therapeutischer Absicht. Um sich die Wunden zu lecken, dachte sie grimmig, ohne mitleidige Zuschauer. So gern sie die Freunde hatte, auf Tröstungen und Mitleidsbekundungen aller Art konnte sie im Moment verzichten.

Judith trat auf die Straße hinaus. Auf der gegenüberliegenden Weide hatten sich sechs oder sieben Kälber um den Futtertrog versammelt und rangelten um den besten Platz. Als sie lockend die Hand durch den Zaun streckte, sprangen sie erschrocken zurück. Das eine oder andere Schaf wanderte hierhin und dorthin, halb verdeckt von dem bereits recht hoch gewachsenen Gras, vor sich hin bockende Lämmer im Gefolge. Von weit her war das Tuckern eines Dieselmotors zu hören.

Genussvoll blinzelte sie in das Sonnenlicht und gratulierte sich zu ihrem Entschluss. Der war zwar nicht ganz freiwillig zustande gekommen, die Freunde hatten sie unter sanften Druck gesetzt. Dem sie nicht lange widerstanden hatte, musste sie zugeben. Zu verlockend war das Angebot gewesen, hier zwei kostenlose Wochen zu verbringen. Den Rasen zu mähen und nach dem Rechten zu schauen schien ihr nicht allzu viel Arbeit zu sein. Mehr Sorgen bereiteten ihr, wie sie sich Mrs Branagan nähern sollte. Aber dazu würde sie sich später Gedanken machen.

Sie zögerte kurz, ob sie nicht doch zum Bray Head laufen sollte, entschied sich aber dann, den Weg zur Küste einzuschlagen. In der hellen Mittagssonne schien sie unwirklich nah und das Wasser glitzerte verheißungsvoll. Einen Moment lang erwog sie ernsthaft, Badesachen mitzunehmen. Immerhin war es Ende Mai, die Sonne brannte bereits richtig heiß und hinten an den Klippen gab es eine Art Swimmingpool, in dem man baden konnte.

Fast automatisch war sie dem rechten der beiden Abzweige gefolgt, in die sich die Straße am Ende gabelt. Der eine war so gut als Spaziergang wie der andere, führten doch beide zur Steilküste hinunter, der eine unterhalb, der andere oberhalb der Klippen. Ob sie allerdings so weit gehen sollte ... schaudernd erinnerte sie sich an die Angler, die dort Stunden verbrachten und unermüdlich Makrele nach Makrele aus dem Wasser holten. Sie war froh, dass niemand zu sehen war und, soweit sie erkennen konnte, nur ein Auto an der Brücke stand.

Es war doch nicht so warm, merkte sie – ein ziemlich frischer Wind blies ihr die Haare ins Gesicht. Sie fiel in leichten Trab, zum einen der Wärme wegen, zum anderen aus reinem Vergnügen an dem wunderbar federnden Untergrund, der ihr das Laufen entlang der Küste zum Genuss machte: Der nachgiebige Torfboden und das von den Schafen kurz gehaltene Gras bildeten eine Art Matte, so dass sie weich und Knöchel schonend abfederte. Sie flog geradezu dahin. Und fühlte sich einen Moment frei von dem Gefühl irdischer Unvollkommenheit, die ein Sport ungewohnter Körper ansonsten mit sich bringt.

Langsam und stetig folgte sie der Küstenlinie, wobei sie die letzte Spitze im Südwesten nach kurzer Überlegung aussparte und direkt auf die Klippen zuhielt. Der Blick von dort war ebenso wunderbar: über die gesamte Bucht und auf die gegenüberliegende Küste nach Dingle und zu den Blasket Islands hinüber, ohne dass sie fürchten musste, den makrelensüchtigen Anglern ins Gehege zu kommen. Bis dorthin war es allerdings noch ein schönes Stück, und sie bewunderte zutiefst ihre persönliche Leistung. Angesichts eines zu erwartenden drohenden Herzanfalls verlangsamte sie jedoch das Tempo. Ab und zu musste sie innehalten, um wieder zu Atem zu kommen. Das Alter, natürlich. Obwohl, so alt war sie doch noch gar nicht, mit Mitte vierzig - mehr „mitten im Leben stehend".

Wenn sie sich an den vergangenen Monat erinnerte, was sie nicht gerne tat, war ihr bewusst, wie nah sie daran gewesen war sich aufzugeben. Die Sehnsucht, einfach im Bett liegen zu bleiben. Die Zeit einfach verstreichen zu lassen. Es waren nicht nur Trauer und Wut nach Richards Weggang, die sie niedergedrückt hatten, sondern vor allem die Scham. Sie schämte sich ganz furchtbar, dass sie sich so getäuscht hatte. Nicht nur in ihm, sondern in ihrem Gefühl für andere Menschen. Wie hatte es nur geschehen können, dass sie ihm, seinen Lügen so vorbehaltlos Glauben geschenkt hatte? Dabei war sie gewarnt: sie wusste – eigentlich - von welchem Typ Mann sie die Finger lassen sollte. Es war nicht das erste Mal, dass sie mehr gewollt hatte als ihr angeboten wurde. Aber das Versprechen auf eine gemeinsame Zukunft war vielleicht zu verlockend gewesen.

Sie brach die ebenso sinnlosen wie bedrückenden Gedankengänge ab und konzentrierte sich erneut auf den Weg. Trotz aller Mühe schienen die Felsen kaum näher zu rücken. Sie trabte also wieder schneller, inzwischen nicht nur vom Ehrgeiz, sondern ebenso vom Hunger getrieben und verfluchte sich, nicht an einen Keks oder Apfel gedacht zu haben. Ihr Magen gluckerte bei jedem Schritt unwillig, um plötzlich übergangslos ein wildes Knurren auszustoßen. Das brachte sie jählings zum Stehen. Toast erschien vor ihrem inneren Auge, eine Portion Eier mit Speck, eine große Tasse Tee. Sie schluckte schwer. Sollte sie sich ihre Unsportlichkeit eingestehen und schnellstens umkehren? Wenigstens ein Blick!

In diesem Augenblick sah sie es. Es sah aus wie eine Ballonhülle oder ein umgekipptes kleines Schlauchboot. Auf jeden Fall ungewöhnlich: ein buntes Bündel, das sich träge auf den Wellen wiegte. Erst auf den zweiten Blick dämmerte es ihr, dass es sich um einen menschlichen Körper handelte.

Eine Sekunde lang setzte ihr Herzschlag aus, um dann umso härter und schneller wiedereinzusetzen. Verzweifelt blinzelte sie gegen das helle Licht an. Da ertrank jemand. Instinktiv spurtete sie los. Keuchend und nach Luft schnappend erreichte sie den Rand der Steilküste und musste erst einmal die Hände auf die Knie stützen, bis sich ihr Atem normalisiert hatte. Oben angekommen, fiel ihr Blick geradewegs auf den unten im Wasser treibenden Körper. Jede hereinkommende Welle hob ihn hoch empor und ließ ihn dann sanft wieder zurück gleiten. Fast schien es, als ob er immer an der gleichen Stelle blieb. Es war eindeutig ein er. Ein Mann, bekleidet mit Hose und Jacke, die sich oben mit Luft gefüllt hatte und ihn aufgebläht und voluminös erscheinen ließ. Irgendwie sah es unnatürlich, fast Ekel erregend aus. Ihr leerer Magen hob sich, und es begann in ihren Ohren zu sausen. Ihr wurde schwarz vor Augen und sie tastete blind um sich, bis sie einen Platz zum Hinsetzen gefunden hatte.

Es war merkwürdig, aber keinen Moment lang kam sie auf die Idee, er könnte noch leben. Später fand sie das selbst seltsam, weil sie sich so sicher war. Es war nicht nur die Leblosigkeit, dieses willenlose Schaukeln, das sie mit dem Tod in Verbindung brachte, sondern die gleichzeitig einsetzende Erkenntnis, dass ein Überleben mit dem Gesicht im Wasser ein Ding der Unmöglichkeit war.

Trotzdem, auch Jahre später, als sie die Situation nochmals und immer wieder in Gedanken hin und her wendete, fühlte sie sich schuldig, weil sie gezögert hatte zu seiner Rettung ins Wasser zu springen. Obwohl ihr die Vernunft sagte das sei absolut sinnlos.

Langsam stand sie auf und blickte um sich. Niemand. Desgleichen, als sie sich landeinwärts drehte und ihren Blick über das Moor und die Wiesen schweifen ließ. Sie war allein. Also gab es keine Hilfe. Also musste sie welche holen. Aufseufzend stand sie auf. Was als Erstes? Schwierigkeiten, dachte sie resigniert und schwindende Aussichten auf ein Frühstück. Der Mann schaukelte hin und her. Das Wort Wasserleiche drängte sich kurz in ihre Gedanken. Sie schluckte, holte ein paar Mal tief Luft und versuchte sich auf die realen Dinge zu konzentrieren. Was tat das Meer in solchen Fällen? Hinausziehen? Hinunter? An die Küste schleudern? Es war wahrscheinlich eine Frage der Zeit, oder?

Während sie mit zitternden Knien langsam wieder hinunterstieg, überlegte sie angestrengt, was wohl mehr Sinn machte: hinüber zum Weg zu laufen, der auf die obere Straße führte oder wieder zurück? Der Weg kam zumindest an Häusern vorbei, mit der minimalen Hoffnung auf ein Telefon oder ein Auto. Sie verfluchte sich innerlich: natürlich hatte sie ihr Mobiltelefon zu Hause gelassen. Vergessen, wie so oft. Ratlos blieb sie stehen. Zur Straße, entschied sie - die Chancen, dort einem menschlichen Wesen zu begegnen, waren größer. Auch wenn es genau die falsche Entscheidung sein sollte, tröstete sie, dass sie den Umständen entsprechend recht überlegt handelte.

Mit diesen Gedanken lief sie los. Sie folgte dem Weg und gelangte nach einer Weile, die ihr unverhältnismäßig lang vorkam, an eine Brücke.

Erstaunlicherweise war erst wenig mehr als eine Stunde vergangen, seitdem sie das Cottage verlassen hatte, und äußerlich hatte sich nichts verändert. Immer noch brannte die Sonne vom Himmel, über den immer noch weiße Wolken zogen. Und immer noch strich der Wind weiterhin über das hohe Gras. Über ihr sang lauthals eine Lerche. Sie kletterte unter einigen Drehungen und Wendungen unter der Brücke hindurch, um den Stacheldraht zu umgehen, der sich abenteuerlich um Brüstung und Bogen wand. Und stand vor einem Auto. Vorsichtig ging sie heran. Natürlich, das hatte sie doch vorhin schon gesehen. Ein deutsches Kennzeichen. Erst da kam ihr der Gedanke, dass es dem Toten gehören könnte. Abgeschlossen. Es sah ganz normal aus. Und der Schlüssel steckte auch nicht innen. Ein deutscher Tourist also.

Sie hatte vielleicht fünfhundert Meter Richtung Straße zurückgelegt, als das graue Haus in ihr Blickfeld geriet. Es passte sich in seiner Farbe so perfekt in die Landschaft ein, dass sich seine Umrisse in der Ebene aufzulösen schienen: es war ihr vollkommen entgangen. An die Häuser weiter oben konnte sie sich gut erinnern. Hatten nicht Freunde von Gisela letztes Jahr dort eine dieser verlassenen Farmen gekauft? Aber dieses hier? Nichtsdestotrotz hob sein Anblick ihre Laune beträchtlich, ließ ihr Herz erwartungsvoll höher klopfen - denn, es lag Wäsche auf der Hecke! Es handelte sich also nicht, wie viele andere auf der Insel, um ein Ferienhaus und war nicht nur während der Saison, sondern dauernd bewohnt! Die Aussicht auf ein Telefon, wie auf einen Schluck Tee, der ihr möglicherweise angeboten werden könnte, beflügelte sie, und so jagte sie geradezu auf das Haus zu. Bewohnt war es vielleicht schon ... Deprimiert musterte sie beim Näherkommen das heruntergekommene Anwesen. Es sah weder nach Tee und schon gar nicht nach modernen Kommunikationsmitteln aus.

Das Tor in der Hecke war aus der verrosteten Verankerung gebrochen und lehnte, nur vom eigenen Trotz gehalten, an dem mit Löchern und Rissen übersäten Betonpfeiler. Die Hecke selbst, überwuchert von Efeu und Geißblatt, war wohl seit Jahren nicht mehr geschnitten worden. Brennnesseln hatten einen Teil des Vorgartens erobert, während das restliche Gras kniehoch gewachsen war.

Auch das Haus selbst machte keinen einladenden Eindruck. Tür und Fenster waren verschlossen, halb zugezogene Vorhänge verhinderten einen Blick ins Innere.

Telefonieren konnte sie abschreiben. Resigniert betrat sie den Vorgarten und hatte gerade die Hand gehoben um an die Tür zu klopfen, ein lautes „*Hello, somebody in?*" rufend, als unvermutet hinter der Hausecke ein ebenso lautes „*Hello*" ertönte. Da sie niemanden erwartet hatte, blieb sie vor Schreck abrupt stehen. Eine alte Frau kam langsam hinter dem Haus hervor. Sie bot auf den ersten Anblick einen seltsamen Anblick: Alter und Krankheit hatten ihren Körper zusammengezogen und gekrümmt und sie stützte sich schwer auf einen Stock. Sie hatte ein schwarzes Umschlagtuch so über die Schultern gezogen, dass sie, wie aus der Zeit gefallen, den Abbildungen irischer Frauen der Jahrhundertwende in einem Geschichtsbuch glich. Ihr Alter war schwer zu schätzen. Die Achtzig mochten nicht mehr fern oder sogar überschritten sein, denn ihr Gesicht war von vielen Falten durchzogen. Daraus blickten sie zwei ebenso blaue wie wache Augen an. „*Hello, how are you*", gab Judith wohlerzogen zurück und fügte ein uninspiriertes „*Nice day today*" hinzu, um Zeit zu gewinnen und ihrer Verblüffung Herr zu werden.

„*Yes, yes, not too bad*", erwiderte ihr Gegenüber schließlich nach einer genauen und ausführlichen Musterung und nickte ihr zu.

„*I don't want to disturb you*", begann Judith daher mit neuem Mut, „*but something happened...*"

Verzweifelt suchte sie nach dem richtigen Wort. Was zum Teufel hieß Wasserleiche auf Englisch?

Die alte Frau sah sie weiterhin an. Dann kam sie offensichtlich zu einem Entschluss: „*Come in. You look like you should have a rest.*" Dankend folgte ihr Judith, nur zu froh über die Einladung.

Soweit sie überhaupt nach der Helligkeit draußen im Inneren des Hauses etwas erkennen konnte, war das Haus noch ganz im traditionellen Stil eingerichtet. Sie traten direkt in die Küche, die den größten Teil des Erdgeschosses einnahm. Dem Eingang gegenüber führte eine gerade Holztreppe ins Obergeschoss, rechts war eine Tür zu sehen. Links an der Stirnseite stand ein alter weiß emaillierter Herd, ein *range,* unter dem Fenster die im Farmhaus übliche Holzbank mit Tisch und zwei Stühlen und an der gegenüber liegenden Wand ein schöner alter *dresser*, ein offener Küchenschrank. Neben der Treppe befand sich ein Waschbecken. Immerhin hat sie fließendes Wasser, dachte Judith, selbst in der heutigen Zeit nicht unbedingt eine Selbstverständlichkeit hier draußen. Überraschend fand sie nur das kleine Bücherregal neben der Sitzbank, das fast überlief von Büchern. Und zwar nicht, soweit sie das feststellen konnte, von Taschenbüchern, sondern von richtig teuer aussehenden gebundenen Ausgaben.

„Setzen Sie sich", wiederholte ihre Gastgeberin, „möchten Sie eine Tasse Tee?" Ohne die Antwort abzuwarten, nahm sie den Wasserkessel zur Hand.

Trotz ihres Alters und ihrer Behinderung bewegte sie sich geschickt, setzte Wasser auf, holte eine große Blechbüchse mit dem Tee hervor, und stellte zwei Tassen und eine Zuckerdose auf den Tisch.

„*Sorry*", es war vielleicht ein wenig zu spät um sich zu entschuldigen, "ich wollte Sie wirklich nicht stören", sagte Judith lahm.

Die alte Frau schüttelte den Kopf. „Erst einmal Tee", befahl sie.

In diesem Moment fing Judiths Magen lauthals an zu knurren. Sie fühlte, wie sich ihr Gesicht schamvoll mit Röte überzog, doch ihre Gastgeberin lachte nur und holte aus den Tiefen des Schrankes eine Dose mit Keksen hervor. „Nehmen Sie", sagte sie immer noch lachend. Erleichtert griff Judith zu, wobei ihr einfiel, dass sie sich noch gar nicht vorgestellt hatte.

Und so sagte sie in schönstem Englisch, wenn auch leicht behindert durch den Keks in ihrem Mund: „*Oh, sorry! May I introduce myself? Judith Richter from Frankfurt, Germany*".

"*Welcome to the island! My name is Hannah.*" Hannah also. Ihren Nachnamen nannte sie nicht.

Erneut nahm Judith Anlauf. Und erzählte, unzusammenhängend und nicht ganz in der richtigen Reihenfolge, von dem Spaziergang, der Entdeckung im Wasser und ihrer Entscheidung die Straße zu nehmen. „Jetzt bin ich auf dem Weg Hilfe zu holen", schloss sie und lächelte entschuldigend, als ihr Blick auf die Tasse Tee fiel, die Hannah vor sie hingestellt hatte. Diese hatte sie während ihrer Erzählung aufmerksam beobachtet.

„In Ordnung", sagte sie, „holen wir Hilfe. Lassen Sie sich noch ein wenig Zeit. Sie sehen so aus, als hätten Sie einen kleinen Schock erlitten."

Judith schüttelte den Kopf, merkte dabei im gleichen Moment, wie ihr die Tränen in die Augen schossen und sie ein Schluchzen im Hals würgte. Sie fingerte nach einem Taschentuch und schnäuzte sich resolut.

Hannah schnalzte leicht mit der Zunge. „Es geschieht einfach zu oft in der letzten Zeit! Die Klippen dort hinten sind gefährlich. Das Meer ist unberechenbar, und die Leute werden immer leichtsinniger. Der letzte Unfall war im März!" Sie schüttelte ihren Kopf. „Na, da müssen wir wohl die *Garda* benachrichtigen." Sie humpelte zu dem Bücherregal hinüber und griff nach einem Handy.

Judith kam sich beschränkt und altmodisch vor. „Können Sie nicht...?" „Natürlich", sagte Hannah und tippte eine Nummer ein.

„Hallo, John", hörte Judith noch, dann drehte Hannah ihr den Rücken zu und sprach schnell und leise weiter. Als sie geendet hatte, drehte sie sich wieder zurück: „Er benachrichtigt die Küstenwache und kommt dann hier vorbei. Also können Sie ruhig noch eine Tasse trinken. Sie wohnen doch dort hinten an der Straße, nicht wahr?" fuhr sie fort. Fast hätte sich Judith verschluckt. Sie bejahte die Frage hüstelnd. Woher wusste ihre Gastgeberin das? Da fiel ihr Blick auf den im Fenster stehenden Feldstecher.

Ein Klopfen an der Tür enthob sie einer ausführlichen Antwort. Die Unterbrechung war ihr nicht unlieb. Denn so sympathisch ihr Hannah auf den ersten Blick war, so unangenehm stieß ihr der Gedanke auf, beobachtet worden zu sein. Gut, dass sie nicht in der Nase gebohrt hatte oder Schlimmeres! Außerdem konnte sie ihre Gastgeberin nicht so recht einschätzen: für eine Einheimische sprach sie ein viel zu korrektes Englisch, nicht den oft unverständlichen Dialekt der Grafschaft mit den breit gezogenen Vokalen und verschluckten Konsonanten. Hannahs Englisch dagegen war ein reines, fast ein Oxford Englisch. Ihr Auftreten war eher städtisch, sie hatte nichts von einer Bauersfrau an sich. Trotz des Umschlagtuches. Und dann natürlich die Bücher.

„*Come in, come in*", rief ihre Gastgeberin und erhob sich. Und herein kam ein hochgewachsener Mann in dreckigen Arbeitskleidern und Gummistiefeln, an denen Erdklumpen klebten. Er blieb an der Tür stehen, nickte einen Gruß, nahm seine gestrickte Wollmütze ab und zog die Stiefel aus. Ein benachbarter Farmer, so schien es.

„Hallo, mein Lieber", begrüßte ihn Hannah geradezu enthusiastisch, „du kommst gerade rechtzeitig, um einen Tee mit zu trinken."

„Danke, den nehme ich gerne an", erwiderte der Ankömmling.

„Mein Neffe Sean", stellte Hannah vor, „und das ist Judith. Aus Deutschland", fügte sie hinzu.

„Willkommen." Sean sah sie neugierig an.

„Ich bin gerade vorbeigekommen, weil..." Hilflos blickte sie zu Hannah hinüber. Die erbarmte sich und berichtete, was geschehen war.

Er gab einen mitleidigen Laut von sich. „Kein schönes Erlebnis, wie?"

„Nein", sie schüttelte den Kopf, „wirklich nicht."

„Das ist schon der vierte Todesfall auf Culloo in diesem Jahr. Es nimmt zu, seitdem sich immer mehr Angler auf den Felsen tummeln. Der Platz ist inzwischen einfach zu bekannt. Und die Leute sind unachtsam. Es wird zwar auf die Gefahren hingewiesen und es gibt ein Seil zur Absicherung, trotzdem ... Tja, was soll man machen." Resigniert hob er die Schultern. „Woher kommen Sie aus Deutschland?"

„Aus Frankfurt, Frankfurt am Main".

„Na so etwas! Das kenne ich, sogar ganz gut: ich habe mal bei der Firma Hoechst gearbeitet. Das ist allerdings schon eine ganze Weile her", setzte er hinzu, „warten Sie, ein wenig Deutsch kann ich immer noch: Gutten Tak. Wie geit es Ihnen?"

Sie lächelte anerkennend. „Bravo! Gar nicht übel!" Ausgerechnet Hoechst, dachte sie, aber höflich fragte sie nach, wie es ihm gefallen hatte.

„Nicht schlecht. Wissen Sie, damals hat man halt alles genommen, was man kriegen konnte. Jede Arbeit. Ich habe in der Produktion gearbeitet, das war nicht schlecht bezahlt. Bin danach weitergezogen in die Staaten. Das war noch besser. Und jetzt ist es erneut soweit, dass die Jungen wieder ins Ausland gehen. Wegen dieser idiotischen Krise", setzte er mit einem Kopfschütteln hinzu. Er sah Hannah an.

Sie nickte ihm liebevoll zu. „Sean greift mir altem Wrack etwas unter die Arme."

„Ja, natürlich, und hier ist es einfach schöner, nicht wahr? Keine Chemie." Er lachte.

Die nächsten zehn Minuten verbrachten sie mit dem mehr oder weniger erfolgreichen Versuch, ein lockeres Gespräch in Gang zu halten. Die Zeit wurde Judith allmählich lang: „Wie lange dauert es denn normalerweise bis die Polizei kommt?" Beide zuckten die Achseln.

„Hängt von der Küstenwache ab", sagte Hannah schließlich.

Sean nahm den Faden wieder auf. „Die Touristen sind wirklich unbelehrbar, noch nicht einmal die neuen Warnschilder halten sie ab. Viele unterschätzen die Wellen oder wie glatt die Felsen sind."

Sie nickte. „Die Freunde, bei denen ich wohne, haben mir schon Ähnliches erzählt. Gisela und Heiner", fügte sie erklärend hinzu.

„*Bray*", ergänzte Hannah.

Sean runzelte die Stirn. „Ich glaube, ich kenne sie – auch Deutsche, nicht wahr?"

Gerade wollte sie beginnen das Freundschaftsverhältnis zu den beiden näher zu beschreiben, als es klopfte. Alle drei drehten die Köpfe.

„*Come in*", rief Hannah, aber das hatte der Polizist bereits getan.

3.

Er war von imponierender Größe.

„*There you are, John*", sagte Hannah, „wir haben dich schon erwartet."

John nickte ihr zu. „Hannah. Sean." Dann sah er Judith an, die sich kurz vorstellte. Er nahm am Tisch Platz, bekam eine Tasse Tee und Judith begann zu erzählen.

„Hannah hat die Stelle durchgegeben. Die Küstenwache ist unterwegs. Sie werden ihn schon herausholen." Er schwieg eine Weile. „Was für eine fürchterliche Geschichte. Es tut mir leid, wenn ich Sie noch weiter behellige. Ich muss ein Protokoll anfertigen." Er wandte sich Hannah zu: „Können wir den Raum nebenan benutzen?" Sie nickte.

Es brauchte einige Geduld, Judiths Erklärungen aufzunehmen, deren sprachliche Unbeholfenheit unter dem Druck wuchs, ihre Geschichte genau wiederzugeben. Während ihr sonst durchaus verständliches Englisch immer mehr zu einem kläglichen Pidgin verkam. Nicht zum ersten Mal bedankte sie sich innerlich bei den Iren für deren eher legere Art: nicht nur war Sergeant McGregor - so hatte sich der Riese vorgestellt – außerordentlich geduldig, er schrieb auch kommentarlos alles nieder, ohne nur den Versuch zu unternehmen, sie zu verbessern. Nur ab und zu fragte er sie nach einem Detail, vor allem nach den genauen Zeiten.

Trotz dieses Entgegenkommens merkte sie, wie sich langsam Kopfschmerzen bei ihr einstellten. Sie schwitzte vor Anspannung und vor Anstrengung sich deutlich auszudrücken. Ihr Magen knurrte erneut -

langsam hatte sie die Nase voll: sie wollte heim, sie wollte endlich frühstücken, sie hatte Urlaub.

Deshalb seufzte sie erleichtert auf, als der Sergeant ein zufriedenes „*Well"* ausstieß. „Sie sind noch eine Weile hier?" fragte er.

„Ja, zwei Wochen", gab sie zu, „mein Urlaub hat gerade begonnen".

„Es ist nur so: Sie werden vor dem Coroner, dem Untersuchungsrichter, eine Aussage machen müssen. Er lädt die Zeugen vor, die möglicherweise etwas dazu beitragen können, die Todesursache zu klären. Das ist hier so üblich", fügte er entschuldigend hinzu, „Sie bekommen dann eine Vorladung. Ich denke, wahrscheinlich sogar schon Ende der Woche. Hängt von der Obduktion ab."

Judith nickte ergeben. Inzwischen war ihr alles egal, sie wollte nur noch nach Hause.

Sie verabschiedete sich von ihrer liebenswürdigen Gastgeberin, die sie einlud, bei einem Spaziergang ruhig wieder anzuklopfen. Das versprach sie gerne, Hannah hatte ihre Neugier geweckt. Sean verabschiedete sich ebenfalls freundlich, lud sie aber nicht ein.

Netterweise erbot sich der Sergeant, sie nach Hause zu fahren und hielt sogar in Chapeltown, damit sie die notwendigsten Dinge einkaufen konnte.

Sean hob kurz die Hand zum Gruß, dann schloss er die Tür. Er ließ sich auf den nächsten Stuhl fallen und sah wortlos Hannah dabei zu, wie sie die Tassen in die Spüle räumte. Dann räusperte er sich. „Und du hast wirklich nichts gesehen?" Er deutete zum Feldstecher hinüber. „Du siehst doch sonst alles."

Hannah zuckte die Achseln. „Ich sitze nicht den ganzen Tag am Fenster. Die junge Frau habe ich schon gesehen, das stimmt. Ich habe allerdings nicht weiter verfolgt, was sie macht. Und ich habe natürlich das Auto an der Brücke gesehen, das übrigens immer noch dort steht."

Sean griff sich den Feldstecher und trat zum Fenster. Lange musterte er den abgestellten Wagen, dann wandte er sich zu Hannah um. „Ich glaube, den kenne ich."

Sie sah ihn fragend an, als er gedankenverloren den Feldstecher abstellte und sich schwer auf dem Stuhl niederließ. „Er gehört Walter. Walter Hendt."

„Walter Hendt. Na, hoffentlich bedeutet das nicht…" Sie ließ den Satz in der Schwebe.

Abrupt stand Sean auf. „Sieht ganz danach aus." Er fuhr sich über die Augen. „Möchte nur wissen", murmelte er, „ob … na, trotzdem, ich muss wieder los. Eigentlich wollte ich gar nicht so lange bleiben." Als er zur Tür ging, tätschelte er kurz ihren Arm. *„See you*, meine Liebe, bis dann." Damit ging er.

Judith war todmüde und fühlte sich ausgebrannt, so erschöpft wie nach einem Tag harter Arbeit. Weder ein starker Kaffee, noch ein Nickerchen auf dem Sofa hatten sie wieder munter werden lassen. Einen Moment erwog sie, sich einfach davon zu machen. Abzuhauen nach Mallorca.

Die Anwandlung verging, als sie beim Teekochen aus dem Fenster sah: die jetzt niedrigstehende Sonne malte dunkle Schatten an jedes Haus, jeden Strauch und jede Kuhle auf der Wiese. Alles schien von der umgebenden Landschaft so scharf abgegrenzt und gleichzeitig so hell ausgeleuchtet gegen den klaren Himmel, dass das Panorama einem nachretuschierten Foto glich. Nein, sagte sie sich ein wenig trotzig, das schlechte Ereignis hast du schon hinter dir. Schlimmer kann es nicht werden.

Als sie weiterhin verträumt nach draußen starrte, nahm sie plötzlich einen Mann wahr, der, wie aus dem Nichts aufgetaucht, von einer Erhöhung aus, halb verdeckt von Giselas Dornröschenhecke, seinen Feldstecher genau auf sie richtete. Er war in seinem Tarnanzug, einer braunen Jacke und einer grüngrauen Hose, kaum von der Umgebung zu unterscheiden. Hätten nicht die Gläser in der Sonne aufgeblitzt, wäre er ihr nicht aufgefallen. Instinktiv wollte sie zurückweichen, dann zwang sie sich so zu tun, als ob sie ihn nicht gesehen hatte. Sie hob den Becher mit Tee zum Mund, nahm einen tiefen Schluck und versuchte dahinter verborgen, den Beobachter näher zu betrachten. Seine Gesichtszüge konnte sie wegen der Entfernung nicht erkennen. Er schien nicht mehr ganz jung zu sein. Braune Haare, konstatierte sie, und eine Brille. Und wohl ziemlich groß. Als sie sich wieder setzte, sah sie noch, wie er den Feldstecher in die Jackentasche schob und verschwand. Einen Moment wartete sie, dann hechtete sie zur Tür, lief geduckt zum Gartentor und trat auf die Straße. Langsam ging sie zu ihrem Auto hinüber und drehte sich dabei unauffällig um. Er lief die Straße hinunter, in einem, wie sie feststellte, sonderbaren Gang: er zog das rechte Bein mit geradem Knie leicht versetzt nach, so als sei es steif. Zielstrebig ging er zu einem am Straßenrand parkenden kleinen roten Auto. Als er aufschloss, sah er zu Judith herüber. Es war viel zu weit entfernt, als dass sie seine Augen sehen konnte, aber sie hatte das unangenehme Gefühl, dass sie sich mit den ihren trafen.

Nachdenklich ging sie ins Haus zurück. Wer war das denn nun wieder?

Nach zwei, drei Sandwichs beschloss sie einfach ins Bett zu gehen, obwohl es noch früh am Abend war. Den Anruf bei den Freunden konnte sie ebenso am nächsten Tag erledigen. Was für ein fürchterlicher Urlaubsbeginn, dachte sie noch, bevor sie einschlief.

Entgegen ihrer Erwartung schien am nächsten Morgen die Sonne - es hätte eigentlich zum Ausgleich regnen müssen - so schön, wie sich der gestrige Tag entwickelt hatte.

In Irland führt das Wetter ein Eigenleben und hält sich weder an Voraussagen, Bauernregeln oder den schlichten Augenschein. Es macht, was es will und der Besucher sollte sich tunlichst darauf einrichten

Misstrauisch beäugte Judith daher den Horizont und beschloss, als wirklich keine einzige Wolke zu sehen war, sich nicht ihren Pflichten zu widmen, sondern lieber an den Strand zu fahren. Das höchstwahrscheinlich eher unangenehme Gespräch mit Mrs Branagan konnte bis zum Abend warten.

Sie sollte, so lautete ihr Auftrag, Mrs Branagan davon überzeugen, die zahlenden Gäste wirklich persönlich zu den angegebenen Zeiten in Empfang zu nehmen. Ein delikater Auftrag, dessen Brisanz ihr Gisela und Heiner am letzten gemeinsamen Abend bei einem Glas Wein eindringlich geschildert hatten.

„Du weißt doch, wie unzuverlässig Mary in dieser Hinsicht ist", hatte Gisela gesagt, „alle meine Hinweise, dass die Gäste dann ratlos vor der Tür stehen oder nach einer Weile wütend bei uns anrufen, haben überhaupt nicht gefruchtet, sie war nur beleidigt. Sie habe schließlich Wichtigeres zu tun, hat sie uns bedeutet."

„Wieso soll ich mehr Erfolg haben als ihr?", hatte Judith versucht den Auftrag abzuwenden, „ich kenne sie kaum, nur vom Guten Tag sagen und Milch holen". Nie hätte sie es gewagt, Mrs Branagan mit Mary anzureden! Wenn sie vorbeigeschaut hatte, um die

Grüße der beiden auszurichten, wurde sie gemustert, als hielte sie sich unberechtigt im Haus auf. Mrs Branagan erweckte den durchaus beabsichtigten Eindruck, als schaute sie nach ihrem Aufenthalt nach, ob nichts fehlte.

Ihr Jammern half nichts, und nach dem dritten Glas hatten die Freunde sie überredet.

„Du kannst als Gast argumentieren: du kannst zum Beispiel behaupten, wie schön es sei, persönlich willkommen geheißen zu werden. Weißt du, wir können es uns nicht leisten sie zu verärgern."

„Nur ein Versuch!"

„Okay, okay! Nur einer. Aber, Judith, leg deinen gesamten Charme hinein!"

Judith verstand ihr Dilemma durchaus: wie konnten die früheren gut nachbarschaftlichen Beziehungen in Einklang gebracht werden mit dem jetzigen bezahlten Verhältnis? Wie jemandem, die zuvor jahrelang als Lieferantin von Fisch, frisch gebackenem Brot und Nachbarschaftsklatsch oder als Begleiterin in den Pub gedient hatte - an den Sonntagabenden, an denen der eigene Gatte streikte - wie der klarmachen, dass die für Geld gelieferte Arbeit nicht gut war? Anfangs war das Arbeitsangebot sicherlich von der Idee getragen gewesen, Gutes zu tun. Das war ihr klar, auch, dass sie der Feigheit der Freunde Vorschub leistete. Sie versprach trotzdem ihr Bestes, weil sie Gisela und Heiner für die ihr gebotene Zuflucht dankbar war.

Die sie zunächst stolz abgelehnt hatte. Zu frisch war die Erinnerung daran, wie sie im letzten Jahr gemeinsam mit Richard hier den Urlaub verbracht hatte. Im festen Glauben daran, dass dem noch weitere folgen würden. Was nicht der Fall war. Nun war sie also allein hier.

Unter diesen Überlegungen hatte sie die Badesachen zusammengesucht und in einen Korb gepackt. Sie hatte sich entschieden zu St Finan's Bay zu fahren, zu der Badebucht, die im Gegensatz zu der im Nordwesten der Insel gelegenen über einen größeren Sandstrand verfügte. Die Bay lag ein paar Kilometer weiter südlich, dort konnte sie auf ein geschütztes sonniges Plätzchen hoffen.

Gerade als sie das Haus verlassen wollte, kündigte sich Besuch an: Sergeant McGregors Kopf erschien über der Hecke und kurz darauf tauchten er und ein weiterer Mann zwischen den Büschen auf. Einen Moment erwog sie einen beherzten Satz aus dem hinteren Küchenfenster. Die Möglichkeit, dass die beiden sie bereits gesehen hatten, ließ sie glücklicherweise von diesem würdelosen Unterfangen Abstand nehmen. Da klopfte es schon. Sie ging zur Tür und bat die beiden herein.

Nach einem Einleitungsgeplänkel, das ihr schier endlos erschien, dem ausgeschlagenen Angebot einer Tasse Tee, dem Hin und Her ausgetauschter Eindrücke des augenblicklichen, des vergangenen und des zukünftigen Wetters, kam die Rede endlich auf den Grund des Besuchs. Den Namen des Begleiters hatte sie natürlich nicht verstanden.

„Wir wissen jetzt, wer der Tote ist", erklärte der Sergeant, „es ist kein Tourist."

„Kein Tourist? Jemand von der Insel?"

„Nein, nicht direkt." Er zögerte. Dann sah er Hilfe suchend seinen Begleiter an.

Der nickte und fuhr fort: „Es ist jemand, der regelmäßig die Insel besuchte. Ein Deutscher, Walter Hendt. Einer der Ferienhausbesitzer. Er kam seit dreißig Jahren hierher". Er blickte zurück zu McGregor.

Judith nutzte die Gelegenheit: „Entschuldigung, könnten Sie mir bitte doch noch mal sagen, wer Sie sind? Ich habe Ihren Namen vorhin nicht verstanden".

„Oh, *sorry*. Mein Name ist Heeny, Inspektor Heeny. Zuständig für ungeklärte Todesfälle."

„Diese Dienststelle wurde hinzugezogen", erläuterte der Sergeant.

„Aha", wiederholte sie leicht verwirrt, „wurde hinzugezogen".

Heeny nickte. „Wir unterstützen den Coroner, den zuständigen Untersuchungsbeamten. In unserem Rechtssystem gibt es bei unerwarteten, gewaltsamen oder unnatürlichen Todesfällen zunächst eine öffentliche Verhandlung vor dem Coroner, die untersucht ‚wann, wo und wie' die betreffende Person zu Tode gekommen ist. Es werden zum Beispiel Zeugen für die letzten Stunden des Verstorbenen gehört, wie er gefunden wurde und der Bericht des Pathologen hinzugezogen. Und dieser Todesfall kam immerhin unerwartet. Und unnatürlich. Also ermitteln wir, ob es sich um einen Unfall handelt. Oder nicht". Er machte eine Pause.

Der Sergeant räusperte sich. „Wir wollten Sie um einen Gefallen bitten."

„Mich?"

Der Sergeant räusperte sich noch einmal. „Sehen Sie, Ms Richter, Judith, wir wissen, dass es wirklich ein großer Gefallen ist. Und vielleicht eine eher außergewöhnliche Bitte."

Sie schaute fragend von einem zum anderen. „Ja?"

„Würden Sie zu der Witwe gehen und mit ihr reden?", fragte Heeny.

Sie war verblüfft. „Ich zu der Witwe? Ich kenne sie doch gar nicht." Sie war fast ein bisschen schockiert.

„Nein, nein." Beide Männer schüttelten unisono den Kopf.

„Die schlechte Nachricht habe ich bereits überbracht. Es geht nicht darum. ihr den Tod ihres Mannes mitzuteilen", sagte der Sergeant. „Es ist nur, ... wissen Sie, es geht um die Formalitäten. Wie soll ich es ausdrücken – nun, wie gesagt, es muss diese Obduktion vorgenommen werden. Es gibt die öffentliche Anhörung durch den Coroner. Also, das bedeutet nichts, das ist nur die übliche Vorgehensweise bei einem Todesfall durch Ertrinken."

„Ja, ja", setzte sie zögernd an, „ich verstehe schon, das sagten Sie bereits."

„Wir dachten, Sie könnten es ihr sagen. Sehen Sie, Sie sind Deutsche. Sie sprechen Deutsch und können sich viel besser ausdrücken als wir. Außerdem, Sie haben ihn gefunden, ihren Mann, und vielleicht..."

Langsam verstand sie. „Sie meinen, ich soll als eine Art Vermittlerin dienen?" McGregor nickte erleichtert.

„Wir möchten jeglichen Verdacht vermeiden, es handele sich bei diesem Verfahren um eine außergewöhnliche Maßnahme", fügte Heeny hinzu, „die wegen der Person des Ertrunkenen vorgenommen wird." Er hob die Hände und lächelte verschämt: „Es wird natürlich trotzdem Gerede geben, Hendt war ein bekannter Mann. Vielleicht umstritten. Wir würden gerne, wenigstens im Augenblick, die Öffentlichkeit heraus halten und erst einmal so wenig Aufsehen erregen wie möglich. Die Leute können ihre Neugier dann ja bei der Anhörung befriedigen. Sie wissen doch, wie es auf dem Land zugeht. Wenn ein Polizist das Haus betritt, gibt es gleich die wildesten Gerüchte."

Sie stimmte zu. „Ja, klar, verstehe ich. Das klingt einleuchtend. Wohl ist mir aber nicht dabei. Schließlich kenne ich die Frau überhaupt nicht. Wie heißt sie denn?"

„Marion", antwortete Heeny, „Marion Hendt." Er blickte Judith an.

Walter und Marion Hendt. Wenn Heiner und Gisela die beiden kannten, müssten ihr die Namen eigentlich geläufig sein. So wie Annerose. Annerose kannte sie. Gut, die lebte ständig hier und war praktisch eine Nachbarin.

Sie schüttelte den Kopf. „Nie gehört".

„Ganz sicher?"

„Vielleicht irgendwann. Begegnet bin ich ihnen nie."

„Das kann schon sein", kam ihr der Sergeant zu Hilfe, „die Hendts waren wahrscheinlich zu anderen Jahreszeiten hier."

„Und es kommt wirklich niemand anderes infrage?", fragte sie nach, „keine Freunde, Bekannte?"

„Nein, niemand". Die beiden blickten sie an.

„Na gut. Einverstanden. Ich übermittle Ihre Botschaft."

Es hatte tatsächlich den Anschein, als sei ihnen ein Stein vom Herzen gefallen, sie bedankten sich geradezu überschwänglich. Und nachdem sie ihr noch einmal vorgesagt hatten, was sie der Witwe sagen sollte und ihr nochmals eindringlich nahegelegt hatten, unbedingt das Normale der Vorgehensweise hervorzuheben, verabschiedeten sie sich endlich. Sie verabredeten, dass sie telefonisch Bericht erstatten sollte, und Heeny drückte ihr seine Visitenkarte in die Hand.

Judith sah ihnen nach. Da hatte sie sich etwas eingebrockt. Sie verfluchte ihre Nettigkeit. Oder, besser, ihren mangelnden Widerstand. Das ist das letzte Mal, schwor sie sich. Sie hätte viel dafür gegeben, wäre ihr eine plausible Entschuldigung eingefallen. Andererseits, besonders schlagfertig war sie noch nie gewesen. So packte sie resigniert den Rest der Sachen zusammen und beschloss, es gleich hinter sich zu bringen – und dann nichts wie hin zum Strand!

Kaum standen sie auf der Straße, zündete sich Heeny eine Zigarette an. „Und?"

Sergeant McGregor zuckte die Achseln. „Sie wird´s machen, denke ich. Ist vielleicht nicht ganz legal, aber die Kopfverletzung kann alles bedeuten. Auf diese Weise vermeiden wir wenigstens im Moment allzu abenteuerliches Getratsche. Und das Herumschnüffeln der Medien. Die werden spätestens zur Anhörung hier sein. Bisher gibt' s zwar keine Hinweise, dass es mehr als ein Unfall war, … obwohl, merkwürdig ist es schon." Er startete den Wagen.

Heeny nickte. „Du hast Recht. Warten wir die Obduktion ab, bevor wir vorschnelle Schlüsse ziehen. Und was findest du merkwürdig? Er war offensichtlich nicht der Erste, den es da oben erwischt hat. Ich gebe zu, er war nicht sonderlich beliebt, zumindest bei einigen Leuten hier. Hast du das Gelände abgesucht?"

„Ja, hab' ich. Ich habe mir auch die Plattform angesehen. Nichts Auffälliges. Keinen Grund, das ganze Team herzubestellen."

Heeny warf den ausgedrückten Zigarettenstummel aus dem Wagenfenster. „Seine Frau meinte, dass er das öfters gemacht hat. So früh aufzubrechen, meine ich, nach Culloo. Nur zu meiner Beruhigung: vielleicht kannst du noch einmal mit der alten Frau reden. Es könnte ja sein, dass ihr doch noch etwas einfällt, was sie gesehen hat. Sonst wüsste ich nicht, wer uns noch Informationen geben könnte."

McGregor nickte. „Hannah Govern. Ja, das kann nicht schaden. Und vorsichtshalber klettere ich auch noch einmal hinunter bis zum Wasser."

Auf dem Weg zu den Hendts beschäftigte Judith immer noch der eigentliche Sinn der Botschaft, die sie vermitteln sollte. Ich bin zwar vielleicht nicht die Schnellste, dachte sie, irgendwie ist es doch seltsam, dass die Zwei ausgerechnet mich gefragt haben. Verständlich, dass es kein Aufsehen geben soll, aber Gerede gibt es doch immer. Ein ungeklärter Todesfall. Sie sollte sich mal über das hiesige Rechtssystem schlau machen - welche Funktion hatte ein Coroner genau?

Das Haus der Hendts lag am Ende eines Privatwegs, der von der Straße nach Knightstown abzweigte und hinunter zum Wasser führte. Nichts ließ von der Straße her erkennen, dass er überhaupt zu einem bewohnten Ort führte. Von oben waren nur die Bäume zu sehen, die das Haus perfekt vor neugierigen Blicken abschirmten. Ohne die genaue Beschreibung der Polizisten hätte sie die Einfahrt verfehlt. Judith musste zunächst ein Gatter öffnen und eine ganze Weile dem Feldweg folgen, bis das Haus hinter dem Wäldchen auftauchte. Die Häuser, verbesserte sie sich. Es war ein ganzes Ensemble von Gebäuden, die sich um ein großes altes Haus gruppierten. Ein richtiges Anwesen. Das Vorhandensein von Geld ließ sich nicht leugnen.

Das kastenförmige Haupthaus aus grauem Stein besaß in der Mitte einen fast herrschaftlichen Treppenaufgang, der zu einer schön gearbeiteten zweiflügeligen Holztür führte. Jeweils zwei unterteilte Fenster flankierten den Eingang und verstärkten den Eindruck von geometrischer Gemessenheit. Sieht fast ein bisschen georgianisch aus, dachte sie. Die beiden niedrigeren Anbauten an den Seiten waren stilecht hinzugefügt worden, während ein kleines altes Cottage an der gegenüberliegenden Längsseite der viereckigen Rasenfläche sicherlich eher als Schuppen genutzt wurde. Direkt am Wasser gab es noch ein Bootshaus, an dessen langem Steg ein Boot lag. Neben dem Haupthaus lag, halb verborgen hinter einigen riesigen Rhododendronsträuchern, eine Doppelgarage. Sie war beeindruckt. Vor allem von der Lage direkt am Wasser.

Judith schaute sich unschlüssig um. Sollte sie klopfen? Die Entscheidung wurde ihr abgenommen, als sich im Haupthaus die Tür öffnete und ein kleiner Junge heraustrat. Sie schätzte ihn auf fünf, höchstens sechs Jahre. Er blieb stehen, als er sie sah und schaute sie fragend an.

„Hallo", sagte sie, „ich wollte zu Frau Hendt. Kannst du mir sagen, wo ich sie finde?"

Er nickte, machte, noch immer wortlos, die Tür hinter sich weiter auf und verschwand wieder im Haus. Sie deutete dies als Zeichen, ihm zu folgen.

Sie fand sich in einer Art Vorraum wieder, man könnte fast sagen, in einer Vorhalle, da sich der Raum nach oben hin öffnete. Eine breite geschwungene Holztreppe führte hoch in den ersten Stock auf eine Galerie. Sie hatte die Wahl zwischen mehreren Türen, die alle halb offenstanden.

„Hallo?"

Sie hörte den Jungen aus dem hinteren Teil des Hauses „Mum?" rufen, während zur gleichen Zeit aus der benachbarten Tür eine Frau heraustrat.

Es blieb ihr nicht viel Zeit, ihr Gegenüber zu mustern. Der kurze Moment genügte jedoch um zu erfassen, dass sie eine Schönheit war: sie war eine jener echten Blondinen, die über den durchsichtigen Teint und die blauen Augen einer Fee verfügen. Ihr Haar trug sie lang, und die Zartheit ihres Gesichts verstärkte das Mädchenhafte ihrer Erscheinung. Diesem Eindruck konnten sogar ihre geröteten und verquollenen Augen nichts anhaben.

Erst als sie näher herankam, war ihr anzusehen, dass sie die Dreißig schon länger überschritten haben musste.

„Ja bitte?" Ihre Stimme klang belegt.

„Frau Hendt? Guten Tag. Mein Name ist Judith Richter. Es tut mir sehr leid, dass ich Sie störe. Gerade jetzt. Aber wenn Sie einen Moment Zeit für mich haben?"

„Um was geht es denn?" Sie klang müde.

„Es handelt sich um Ihren Mann."

„Ich verstehe nicht ... Sind Sie vom Beerdigungsinstitut? Wir warten nämlich auf das Beerdigungsinstitut", fügte sie hinzu und schluckte.

„Nein, nein." Judith zögerte. „Ich war es. Ich habe ihn gefunden", sagte sie dann leise, „ich dachte mir, vielleicht wollen Sie wissen..."

Zum ersten Mal wurde Marion Hendts Blick klarer. Sie nickte wortlos und wies auf die geöffnete Tür. „Ja", sagte sie schlicht, „das möchte ich."

Sie traten in einen riesigen Wohnraum und Judith blickte erstaunt um sich. Ihr Eindruck war - edel. Teuer, nicht protzig. Den Raum hatte jemand sehr stilvoll eingerichtet: polierter Steinboden, darüber zwei Perserteppiche in warmen Rottönen; ein bis an die Decke reichendes, mit Büchern gefülltes Regal an der einen Stirnseite des Raumes; dann ein ummauerter Kamin in der einen Ecke mit locker davor gruppierten unterschiedlichen Sesseln. Die Mitte des Raumes nahmen zwei sich gegenüberstehende hell bezogene Sofas ein, dazwischen ein niedriger Tisch, auf dem ein Strauß mit mindestens zwanzig leuchtend roten Rosen stand. Ein großer Esstisch vervollständigte die Einrichtung. Der Blick auf das Wasser und die gegenüberliegende Berge war überwältigend.

Erst auf den zweiten Blick sah Judith den Mann, der in einem der Sessel vor dem Kamin saß und sie nun fixierte. Er machte nicht den Eindruck, als wollte er sich zu ihrer Begrüßung erheben. Nicht sehr höflich, dachte sie ärgerlich und starrte zurück, obwohl es ihr schwerfiel. Er vermittelte ihr nicht nur das Gefühl, nicht erwünscht zu sein, sondern nie dazu zu gehören, so sehr sie sich anstrengen mochte. Es war nicht nur der beige Kaschmirpullover, den er elegant geknotet um die Schultern trug, über einem, wie sie annahm, exquisit teuren, wahrscheinlich maßgeschneiderten Hemd, sondern dieses nicht zu fassende Flair des Reichtums, das bereits der gesamte Raum verbreitet hatte.

Jetzt endlich erhob er sich langsam.

„Thomas Schmidt", sagte Marion Hendt, „mein Bruder. Und das ist", sie sah hilflos in Judiths Richtung.

„Judith Richter".

„Frau Richter hat Walter gefunden, und sie ist so nett ...", ihre Stimme erstarb.

Er nickte ihr zu: „Setzen Sie sich doch bitte."

Sie nahm im nächststehenden Sessel Platz. Die beiden sahen sie erwartungsvoll an. So berichtete sie kurz, wer sie war, wo sie wohnte, und dass sie gestern angekommen sei, um Urlaub zu machen.

Dann erzählte sie von ihrem Spaziergang und wie sie Walter Hendt auf dem Wasser treibend entdeckt hatte. Sie bemühte sich ganz sachlich zu bleiben, obwohl sie die Bilder des auf dem Wasser treibenden Körpers wieder vor sich sah. Während ihres Berichts versuchte sie, die beiden einzuschätzen. Marion Hendt blickte während des ganzen Berichts kein einziges Mal hoch, sondern sah auf ihre im Schoß verschränkten Hände hinunter. Dafür musterte sie Thomas Schmidt umso ausführlicher und mit einer Direktheit, die sie fast als unverschämt empfand. Eigentlich sah er recht gut aus – hageres Gesicht, dunkle Haare, helle Augen. Die er nicht von ihr ließ.

Er war auch der Erste, der, nachdem sie geendet hatte, wieder sprach. „Und man konnte wirklich nichts tun?" Der Vorwurf in seiner Stimme war kaum zu überhören.

„Nein", antwortete sie bedauernd, „leider nichts." Sie holte tief Atem und blickte zu der Witwe hinüber. „Er lag ganz ruhig da. Aber auch, wenn er nur bewusstlos war: wie hätte ich ihn herausholen sollen? Sie kennen den Platz."

Marion hatte sich nicht gerührt. Dann blickte sie plötzlich hoch. „Glauben Sie, er hat sehr gelitten?" fragte sie.

„Das weiß ich nicht", antwortete Judith wahrheitsgemäß. „Es sieht so aus, als sei er von oben ins Wasser gestürzt. Die Polizei sagte mir, man wolle sichergehen und herausfinden, wie es genau passiert ist. Insofern gibt es eine Untersuchung", fügte sie schnell hinzu, als beide aufsahen. „Der Coroner, der Untersuchungsrichter, muss wohl in einem Fall wie diesem – Tod durch Ertrinken - die Todesursache ermitteln lassen. Es wird eine Obduktion durchgeführt. Danach gibt es eine öffentliche Verhandlung. Das scheint die übliche Vorgehensweise zu sein." Sie zögerte und setzte dann langsam hinzu: „Es sieht hinterher alles ganz normal aus."

Thomas Schmidt übernahm wieder die Initiative: „Wird nicht die Zustimmung von Marion gebraucht?"

„Nein, in diesem Fall nicht. Wie gesagt, es handelt sich um einen ungeklärten Todesfall, in solchen Fällen ..."

„Ja, ja", unterbrach er ungeduldig, „das sagten Sie schon. Das heißt, dass wir jetzt noch gar keinen Begräbnistermin festsetzen können."

„Erst nach der Untersuchung. Sie bekommen Bescheid, so schnell wie möglich, hieß es. Entschuldigen Sie, wenn ich nachfrage: Sie wollen ihn hier auf der Insel beerdigen?"

„Ja." Marion Hendt hob den Kopf. „Er liebte dieses Land und hatte vor, für immer hier zu bleiben." Sie presste die Lippen zusammen. „Wenn es geht, natürlich nur. Walter war evangelisch." Sie stand auf. „Entschuldigen Sie meine Manieren, kann ich Ihnen etwas anbieten? Eine Tasse Tee vielleicht?" „Gerne ein Wasser, danke", antwortete Judith.

Marion nickte und verließ das Zimmer.

Es entstand eine Pause, die nach einigen Minuten drohte, unangenehm zu werden. Tom sprang auf und fuhr sich durch das kurze Haar. „Wir sind immer noch geschockt von dem, was passiert ist. Wer denkt denn an so etwas? Er kannte sich doch aus", fügte er fast hilflos hinzu.

Judith zuckte die Schultern. Sie war froh, als Marion Hendt zurück in den Raum kam und sie einer Antwort enthob. Hinter ihr schlüpfte der Junge mit hinein. Er lächelte Judith zu und wandte sich dann direkt an den Mann. „Gehst du nachher mit mir zum Kai, Tom?"

„Ja, mache ich." Er nickte in Judiths Richtung. „Das ist Andi", sagte er.

„Hallo, Andi. Wir haben uns schon gesehen."

Marion stellte ein voll beladenes Tablett auf den Tisch. „Am besten, wir setzen uns alle hier herüber." Als sich alle niedergelassen hatten, sagte sie entschuldigend: „Wir haben noch nichts gegessen, wissen Sie."

„Oh, bitte; dann werde ich jetzt gehen!"

„Nein, nein, bleiben Sie ruhig, das meinte ich nicht". Sie blickte zu ihrem Bruder hinüber, der keinerlei Reaktionen zeigte. Es blieb Judith nichts Anderes übrig, als sich in die Situation zu fügen, wollte sie nicht unhöflich erscheinen.

Es entstand das übliche Hin und Her, bis sich jeder bedient hatte. Dann war nur das Kratzen der Messer zu hören und das Klirren, wenn eine Teetasse zu hart aufgesetzt wurde.

„Wir haben uns bisher noch nicht kennen gelernt", Marion blickte zu Judith hinüber, „jedenfalls erinnere ich mich nicht. Aber Gisela und Heiner kenne ich natürlich. Wenn auch nicht gut. Wir waren immer zu unterschiedlichen Zeiten hier. Walter hatte eher mit ihnen zu tun, glaube ich, ganz früher. Vor meiner Zeit". Sie schwieg abrupt und blickte auf ihren Teller. Als sie wieder hochsah, schwammen ihre Augen in Tränen.

Tom beugte sich zu ihr herüber und nahm ihre Hand. Es gab nichts mehr zu sagen. Judith fühlte sich wie eine unwillkommene, überflüssige Beobachterin. Besser, sie ging jetzt.

Der Junge blickte nur kurz auf, als sie sich verabschiedete, Tom nickte ihr zu, diesmal freundlicher: „Auf Wiedersehen."

Marion begleitete sie zur Tür. Sie zögerte einen Moment, dann sagte sie: „Wenn Sie in den nächsten Tagen Zeit haben, kommen Sie bitte einfach mal vorbei. Die Beerdigung wird ja frühestens nächste Woche stattfinden. Ich würde mich freuen." Judith drückte ihre Hand und nickte. „Danke, gerne."

Als sie langsam den Weg wieder hochfuhr, ließ sie sich das Gespräch nochmals durch den Kopf gehen.

Es fiel ihr nicht leicht nachzuvollziehen, was in den Dreien vorging, vor allem in Marion und in Andi. Es war bestimmt schrecklich, so plötzlich jemanden zu verlieren. Und auf diese Weise. Judith überlegte: sie war wirklich vorher nie auf so unmittelbare Weise mit dem Tod konfrontiert worden. Als ihre Großmutter starb, war sie nicht zuhause. Und das Begräbnis...

Marion Hendt war ihr auf Anhieb sympathisch gewesen, obwohl sie den Typ Frau verkörperte, mit dem sie eigentlich nicht so viel anfangen konnte: sehr weiblich, sehr zart. Zu weiblich. Nicht sehr selbstbewusst. Das Versprechen vorbei zu kommen, hatte sie gegeben, ohne groß nachzudenken. Aber dieser Thomas Schmidt, der hatte ein ziemlich unverschämtes Verhalten an den Tag gelegt. Typ arroganter reicher Geschäftsmann. Dem zu begegnen hatte sie nun gar keine Lust.

Inzwischen war sie an der Kreuzung vor der Brücke angekommen. Sie holte tief Luft. Sie war mit sich zufrieden – sie fand, sie hatte ihren Auftrag bravourös erledigt und jetzt durchaus eine Erfrischung verdient. Es war es eine Erleichterung, sich ordentlich aus der Affäre gezogen zu haben. Sie beschloss, auf ihrem Weg zum Strand in Portmagee Halt im lokalen Pub zu machen. Als Belohnung. Da inzwischen hier kontinentale Annehmlichkeiten eingezogen waren, wurde neben Guinness auch Anderes angeboten. Sogar so etwas Exotisches wie Capuccino.

Marion schloss leise die Tür. Sie lehnte einen Moment die Stirn gegen das Holz und verharrte dort ein paar Sekunden, straffte dann entschlossen die Schultern und ging zurück ins Wohnzimmer.

Andi saß neben Tom, der ihm geistesabwesend über den Arm strich. „Ich war wohl etwas ruppig?" Reuevoll sah er zu ihr herüber.

„Du warst ziemlich unhöflich. Dazu bestand überhaupt kein Grund."

Er hob die Hände: „Ich entschuldige mich hiermit vielmals."

„Tu das lieber bei Frau Richter", erwiderte sie trocken und begann, das Geschirr auf das Tablett zu räumen. „Andi, bist du so nett und bringst die Teekanne in die Küche?" Er nickte und verschwand hinter der Tür, die sie sorgfältig hinter ihm zumachte. Schwerfällig ließ sie sich auf einen Stuhl fallen, so als habe sie alle Energie verlassen. „Ach Tom, was machen wir denn jetzt bloß?"

Er zog sie hoch und nahm sie in den Arm. „Es wird schon wieder, Schwesterchen", murmelte er.

Marion begann zu weinen. Tom klopfte ihr beruhigend auf den Rücken. Sie putzte sich die Nase.

„Wenn wir nicht so einen blöden Streit gehabt hätten, weißt du. Ich fühle mich so schuldig. Als Minni heute Morgen die Blumen vorbeibrachte, hat es mich richtig geschüttelt. Die muss er noch bestellt haben." Sie stockte. „Und hier …. Wie soll es hier weitergehen?"

„Das weiß ich noch nicht. Ich muss erst einmal alles durchgehen, danach sehen wir weiter. Es gibt keinen Grund zur Beunruhigung. Leg du dich ein bisschen hin. Ich gehe mit Andi hinunter zum Wasser."

Sie lächelte ihm zu: „Ja, danke".

Tom rieb sich die Augen. Natürlich hatte er die Identifizierungsformalitäten übernommen, keine Frage. Er hatte Marion nicht erzählt, wie sehr ihn der Anblick von Walters Körper erschreckt hatte. Er konnte nur kurz nicken, als der Sergeant ihn gefragt hatte, ob es sich bei dem Toten um Walter handelte.

Er wandte sich zur Tür. Es war nicht zu ändern.

4.

Als Judith die Tür zur Bar öffnete, musste sie erst einmal stehen bleiben.

Vom hellen Licht geblendet konnte sie in dem dunklen Raum überhaupt nichts erkennen. Schemenhaft nahm sie ein paar Gestalten am Tresen wahr, die sich erst, als sich ihre Augen an das herrschende Dämmerlicht angepasst hatten, als diejenigen entpuppten, die immer dort saßen. Der Pub war ansonsten leer, bis auf eine kleine Gruppe von Männern, die sich um einen der niedrigen Tische an der Wand gruppiert hatten.

Judith nickte vage in alle Richtungen und setzte sich auf einen Barhocker ganz hinten, nur damit klar war, sie wollte für sich bleiben. Die junge Frau, die hinter der Theke Gläser spülte, sah zu ihr hin. *„Half pint of Smithwicks, please."* Dieses eine Glas Bier würde ihr schon nicht schaden. Sie atmete tief durch und nahm einen ersten Schluck. Willkommen in Irland, dachte sie, ich wünsche dir einen wunderbaren Urlaub, meine Liebe! Kopf hoch! Sie würde ihn sich schon nicht vermiesen lassen. Nimm es doch sportlich. Nie hättest du in so kurzer Zeit so viele Leute kennen gelernt. Haha. Die Umstände waren nicht unbedingt erfreulich, aber für die war sie nicht verantwortlich.

Entschlossen wandte sie sich der Gegenwart zu und drehte sich ein wenig zur Seite, um unauffällig die anderen Gäste in Augenschein zu nehmen.

An der kurzen Seite der Theke saßen die zwei, drei alten Männer, die immer schon dort gesessen hatten, das lebende Inventar gewissermaßen. Sie hatte den Verdacht, dass ihnen der Wirt ab und zu einen ausgab, damit sie echt irische Trinker mimten, inklusive der Kappe auf dem Kopf und dem Glas Guinness vor sich. Nach der letzten Renovierung hatte die vorher heimelig gammelige Atmosphäre etwas gelitten: unfreundlich nahm sie die vielen künstlerisch drapierten Fischernetze wahr, den über der Theke thronenden Gipslachs und die über die Wände verteilten Sinnsprüche. Gut, dass das Rauchverbot erst später in Kraft getreten ist, dachte sie zynisch. So sah das zuvor angeschaffte schicke Mobiliar aus, als stünde es schon seit mindestens zwei Generationen dort.

Die Männer schräg hinter ihr unterhielten sich laut. Und sie sprachen deutsch. Vielmehr schwäbisch, falls sie den Dialekt richtig einordnete. „Der ist halt abgestürzt. So was passiert. Das hat doch mit uns gar nichts zu tun, gar nichts, nicht das Geringste."

„Das glaubst auch nur du", antwortete eine andere Stimme, „klar hat das was mit uns zu tun. Wir haben zusammen gesessen mit dem. Und dann passiert dem so was, außerdem noch da, wo wir verabredet waren."

Sie konnte es kaum glauben – Ganz eindeutig unterhielten sich die hinter ihr Sitzenden über ihre Wasserleiche! Neugierig drehte sie den Kopf. In ihrem Augenwinkel tauchten zwei breite karierte Rücken auf, dazu ein karierter Bartträger auf der Bank ihnen gegenüber und die Hälfte eines ziemlich voluminösen Käppi–Trägers daneben. Da sie nicht allzu interessiert wirken wollte, schlug sie die Beine übereinander, stützte nachdenklich den Kopf in die Hand und blieb in der Hoffnung, dass diese unnatürliche Haltung ganz natürlich aussah, ihnen halb zugewandt sitzen. Die Männer waren so in ihre Unterhaltung vertieft, dass ihr umständliches Manöver unbeachtet blieb.

„Wir müssen der Polizei doch wenigstens melden, dass wir uns für den Morgen mit ihm verabredeten hatten." Das war der Bärtige.

„Bloß nicht. Es reicht doch, dass wir abends mit ihm gesehen wurden, damit sind wir doch schon dran. Außerdem haben wohl genügend Leute mitgekriegt, dass es ziemlich laut zu ging." Offenbar der rechte karierte Rücken.

„Ich hab' keinen Bock wegen dem länger hier bleiben zu müssen."

„Das kannst du doch gar nicht wissen", schaltete sich der Dicke mit dem Käppi ein, „ob die dich überhaupt hierbehalten wollen."

„Bist du naiv", höhnte der linke Rücken, „klar behalten die dich hier, wenn einer vom Felsen fällt. Das müssen die doch klären."

„So ein Unfall sieht immer merkwürdig aus", fügte düster der Bärtige hinzu. Schweigen.

Sieh mal einer an, dachte Judith, da war Walter Hendt also an dem Morgen seines Todes verabredet gewesen.

Sie versuchte einzuschätzen, was diese Männer mit dem Toten verband. War er ein Typ, der darauf aus war, mit Saufkumpanen um die Häuser zu ziehen? Bisher hatte sie den Eindruck gehabt, vermittelt durch die Polizisten und das Gespräch mit Marion, dass es sich bei ihm um einen seriösen, ziemlich überarbeiteten, ziemlich wohlhabenden Geschäftsmann handelte. Der sich einen recht ansehnlichen Besitz als Feriendomizil in Irland leisten konnte. Und der davon geträumt hatte, für immer hier zu bleiben. Sie schätzte ihn als handfest ein, aber so handfest? Interessant.

Was hatten also diese Männer mit Walter Hendt zu tun?

Judith war neugierig geworden. Sie musste es irgendwie schaffen, mit ihnen ins Gespräch zu kommen. Sie überlegte nicht lange, sondern wählte die einfachste Methode: sie nahm kurzerhand Schwung und ließ sich effektvoll seitwärts vom Barhocker fallen. Mit einem kleinen Schrei kam sie unten auf und setzte sich der Einfachheit halber erst einmal auf den Boden. Der Erfolg war überwältigend. Der Wirt eilte mit ausgestreckten Armen aus den hinteren Gemächern herbei. Ein Glas zersprang klirrend und zwei der Dauergäste sprangen so hastig auf, dass ihre Hocker polternd nach hinten fielen. Auch die, die sie hatte beeindrucken wollen, hatten sich halb erhoben. Flehend streckte Judith die Arme aus und wurde unter allgemeinen Schreckensäußerungen und Beileidsbekundungen hochgezogen.

Wahrheitsgemäß versicherte sie, dass ihr nichts passiert sei. Unglücklich verhakt, nichts getan, alles in Ordnung, *no problem*. Dann humpelte sie demonstrativ zur Bank und ließ sich aufseufzend neben dem Bärtigen nieder. „Ich darf doch?" sagte sie fragend auf Deutsch. „Ich habe gehört, dass Sie Landsleute sind. Kann ich mich einen Augenblick hierhersetzen? Tut mir leid, dass ich hier so einen Wirbel veranstalte." Um ihre Anwesenheit nochmals nachhaltig zu legitimieren, stieß sie einen halblauten Stöhnlaut aus und rieb sich gleichzeitig das Bein. Mitfühlendes Gemurmel erhob sich am Tisch.

„Ist wirklich alles in Ordnung?", fragte der Bärtige.

Judith nickte beruhigend. Gleichzeitig fiel ihr das halbvolle Glas auf dem Tresen ein. „Könnten Sie vielleicht so nett sein...?", sie deutete auf das Bier. Der Karierte gegenüber sprang auf.

„Danke!" Sie trank einen Schluck. „Entschuldigung! Meine guten Manieren... Judith Richter aus Frankfurt". Sie versuchte alle im Blick zu behalten. Das war nicht leicht, da sie den ungünstigen Platz an der Ecke erwischt hatte. Deutsche Namen gingen auf sie nieder, die sie höflich nickend zur Kenntnis nahm und sofort wieder vergaß.

Der Bärtige blickte sie an: „Wir machen Urlaub hier. Angeln. Hochseeangeln. Ist ein gutes Revier. Und Sie?"

„Ich auch. Aber ich mache nur Urlaub."

Die Männer lachten. „Da haben Sie nicht ganz Unrecht", sagte der mit dem Käppi, „Angeln ist mit Arbeit verbunden." Die anderen stimmten zu, der Bärtige schränkte ein: „Es ist eine erholsame Arbeit. – Schon allein, dass unsere Frauen daheim geblieben sind." Alle lachten. Ach du liebe Zeit.

Judith lächelte verhalten. „Was kann man denn hier angeln?" Sie stellte sich ahnungsloser als sie tatsächlich war. Sie war zwar keine passionierte Anglerin, wusste nichtsdestotrotz, dass die Küste ein Angel-Paradies war – Heiner und Gisela hatten sie in den Jahren zuvor das eine oder andere Mal mit zu den Klippen genommen und ihr beigebracht, die Angel auszuwerfen, ohne die Umstehenden zu verletzen. Es erfreut Männer jedoch immer, Frauen etwas erklären zu dürfen. So sah sie bei ihrer Frage gleichzeitig die vier Männer mit großen Augen an – und musste nicht lange warten.

Unter gegenseitigen Unterbrechungen lieferten die vier einen Schnellkurs: über das Angeln im Allgemeinen, über die in Irland, besonders an dieser Küste, in dieser Jahreszeit, aufzufindenden Fische, inklusive der Aufzählung aller möglichen Arten, sie heraus zu holen.

Nach fünf Minuten schien es ihr, sie habe nun zur Genüge ihr Interesse gezeigt und so unterbrach sie den gerade Redenden - es war der linke Karierte - erbarmungslos mit der Frage: „Ja, dann war der Ertrunkene gestern vielleicht sogar ein Bekannter von Ihnen?" Bloß keine Zeit zum Überlegen geben! Die Frage schockte offensichtlich. Der vorher so rege Redefluss stoppte abrupt.

„Ja, was wissen Sie denn über diese Sache?", platze der Käppiträger heraus und erntete augenblicklich strafende Blicke.

„Nun", sagte Judith genüsslich, „das ist doch Stadtgespräch." Das hatte gesessen. Sie hakte nach, indem sie ihre Frage wiederholte. „Angler kennen sich doch oft untereinander. Und Walter Hendt war kein Unbekannter hier."

Der Bärtige hatte sich offensichtlich einen inneren Ruck gegeben. Er nickte. „Ja, wir haben ihn getroffen." Er dämpfte die Stimme. „Wahrscheinlich waren wir sogar die letzten, die ihn lebend gesehen haben." Einvernehmlich blickten sie sich verschwörerisch um.

„Nein! Wie kam das denn?" Judith tat entsetzt. Der Bärtige übernahm wieder die Initiative, trotz der jetzt fühlbaren Reserviertheit der anderen. „Wir trafen ihn gestern Abend hier in der Bar. Er kam an unseren Tisch, als wir uns unterhielten, wo hier wohl die guten Stellen sind. Bisher hatten wir nämlich noch kein großes Glück", fügte er leicht beschämt hinzu. „Obwohl uns der Reiseveranstalter versprochen hat, es gäbe hier immer etwas. Zum Beispiel auf der Insel drüben. Na ja, derjenige, der uns die Stellen zeigen sollte, der ist nicht erschienen."

Der linke Karierte übernahm: „Walter hatte uns wohl zugehört, jedenfalls kam er herüber – wir saßen hier, aber mit mehr Leuten – und sagte, er könne uns zeigen, wo das ist. Weil, wir hatten ja keine Ahnung, wo. In der Beschreibung hörte sich alles ganz einfach an, wir hatten vorgestern schon versucht die Stelle zu finden... Na, und als wir in Knightstown in diesem runtergekommenen Hotel jemanden gefragt haben, ob er uns führen kann, tja, da haben wir ihn nicht verstanden." Er wurde ein bisschen rot.

Judith verkniff sich mit Mühe ein Grinsen. „Sie waren sicherlich froh über das Angebot." Sie musste sich nur den Dialog vorstellen, Schwäbisch auf der einen, Kerry - Dialekt auf der anderen Seite, kein Wunder, dass die Verständigung nicht funktioniert hatte.

„Klar. Wir haben uns gleich für den nächsten Morgen verabredet. Er, also Walter, der war ja quasi von hier und kannte sich richtig gut aus. Wahrscheinlich kannte der sich noch besser aus als unser Reiseveranstalter. Jedenfalls", er beugte sich vor, „hat er uns von einem Platz erzählt, wo er schon riesige Makrelen zu dieser Jahreszeit gefangen hat." Inzwischen waren alle tief über den niedrigen Tisch gebeugt.

„Also, er sagte, er würde Ihnen eine Stelle zeigen, an der Sie riesige Makrelen angeln könnten?"

Der Bärtige schaltete sich wieder ein. Diesmal flüsterte er: „Er hat sich mit uns verabredet. Wir wollten zusammen dorthin gehen. Gestern Morgen." Er sah Judith unglücklich an. „An dem Morgen, an dem er ertrunken ist, waren wir verabredet, verstehen Sie."

„Ach du liebe Zeit." Sie sah sich unwillkürlich um. Die vier blickten auf den Tisch.

„Sie meinen, Sie haben ihn dort, an den Klippen, getroffen?"

„Nein, nein", der Bärtige sah auf. „Wir wollten uns um sieben auf dem Parkplatz an der Brücke treffen. ..."

„Wir haben verschlafen", sagte der rechte Karierte trotzig. „Wir hatten ganz schön was getankt an dem Abend, und wir sind erst nach sieben aufgewacht. Das heißt, der Bernd ist aufgewacht", er deutete mit dem Kinn auf den Käppiträger, „und der hat uns dann aus dem Bett gejagt. Da war es schon so spät, da sind wir gar nicht erst hin. Und jetzt ist er tot." Das war es also.

„Haben Sie das der Polizei erzählt?"

„Nein, haben wir nicht. Wir wollten keinen Ärger. Wir wollen Mitte der Woche zurück. Und vielleicht lassen die uns gar nicht nach Deutschland. Und dann verfällt der Flug." Er klang ehrlich besorgt. „Und außerdem, das alles auf Englisch erzählen? Nein, danke!"

Judith unterließ es mitfühlend, ihn auf seine staatsbürgerlichen Pflichten hinzuweisen. Seufzend musterte sie ihre Gesprächspartner, die alle mehr oder weniger schuldbewusst aussahen. „Ich verstehe."

Die vier Männer schauten sie an.

„Schade ist es doch. Die Polizei ist sicherlich dankbar für jede Information." Sie überlegte kurz ob es nicht an der Zeit war, ihre Rolle in diesem Drama aufzudecken. Andererseits wozu? „Na, wahrscheinlich haben Sie Recht", lenkte sie ein.

„Irgendwie ist es schon komisch: am Abend noch quicklebendig und am nächsten Morgen tot. Und wissen Sie was", fügte der Bärtige hinzu, „der machte nicht den Eindruck, als ob er gleich einen Herzinfarkt bekommt, so wie der den Abend über gesoffen hat."

Judith blickte alle der Reihe nach an. „Wollen Sie das wirklich nicht der Polizei erzählen? Es ist doch offensichtlich, dass Sie nichts mit seinem Tod zu tun haben. Was kann Ihnen denn passieren? Für den Abend gibt es sicherlich Zeugen, Sie haben hier gesessen und mit ihm getrunken. An dem Morgen, da hat es halt nicht geklappt mit der Verabredung", schloss sie etwas lahm.

„Sie sind gut", sagte der mit dem Käppi, „das ist es ja genau: dass wir ausgerechnet an dem Morgen verschlafen haben ... "

Das letzte Wort blieb in der Luft hängen. Es klang etwas mager, das musste sie zugeben. Und natürlich kam ihr in den Sinn, noch einmal die Vermittlerin zu spielen und sie zu Sergeant McGregor zu führen. Andererseits hatte sie heute eigentlich schon genug Polizeiarbeit geleistet. Soweit ging die Freundschaft nicht. Vielleicht sollte man auch nicht zu viel in diese Geschichte hineingeheimnissen. Er hatte sich mit ihnen verabredet, sie waren nicht gekommen, er war ertrunken. So gemein kann das Leben sein.

Sie verabschiedete sich unter Beteuerungen, dass es ihrem Bein wieder gut ginge, dass sie es sehr bedauerte, sie schon verlassen zu müssen, nach dieser anregenden Unterhaltung, leider, leider ... Sie entkam ihnen nach einigem Hin und Her und nachdem sie ziemlich nachdrücklich ein zweites Bier abgelehnt hatte. Als sie leicht hinkend am Ausgang ankam und noch einmal zurücksah, schienen die vier wieder in Trübsinn versunken. Sie winkte ihnen zum Abschied aufmunternd zu und betrat die Straße.

Judith kniff die Augen zusammen, das helle Licht der Nachmittagssonne traf sie direkt in die Augen. Die schummrige Dunkelheit im Pub hatte ihr vorgegaukelt, dass es bereits Abend sei. Dabei waren noch keine zwei Stunden vergangen, wie sie mit einem Blick auf die Uhr feststellen konnte. Es würde sich immer noch lohnen, zum Strand hinunter zu fahren und ein wenig im warmen Sand zu liegen. Ihr kritischer Blick fand zwar ein paar harmlose Wölkchen am Horizont - sie würde es trotzdem wagen.

Als sie auf ihren Wagen zusteuerte, traute sie kaum ihren Augen: da lehnte in traulichem Gespräch mit einem wenig Vertrauen erweckenden Individuum jener merkwürdige Mann an ihrem Auto, der sie gestern Abend durch seinen Feldstecher beobachtet hatte. Leider lehnte er direkt an der Wagentür, so konnte sie ihm nicht ausweichen. Was versprach er sich davon? Nun gut, sollte er haben! Sie straffte die Schultern und steuerte mit einem ebenso lässigen wie bestimmten Gang direkt auf die beiden zu.

„*Gentlemen*", sagte sie forsch, „*Sorry, but may I ...?*"

„*Sorry, Madam*", das Individuum verbeugte sich höflich, der andere nickte ihr zu, gab die Tür allerdings nur zögerlich frei. „*See you later, John!*"

Das Individuum zwinkerte ihr zu, hob kurz die Hand und warf ein „*See you, Laurence*", hin. Dann trollte er sich. Bei näherer Betrachtung hatte er sich als ein ausgesprochen gutaussehender Mann entpuppt, dem seine seltsame Bekleidung, ein löchriger Seemannspulli, ausgefranste Hosen und eine farblich undefinierbare Strickmütze wenig von seinem charmanten Grinsen - und vor allem den himmelblauen Augen nehmen konnte.

Der mit Laurence Angesprochene betrachtete Judith eindrücklich, ergriff abrupt ihre Hand und drückte sie kräftig. „Hallo, hallo! Wir kennen uns zwar nicht persönlich, hingegen bestimmt vom Hörensagen", sagte er auf deutsch. „Wir haben gemeinsame Freunde. Lorenz Fischer ist mein Name. Sie wohnen in dem Haus von Heiner und Gisela und Sie sind Judith, nicht wahr? Ich habe Sie gestern dort gesehen."

Judith nickte, vollkommen perplex. Das war also der berühmt-berüchtigte Lorenz. Natürlich hatte sie schon von ihm gehört. Viel sogar. Sie hatte ihn allerdings von den vor vielen Jahren aufgenommenen Fotos ganz anders in Erinnerung: schulterlange Locken, langer Bart, grüner Parka – Typ „linker Revoluzzer".

Vor ihr stand ein sechzigjähriger Brillenträger mit schütterem, braunem, ordentlich gekämmtem Haar, in Cordhose und Tweedjackett. Viel Ähnlichkeit mit den damaligen Bildern konnte sie nicht entdecken.

„Hallo, Lorenz", sagte sie etwas verhalten, „schön, Sie endlich zu treffen. Es stimmt, persönlich haben wir uns nie kennen gelernt."

„Ich kenne Gisela und Heiner noch aus der Zeit, als ich länger auf der Insel gelebt habe. Und das ist wirklich eine Ewigkeit her. Jetzt wohne ich schon etliche Jahre wieder in Deutschland und bin nur ab und zu hier. In den Ferien", fügte er hinzu, „ich begleite Angler und betreue sie vor Ort."

„Ach." Sie war verblüfft: welch ein Zufall! „Gehört etwa diese schwäbische Gruppe zu Ihnen?"

„Schwäbische Gruppe?"

„Vier Schwaben, die ich gerade in der Bar getroffen habe und die sagten, sie sind mit einer Angler-Reise hier."

Er schien verlegen. „In gewisser Weise. Eigentlich mache ich Urlaub. Dem Reiseveranstalter ist wohl ein Begleiter ausgefallen und da hat er heute Morgen bei mir angefragt, ob ich sie übernehmen kann."

„Ich erinnere mich dunkel: Sie haben damals schon gefischt, nicht wahr?"

Er nickte.

„Und Sie haben auf der Insel in einem Haus direkt am Wasser gewohnt?"

„Ja, bei Chapeltown. Sehr geschützt. An der Küstenstrasse."

Langsam kam ihre Erinnerung zurück: als sie das erste Mal mit Gisela und Heiner hier war, hatten sie dort vor dem Haus Kaffee getrunken, ohne ihn anzutreffen. Ihr waren die vielen Teekannen aufgefallen, die im Fenster standen.

„Jetzt weiß ich es wieder. Ich war an Ihrem Haus, mit Gisela und Heiner. Wir haben dort gepicknickt. Sie waren damals schon wieder in Deutschland, deshalb habe ich Sie nicht persönlich getroffen."

„Ich dagegen habe viel über Sie gehört." Er lachte. „Von Gisela natürlich."

„Ach herrje. Genau. Furchtbar."

Judith stimmte in sein Lachen mit ein. Sie überlegte. „Ich wollte gerade schwimmen gehen, unten in St Finan's Bay. Vielleicht haben Sie ja Lust mitzukommen?"

„Danke für die Einladung. Wie Sie sagten, ich muss mich um meine Leute kümmern." Er deutete auf den Pub. „Sie werden mich schon erwarten." Er zögerte. „Wie wäre es morgen Abend in der Bar auf einen Drink? So gegen neun?"

„Ja, gerne. "

„Schön. Bis morgen also. Und, sollen wir uns nicht duzen? Eigentlich kennen wir uns ja schon lange, zumindest indirekt."

Sie nickte: „In Ordnung. Viel Erfolg! Oder was sagt man?"

Er lachte wieder. „Petri Heil!", schwenkte seinen Arm in einem kurzen Gruß und ging mit seinem komischen Gang hinüber zum Pub.

Sie blickte ihm nach. Das war also Lorenz Fischer. Sie hatte ihn sich ganz anders vorgestellt. Offensichtlich hatte sie erfolgreich verdrängt, dass Gisela sie damals unbedingt mit ihm bekannt machen wollte. Irgendetwas war mit ihm, das wusste sie noch, nur was?

Sie nahm den Weg über den Berg.

Mühsam kämpfte sich das Auto die nicht enden wollende Steigung zum Coomanaspic Pass hoch. – Sie hatte Glück, dass ihr auf der engen Straße kein Auto entgegenkam. Oben angekommen stieg sie erwartungsfroh aus. Wie immer war der Blick überwältigend: sie hatte die gesamte Küste vor sich. Da unten lag Portmagee. Sie sah Valentia Island, Dingle Peninsula, die Blaskets. Sie konnte sogar das Haus der Freunde auf Valentia erkennen.

Zu ihrer linken Seite begrenzte ein steil ansteigender Hügel die Sicht, nach rechts hinüber konnte sie tief hinein ins Land bis hin zu den hohen Bergketten schauen, deren klare Konturen jetzt im Sonnenglast verschwammen.

Mit einer gewissen Skepsis musterte sie die Wolken, die der inzwischen aufgefrischte Wind über den ganzen westlichen Horizont verteilt hatte. Sie schufen Schatteninseln auf den sonnenbeschienenen Wiesen und Feldern und malten dunkle Streifen auf das Meer, das von dieser Höhe aus betrachtet wie eine feste Masse aussah.

Sie ging hinüber zur anderen Seite des Parkplatzes. Von dort war der Blick fast noch beeindruckender: hinter dem hellen Streifen der nächsten Bay folgte eine Bucht nach der anderen, unterbrochen von den sich dazwischenschiebenden braun-grünen Bergen. Das Wasser schimmerte je nach Lichteinfall in verschiedenen Blau- und Grautönen, während es dort, wo es die Sonne traf, in einer breiten Bahn glitzernden Lichts zerfloss.

Judith ließ sich auf dem Gras nieder um noch einen Augenblick den Anblick zu genießen. Wie friedlich alles wirkte. Ein paar Basstölpel kreisten müßig über dem Meer. Das helle Grün der zum Meer hin sanft abfallenden Wiesen bot einen überraschenden Kontrast zum Blau des Atlantiks. Ab und an fuhr der Wind in das Gras, drückte es in Wellen nieder und ließ es im Sonnenlicht aufglänzen.

Sie schloss kurz die Augen. So muss das Paradies aussehen, dachte sie – oder der Werbeprospekt des Tourismusbüros. Wobei das Gedächtnis offensichtlich geneigt ist, jegliche Erinnerung an die verregnete Langeweile oder die Nebel verhangene Düsternis vergangener Urlaubstage zu streichen. Vielleicht eine Art Verzauberung?

Sie sah sich noch einmal um, klopfte sich das Gras von der Hose und stieg wieder ein. Langsam rollte sie die steilen Serpentinen auf der anderen Seite des Berges hinunter. Gespannt sah sie nach vorn. Jetzt sollten sie eigentlich gleich auftauchen. An der zweiten Kehre kamen sie endlich in Sicht, die Skelligs.

Unvermittelt steil erhoben sich die zwei pyramidenförmigen Felsen aus dem Meer. Sie forderten die

Bildung von Mythen geradezu heraus. Wie hatten es die Mönche dort auf Skellig Michael in den an den Felswänden klebenden Hütten nur aushalten können? Frömmigkeit – oder welche Kraft hatte die Männer auf die unwirtliche Insel getrieben, die in ihrer Kargheit und Schroffheit so abweisend wirkte und wahrlich nicht dazu einlud, sich niederzulassen. Und doch war das Kloster über Jahrhunderte bewohnt gewesen.

Während die zweite Pyramide Profaneres trug: die Hinterlassenschaft tausender Basstölpel, die dort brüteten.

Nach einer weiteren Kehre und einer Fahrt mitten durch hoch aufragende Fuchsienhecken, hinter denen sich die an der Straße liegenden Häuser und Farmen erfolgreich versteckten, erreichte sie die kleine Bucht. Vom Auto aus sondierte sie erst einmal die Lage. Es war nicht viel los: drei, vier Menschen, die am Wasser herumstanden, ein Angler, hinten an der Wiese noch ein paar Kinder, die wohl dabei waren den Bach aufzustauen. Befriedigt griff sie ihren Korb und kletterte hinunter. Es war nicht schwer, einen windgeschützten Platz zu finden, und bald saß sie auf ihrer Decke, im Rücken einen dicken Stein, ein Buch in der Hand und sah aufs Meer hinaus.

Sie ließ noch einmal den Vormittag Revue passieren. Wenn sie an Marion Hendt dachte, fühlte sie mehr das Bedürfnis, Trost zu spenden als Bedauern oder gar Trauer. Marion tat ihr leid, aber sie war noch jung und würde über den Verlust hinwegkommen. Aber dieser Bruder, der schien ein ziemlicher Idiot zu sein. Obwohl, bremste sie sich, der erste Eindruck täuscht oft. Und vielleicht bist du einfach gekränkt von der Art und Weise, wie er dich behandelt hat.

Am meisten beschäftigte sie Lorenz. War es tatsächlich Zufall, dass er ausgerechnet an ihrem Auto gelehnt hatte? Oder hatte er sie abgepasst, war er ihr gefolgt? Sie konnte sich nicht erinnern, ob ihr auf dem Weg zu den Hendts ein Wagen aufgefallen war. Irritierend war es schon. Erst die Beobachtung durch das Fernglas, und plötzlich stand er vor ihr. Stellte sich ihr geradezu in den Weg. Selbst nach längerem Nachdenken konnte sie sich nicht vorstellen was ihn dazu bewogen haben konnte, sie zunächst aus der Ferne zu betrachten.

5.

Sie war tatsächlich eingenickt. Und langsam den Stein hinuntergerutscht. Jetzt tat ihr der Nacken weh. Die Sonne hatte sich hinter einer großen Wolke versteckt, die Kühle ließ sie frösteln.

Worüber hatte sie nachgedacht, bevor sie eingeschlafen war? Judith gähnte. Über müßige Dinge, die sich wahrscheinlich bei näherer Betrachtung in Luft auflösten. Sie war gespannt, was ihr Lorenz morgen erzählen würde.

Zunächst sollte sie lieber über das Nächstliegende nachdenken. Sich eine Taktik für Mrs Branagan überlegen, den Rasen mähen und langsam ihren Urlaub genießen.

Zu diesem pragmatischen Entschluss gekommen, packte sie zusammen und machte sich auf den Heimweg. Diesmal ohne Unterbrechung.

Zuerst die Pflicht, danach die Kür - so hielt sie gleich vor dem Haus der Branagans und klopfte an. Es antwortete niemand, und nach mehrmaligen, wenn auch zaghaften Wiederholungen, selbst einigen Hallo-Rufen, gab sie auf, halb enttäuscht und halb erleichtert.

Als Nächstes der Anruf. Judith notierte sich ein paar Stichpunkte und wählte die auf der Visitenkarte angegebene Telefonnummer. Heeny war sofort am Apparat. Sie entschuldigte sich für den späten Rückruf und schilderte in groben Zügen das Gespräch mit Marion Hendt. Er unterbrach nicht bis zu dem Punkt, als sie den Einwand von Thomas Schmidt erwähnte, ob sie nicht doch hätte eingreifen müssen.

„Machen Sie sich darüber keine Gedanken. Sie hätten nichts mehr tun können. Er war vielleicht schon tot, als er ins Wasser fiel."

„Sie meinen", fragte sie vorsichtig, „dass er schon vorher ...?"

„Ja", wiederholte er, „vielleicht. Vielleicht hatte er einen Herzanfall. Vielleicht ist er abgerutscht. Vielleicht hat ihn aber auch eine große Welle erwischt. Genaues wissen wir noch nicht. Und ich kann Ihnen auch nichts sagen, das werden Sie verstehen. Und muss Sie ausdrücklich bitten, nichts weiterzugeben. Hier wird einfach zuviel geredet."

„Ja, natürlich", sagte sie schnell.

Heeny räusperte sich. „Das war's? Also, wenn Ihnen noch etwas einfällt, was Sie dort bei Culloo oder schon während des Spaziergangs gesehen haben", sagte er eindringlich, „es kann Ihnen noch so unbedeutend erscheinen, lassen Sie es mich unbedingt wissen. Und nochmals herzlichen Dank. Es war ausgesprochen nett von Ihnen, dass Sie uns geholfen haben. Jetzt genießen Sie erst einmal Ihren Urlaub! Sie bekommen dann die, äh, Vorladung zur Anhörung zugeschickt. Das wird vermutlich nicht lange dauern. Es gibt nicht viel zu untersuchen."

Es war bestimmt tröstlich gemeint. Dennoch, dass sie sich noch einmal in aller Öffentlichkeit äußern musste, war ihr schon jetzt unangenehm.

Judith legte vorsichtig den Hörer hin und setzte sich. Er war vielleicht schon tot. Sie dachte an den im Wasser liegenden Körper und fröstelte ein wenig. Sie wissen nicht genau, was passiert ist, dachte sie, sonst wäre keine Obduktion angeordnet worden. Ein Herzinfarkt. Oder ein Unfall. Oder?

Panisch kramte sie in ihrer Erinnerung: hatte sie wirklich niemanden gesehen? Sie presste die Fäuste vor die Augen: erinnere dich, forderte sie sich auf, los, erinnere dich. Aber die einzige Erinnerung, die sie beschwören konnte, war die des Toten auf den Wellen.

Das wäre natürlich der Zeitpunkt gewesen von dem Gespräch mit den Anglern zu berichten. Daran hatte sie nun dummerweise gar nicht mehr gedacht.

Sie griff nach dem Telefon. Andererseits, war ihre Reaktion nicht ein wenig übertrieben – sie hatte doch niemanden dort bei den Klippen gesehen - und die Angler, warum sollten die etwas mit dem Tod von Walter Hendt zu tun haben? Sie stellte das Telefon wieder zurück. Sie brauchte Zeit zum Nachdenken. Am besten setzte sie sich heute Abend hin und schrieb alles auf. Was ihr die Schwaben erzählt hatten, alles, was ihr heute so sonderbar vorgekommen war. Und rief gleich morgen früh an. Dann konnte sie immer noch überlegen, was sie Heeny erzählte.

Nach dem Abendessen setzte sie sich also mit einem Glas Rotwein vor den Kamin, in dem sie leise vor sich hin rauchendes Torffeuer entfacht hatte, und machte sich an die Arbeit. Das Gespräch im Pub festzuhalten, bereitete ihr noch die geringste Mühe. Allerdings, sich selbst über die einzelnen Schritte, die sie seit dem gestrigen Morgen gemacht hatte, klar zu werden, erforderte ihre gesamte Konzentration. Ich weiß noch nicht einmal mehr, wie ich da oben hingekommen bin, dachte sie resigniert. Einzelne Augenblicke waren ihr schon präsent, nicht der gesamte Weg.

Sie überlegte, was ihr aufgefallen war und versuchte, sich die Irritationen ins Gedächtnis zurückzuholen. Zum Beispiel bei Hannah: war Sean nicht zu rasch auf die Unfälle zu sprechen gekommen? Wäre es nicht natürlicher gewesen, sich über die Identität des Ertrunkenen, die mögliche Identität auszutauschen? Andererseits, wenn es tatsächlich bereits so viele tödliche Unfälle in diesem Jahr gegeben hatte... . Und bei Marion Hendt: der Strauß Rosen?

Sie hatte eindeutig zu viele Krimis gelesen. Judith zog eine Grimasse: du würdest eine miserable Detektivin abgeben, sagte sie laut, du hältst dich nicht an die Fakten, sondern an deine Gefühle. Immerhin, sie könnte die beiden Frauen morgen einfach besuchen und sich selbst überzeugen, ob es sich nur um Gefühle handelte. Sie war eingeladen worden, nicht?

Mrs Branagan tauchte vor ihrem schuldbewussten inneren Auge auf. Sie überlegte. Diesen Besuch konnte sie ebenso dazu nutzen, etwas mehr zu erfahren. Über Hannah. Sean. Und die Hendts. Vielleicht ergab es sich, ein wenig über das Geschehen zu plaudern, so von Nachbarin zu Nachbarin. Aufkommende Zweifel angesichts der eher grimmigen Musterung, der sie sich im vergangenen Jahr unterziehen musste, wischte sie beiseite. Wer nicht wagt, der nicht gewinnt, dachte sie geradezu übermütig. Das mochte eher dem zweiten Glas Wein geschuldet sein. Und enthob sie nicht der Entscheidung, ob sie Heeny ... Das würde sie morgen spontan entscheiden, überlegte sie. Je nachdem, was sie noch erfahren würde.

Am nächsten Morgen beschloss Judith nach einem Blick aus dem Fenster, zunächst Hannah zu besuchen. Das Wetter hatte sich verschlechtert. Die Wolken hingen tief, und es blies ein heftiger Nordwestwind. Aber es regnete – noch – nicht. Ein Spaziergang würde ihr guttun. Dann, verbunden mit einem Einkauf in Chapeltown, der Besuch bei Marion, heute Nachmittag zu Mrs Branagan und abends Lorenz. Ein volles Programm.

Dieses Mal wählte sie nicht den Weg an der Küste entlang, sondern bog gleich rechts in einen Weg ein, der mitten durch die Torffelder führte. Er bestand mehr oder weniger aus einem von Schafen getrampelten Pfad, der mitten in den sumpfigen Wiesen endete. Von da aus würde sie, querfeldein laufend, die Straße vor Hannahs Haus gut erreichen können. Vorsichtshalber trug sie Gummistiefel, damit konnte sie die nicht allzu tiefen Wassergräben und die sumpfigen Stellen ohne Probleme durchqueren.

Der Weg selbst war einigermaßen trocken und gut begehbar. Sie ließ ihre Blicke über das Land schweifen, das heute unter dem bedeckten Himmel dunkel und nass aussah. Das Gras hatte noch nicht ganz die sommerliche Höhe erreicht und wirkte frühlingshaft frisch und unverbraucht. Verblühtes Wollgras war noch hier und dort zu erkennen, und in den Gräben konnte sie ein paar gelbe Schwertlilien entdecken.

Gisela und Heiner hatten erzählt, dass es Überlegungen gab, ausgerechnet hier auf diesen Wiesen einen Golfplatz anzulegen. Sie versuchte sich die Landschaft als gepflegtes Golfgrün vorzustellen, scheiterte jedoch an ihrer fehlenden Vorstellungskraft. Wahrscheinlich, weil sie es so, wie es war, einfach perfekt fand. Es würde viel Aufwand bedeuten, dieses Gebiet in einen annehmbaren, bespielbaren Rasen zu verwandeln. Jemand musste das notwendige Kapital aufbringen. Sie versuchte sich zu erinnern, was die Freunde gesagte hatten. War es ein Konsortium, eine Gesellschaft gewesen? Leute von der Insel? Wenn sie sich recht erinnerte, gehörten doch die einzelnen

Torfbänke jeweils zu einem Haus. Das würde den Ankauf erschweren – es sei denn, die ganze Insel war beteiligt. Sie würde Hannah danach fragen, die müsste eigentlich Bescheid wissen.

Trotz des grauen Himmels und des aufgefrischten Windes war es nicht besonders kalt, so blieb sie nach einer Weile stehen um die Jacke auszuziehen. Da fiel ihr eine Bewegung auf. Als sie aufmerksamer hinsah, konnte sie eine Person auf der Höhe der Straße erkennen, die halb verborgen hinter aufgeschichteten Steinen stand und Erde aus einem Loch schaufelte. Es legte wohl ein Farmer einen neuen Graben an. Erst auf den zweiten Blick sah sie die zweite Person, die danebenstand und etwas Weißes in ihrer Hand hielt. Vielleicht ein Blatt Papier oder einen Skizzenblock. Interessiert beobachtete sie die beiden weiter. Jetzt stieg die zweite Person aus dem Loch heraus. Es handelte sich offenbar um eine Frau. Sie deutete mit dem linken Arm einen Bogen an, während sie das Blatt in die Hand nahm, machte zwei Schritte und deutet noch einmal einen Kreis an. Vielleicht Archäologen, überlegte Judith. Vor einigen Jahren hatte sich sogar eine Gruppe von ihnen mit einem Zelt auf der kleinen Insel im Kanal gegenüber Portmagee niedergelassen, um dort die Gräber der ungetauften Kinder zu untersuchen. Das Blatt war also eine Karte. Und die Frau stand nicht in einem Graben, folgerte sie messerscharf, sondern hinter der steinernen Einfassung der Quelle des Heiligen Brendan! Das machte sie neugierig. Nicht, dass sie sich allzu viel mit den historischen Hinterlassenschaften der Insel befasst hätte. Sie faszinierte der Gedanke, dass vor vielen Jahrhunderten oder sogar Jahrtausenden Menschen die gleichen Steine berührt hatten wie sie selbst es nun in diesem Moment tat. Wenn sie also einen kleinen Umweg lief, kam sie direkt an ihnen vorbei und konnte nachsehen.

Als der Weg endete, wandte sie sich nach links der Küste zu und versuchte geradewegs auf die beiden zuzuhalten. Das war gar nicht so einfach, merkte sie. Sie war gezwungen, etliche morastige Stellen zu umgehen, in denen kniehoch braunes Wasser stand. Die Torfbänke mit ihren Abbrüchen waren höher als angenommen und bildeten Hindernisse, die sie nicht in gerader Linie überwinden konnte. Vorsichtig lotete sie jedes Mal aus, ob sie der weiche Untergrund trug. Manches Mal gab der Boden die Gummistiefel nur mit einem unwilligen Schmatzen frei. Sie war heilfroh, als sie wieder festeren Grund unter den Füßen fühlte.

Die beiden, die sie von weitem gesehen hatte, saßen jetzt auf der steinernen Ummauerung der Quelle und studierten gemeinsam die Karte. Hinter ihnen ragte ein durch Alter und Witterungseinflüsse gezeichnetes Kreuz auf, das von einer Anhäufung loser Steine mehr schlecht als recht gehalten wurde. Früher hatte die Quelle bestimmt eine große Bedeutung. Dass der Heilige Brendan sie wirklich in eigener Person je gesegnet hatte, schien ihr eher unglaubwürdig. Die Quelle selbst war zu einem Rinnsal geworden, bestand nur mehr aus einer Pfütze braunen Wassers, das in einem Loch unterhalb der Einfriedung stand. Nichtsdestotrotz schien sie noch immer das Ziel mancher Bitten und Gebete zu sein, wie die vielen Madonnen-Statuetten, Rosenkränze, Sträuße aus Kunststoffblumen oder zusammen gefaltete Dankesbriefe belegten, die die Gläubigen auf ihrer steinernen Fassung zurückgelassen hatten. Vielleicht nahmen die Archäologen an, dass es einen Beleg für eine schon zu Zeiten des Heiligen erbaute Mauer gab, spekulierte sie, als sie sich ihnen allmählich näherte. Solche steinernen Überreste der Vergangenheit waren auf der Insel überall zu finden. Immerhin war weiter nördlich vor einigen Jahren ein Steinkreis frei gelegt worden, der zwei Hütten und mehrere Gräber umschloss.

Sie war wohl schon bemerkt worden, denn als sie auf etwa zwanzig Meter herangekommen war, stand der Mann langsam auf und hob grüßend den Arm, während die Frau sitzen blieb. Als sie näherkam, faltete der Mann die Karte zusammen und schob sie in seine Brusttasche.

Sie waren jünger als sie von weitem gewirkt hatten, eher um die vierzig, schätzte sie, und schienen von ihrer Kleidung und Werkzeugen her gut ausgestattet zu sein, wie sie mit einem schnellen Blick feststellte. Beide trugen wetterfeste Anoraks, Regenhosen und hohe Gummistiefel. Ein ganzes Arsenal von Hacken und Schaufeln lag auf der ausgehobenen Erde. Über die gemauerte Umrandung war eine Plane gespannt, die den Blick auf die Quelle versperrte.

Judiths fröhlichen Gruß gaben sie eher reserviert zurück. Davon ließ sie sich nicht entmutigen.

„Hallo zusammen. Schöner Tag heute, nicht wahr? Ich wollte Sie nicht bei der Arbeit stören", fügte sie höflich hinzu, „ich war einfach zu neugierig, was Sie da machen. Eine neue Ausgrabung? Woher kommen Sie? Von einer Universität?"

Der Mann nickte ihr zögerlich zu, die Frau musterte sie abweisend. „Wir graben, wie Sie sehen", sagte sie. Dann klappte sie ihren Mund so abrupt zu, als hätte sie bereits zuviel preisgegeben.

„Ja, das sehe ich", gab Judith zurück. So schnell gab sie nicht auf. „Und was hoffen Sie in St

Brendan´s Well zu finden?" Dabei trat sie vor um einen Blick hinter die Plane zu werfen.

Der Mann streckte abwehrend den Arm aus: „Nein, nicht! Wir sind noch nicht so weit! Wir haben gerade erst angefangen, die Erde zu entfernen. Im Moment ist gar nichts zu sehen." Er probierte ein Lächeln. „Hören Sie, wenn es Sie wirklich interessiert, kommen Sie doch in zwei, drei Tagen wieder, dann können wir Ihnen mehr sagen – und vielleicht mehr zeigen! Einverstanden?"

„Ja, gerne. Ich wollte Ihnen nicht zu nahetreten."

„Schon gut." Die Frau hob mit einer entschuldigenden Geste die Hand. „Wir sind heute in keiner guten Stimmung! Die Nacht war wohl zu kurz. Oder der Abend zu lang. Sie verstehen?"

Judith nickte verständnisvoll. „Dann will ich Sie nicht länger von der Arbeit abhalten. *Bye then - and good luck!*" Sie winkte ihnen einen abschließenden Gruß zu und setzte sich Richtung Straße in Bewegung. Dabei spürte sie förmlich die Blicke der beiden im Rücken, als sie sich entfernte. Seltsames Pärchen. Irgendwie verkrampft. Oder verstritten. Trotzdem, die Einladung, auch wenn sie nicht ernst gemeint war, nahm sie natürlich an. Die Antwort auf die Frage nach dem Woher hatten sie allerdings elegant umgangen, das war sogar ihr aufgefallen.

Energisch klopfte Judith an Hannahs Tür. Wieder machte das Haus einen verlassenen Eindruck und sie fürchtete schon, die alte Frau sei nicht zu Hause, als sie ihre Schritte vernahm.

„Hallo, hallo! Sie sind es!" Hannah winkte sie hinein. „Das ist nett, meine Liebe, dass Sie mich besuchen kommen. Kein schlechter Tag heute, nicht?"

Judith stimmte halbherzig zu und fragte sich nicht zum ersten Mal, welches Wetter nach irischem Verständnis wirklich schlecht war. Nebel mit Nieselregen nannten die Iren einen „*soft day*", starken Wind „*a nice little breeze*" und einen ausgewachsenen Sturm beschrieben sie als „*a bit windy today*". Wohl eher metaphorisch gemeinte als konkrete Beschreibungen.

Kaum hatte sie die Küche betreten, lud Hannah sie schon zu der üblichen Tasse Tee ein. Eine Einladung, der Judith nur allzu gerne Folge leistete.

Es gelang ihr, einen nicht zu auffälligen Übergang zu ihren Fragen zu finden. „Ja, das Wetter", sagte sie, „wenn es nicht regnet, ist es wunderbar hier. Ich genieße es sehr zu laufen, eigentlich immer, wenn ich hier bin. Wenn es nicht so schön gewesen wäre, hätte ich bestimmt keine Lust gehabt, einen Spaziergang zu machen." Judith musste schlucken. „Und dann das …"

Hannah nickte ihr zu. „So ist es nun mal: *that's life*. Fast eine glückliche Fügung, würde ich sagen, dass Sie gerade vorbeigekommen sind. Sonst hätte man ihn vielleicht erst sehr viel später gefunden. Oder gar nicht".

So konnte man es natürlich auch betrachten. Halb getröstet wagte sie die Frage, ob Hannah ab und zu noch den einen oder anderen Gang aus dem Haus mache.

„Nein. Nicht so wie früher." Sie deutete auf ihren Stock. „Mit seiner Hilfe kann ich mich wenigstens im Haus und um das Haus herumbewegen, viel mehr ist mir nicht möglich." Sie blinzelte Judith zu. „Sie wissen ja bereits, wie ich das ausgleiche." Sie stand auf und holte den Feldstecher von seinem Platz auf dem Fensterbrett und tätschelte ihn leicht. „Das ist mein

Helfer." Sie lachte verschmitzt. „Es gibt immer etwas zu sehen."

Judith lächelte ein bisschen gequält. „Ich weiß, schließlich haben Sie mich vorher gesehen, vorgestern Mittag, bevor ich bei Ihnen geklopft habe." Hannah nickte. Es entstand eine kleine peinliche Pause.

„Und Sie haben niemanden außer mir gesehen?", platzte Judith schließlich heraus.

Hannah schüttelte den Kopf. „Nein, niemanden. Das hat mich John - Sergeant McGregor - auch schon gefragt. Es ist wirklich schade, dass ich nicht schon vorher hinausgesehen habe. Ich mache mir fast Vorwürfe. Aber es sollte wohl nicht sein." Sie seufzte. „Die arme Frau. Ich kannte die beiden nicht besonders gut, nur vom Sehen. Und natürlich vom Hörensagen. Sie wissen, wie das hier ist. Bei Sean war das anders. Er hatte mit Walter Hendt früher mal geschäftlich zu tun".

„Was hat der denn eigentlich gemacht?"

Hannah zuckte die Achseln. „Geschäfte." Sie schien einen Moment zu zögern. „Er wollte hier auf der Insel investieren".

„Investieren?" Judith dämmerte es. „In einen Golfplatz?", fragte sie vorsichtig. Hannah nickte. „Zum Beispiel". Sie presste die Lippen zusammen und sah plötzlich ziemlich grimmig aus. Sie zuckte die Achseln und griff nach der Teekanne: „Noch ein bisschen Tee, meine Liebe?" Offensichtlich wollte sie das Thema nicht weiter vertiefen. „Erzählen Sie mir von sich. Was tun Sie in Deutschland?"

„Ich arbeite bei einer Zeitung", sagte Judith, ein wenig überrumpelt.

„Als Journalistin? Beschäftigen Sie sich mit speziellen Themen?"

„Nicht direkt." Sie überlegte. „Kultur vor allem. Veranstaltungen aller Art, Theater, Filme, Bücher, so etwas. Die Zeitung ist nicht besonders groß, da fällt alles Mögliche an. Und Sie, Hannah, haben Sie immer hier gelebt?"

„Nein, nein, ich bin erst vor fünfzehn Jahren wieder hierhergezogen, Ende der Neunziger. Genau genommen, einige Zeit nachdem ich die Universität verlassen hatte und mir Sean dieses Haus hier anbot."

„Sie waren Professorin." Das hätte sie eigentlich erraten können. „Was für ein Fach?", fragte sie neugierig weiter.

„Was denken Sie?" fragte Hannah lächelnd. „Nein, nein, ist schon gut - Biologie. Zuerst in Dublin, dann In Belfast. Ich bin Zoologin."

Judith war beeindruckt. „Ich hatte mich schon über die vielen Bücher gewundert", sagte sie etwas beschämt.

Hannah lachte.

„Und Sean hat Sie auf die Insel zurückgeholt."

„Kann man so sagen. Obwohl ich Valentia seit langem kenne. Meine Familie verbrachte schon immer die Sommermonate in Knightstown, jedes Jahr, von Juli bis September. Bereits meine Großeltern haben hier ihre Ferien verbracht. Sie kennen die alten Häuser in Knightstown, die für die Ingenieure der Kabelstation gebaut worden sind?"

Judith nickte.

„Das an der Straße am Hafen, das versteckt hinter der hohen Hecke liegt, das war das Haus, in dem wir immer gewohnt haben. Ein schönes, altes Haus. Es existiert immer noch."

Judith glaubte zu wissen, von welchem Gebäude Hannah sprach. Es lag direkt am Kanal, ein viktorianischer, grauer, alter Kasten mit schmalen Schornsteinen und hohen Fenstern. „Ich kenne es. Es liegt wunderschön", bestätigte sie.

„Ja", fuhr Hannah fort, „dort begann meine Liebe zur Ornithologie. Mein Vater hatte mich darauf gebracht. Er liebte es, mit uns Kindern über die Insel zu streifen und ließ uns immer durch seinen Feldstecher sehen. Die Klippen boten so viele Gelegenheiten zur Beobachtung aller möglichen Vogelarten, vor allem der Möwen. Aber auch später, für meine Forschungen, bin ich immer wieder hierher zurückgekehrt. Ich hatte Glück, ein Hobby zu meinem Beruf machen zu können."

„Und, haben Sie sich spezialisiert?"

„Auf Gannets", antwortete Hannah, „Basstölpel, unsere größten Seevögel. Sie kennen doch die Skelligs, und auf Little Skellig existiert die zweitgrößte Kolonie in Europa, über 20.000 Paare. So kam ich darauf, mich näher mit diesen eleganten Vögeln zu beschäftigen. Ich kenne keinen schöneren Anblick als langsam kreisende Gannets über dem Wasser, die einer nach dem anderen senkrecht ins Meer stürzen, um sich einen Fisch zu holen." Hannah war immer lebhafter geworden.

Judith verstand ihre Begeisterung. Auch sie beobachtete jedes Mal fasziniert, wie die Vögel aus großer Höhe hinunter ins Wasser schossen, sobald sie einen Schwarm Fische entdeckten. „Das geht mir ebenso", bestätigte sie, „und als Sie pensioniert wurden, sind Sie hierher gekommen".

„Genau so war es. Nach Seans Rückkehr aus dem Ausland. Er hatte die Insel als junger Mann verlassen wie viele andere auch. Als er dann zurückgekommen war, hat er dieses Haus gefunden und für mich hergerichtet. Unser ehemaliges Haus, das ist schon lange verkauft, da wohnen längst andere Leute."

„Und Sean kümmert sich um Sie?"

„Er ist eigentlich mein Großneffe, nicht mein Neffe. Ich kürze das nur immer ab. Der Enkel meines ältesten Bruders. Der hatte sich in eine Insel – Schönheit verliebt und ist hier hängengeblieben." Sie lachte wieder. „Wie das Leben so spielt."

Judith lagen noch viele Fragen auf der Zunge, aber sie schluckte sie entschlossen hinunter und rüstete sich stattdessen zum Aufbruch. Sie bedankte sich vielmals, dann fiel ihr noch etwas ein: „Haben Sie die Leute schon gesehen, Hannah, die um St Brendan`s Well herum graben? Wissen Sie vielleicht etwas darüber?"

„Ich habe sie durchs Fernglas gesehen, sie haben heute Morgen begonnen. Aber woher sie kommen", Hannah schüttelte den Kopf, „keine Ahnung."

Judith hatte Einiges zum Nachdenken, als sie, den Blick konzentriert auf die Füße gerichtet, langsam der Straße folgte. Sie beschloss gleich im Internet nachzusehen, ob sie vielleicht noch mehr über Hannah erfahren konnte. So viele weibliche Ornithologen gab es bestimmt nicht. Ob sie wohl verheiratet war, oder Witwe? Das hatte sie sich nicht getraut zu fragen. Nach einem Ehemann hatte es im Haus nicht ausgesehen. Dabei fiel ihr ein, sie kannte nicht einmal Hannahs Nachnamen.

Die Straße beschrieb einen Bogen nach links und das Meer kam in Sicht: vor ihr lag Portmagee, dahinter die stetig ansteigende Hügelkette des Festlandes mit dem Pass, den sie gestern überquert hatte. Sie hatte nun einen freien Blick über die schmale Meerenge, den sogenannten Kanal, die in seiner Mündung verstreut liegenden Felseninseln und die in voller Größe am Horizont auftauchenden Skelligs. Einen Moment lang setzte sie sich auf eine der Steinmauern und genoss die Aussicht.

Obwohl die Hochsaison noch nicht begonnen hatte, konnte sie drei der Touristenboote auf dem Wasser ausmachen, die unterwegs zu den Inseln waren. Obwohl immer wieder Archäologen Bedenken äußerten, dass die vielen Besucher den Überresten der alten Klosteranlage unwiederbringlichen Schaden zufügten, hatten sich die Fahrten nur geringfügig verringert. Allerdings wurden neue Lizenzen lediglich für Rundfahrten ausgegeben, aber aufgrund der Großzügigkeit früherer Jahre war von einem Rückgang des Geschäfts wenig zu spüren.

Judith war selbst nie dort gewesen. Ihr graute vor der Überfahrt und dem steilen Anstieg über Hunderte von ausgetretenen Treppenstufen, der von der Anlegestelle hoch bis zu den oben an den Felsen klebenden Steinhütten der Mönche führte. Auch die Vorstellung, welche Aussicht sich wiederum von dort auf die Küste bieten würde, konnte sie nicht so begeistern, dass sie den Mut fand, sich auf ein solches Abenteuer einzulassen – dazu fühlte sie sich einfach nicht schwindelfrei genug. Ihr genügte der Anblick hier vom Land aus, mit einem festen Untergrund unter den Füßen.

Judith ließ ihre Blicke müßig über die Straße gleiten. Auch ansonsten schien der Tourismus immer noch ein gutes Geschäft zu sein, den vielen Hinweisen auf Unterkünfte, Cafes und Restaurants nach zu schließen.

3½ Kilometer noch bis zur Brücke! Und die Hendts wohnten mindestens einen weiteren Kilometer entfernt. Ganz abgesehen von dem Weg zurück. Sie hatte sich wohl doch überschätzt.

Schlecht gelaunt setzte sie ihren Gang fort und berechnete im Stillen ihre Ankunft. Sie stöhnte leise auf. Plötzlich, so als habe sie es durch ihre Gedanken herbeigerufen, tauchte ein Wagen hinter ihr auf, hupte laut und zog an ihr vorüber. Heftig begann sie ihre Arme zu schwenken und tatsächlich, der Wagen hielt. Judith trabte los.

„*Hello! Want a lift?*" ertönte eine Stimme aus dem Wageninneren.

„Ja, gern. Vielen Dank". Freudig überrascht beugte sie sich hinunter: das Individuum von gestern! Diesmal etwas weniger verwegen in einen blauen Overall verpackt. „Danke für´ s Mitnehmen", wiederholte sie.

„*You are welcome, love – who would not stop the car the moment he notices a good looking girl waiting on the road?*" Er grinste zu ihr herüber. Und er hatte wirklich intensiv blaue Augen.

Judith lächelte zurück. „*And what girl would not take the lift the moment she notices who is the driver?*", konterte sie schlagfertig.

Er lachte laut auf. „*Not bad*", äußerte er zustimmend, „Laurence hat leider versäumt, uns einander vorzustellen. Ich bin John, John Sullivan. Oder Johnny the Pilot, wie ich auch genannt werde. Ich hab' mal als Lotse gearbeitet", fügte er hinzu, als er ihren erstaunten Blick sah.

Judith nannte ihren Namen und fügte brav hinzu, dass sie hier Urlaub mache, und wie gut ihr die Insel gefalle. Zu mehr Fragen und Antworten reichte es nicht, da er nach kurzer Fahrt an der Brücke aufs Festland abbog, nicht ohne beteuert zu haben, was für eine

wunderschöne Frau sie sei. „*Take care! See you!*"
Damit war er verschwunden.

Sie lächelte immer noch, als sie in den Privatweg der Hendts einbog. Schöne Frau. Was für ein Charmeur! Früher, dachte sie bedauernd, hätte sie sich ohne zu zögern auf einen Flirt eingelassen. Das war vorbei, für immer. Mit den Männern hatte sie abgeschlossen. Sie schniefte kurz auf. Nicht mehr daran denken, beschwor sie sich, es ist vorbei. Vorbei ist vorbei.

Eben kamen die Häuser in Sicht. Sollte sie sich eine Begründung für ihren Besuch überlegen? Ach was, sie kam einfach auf Marions Einladung zurück.

Aber sie kam offensichtlich vergebens, denn auch auf mehrfaches Klopfen öffnete niemand. Ärgerlich. Damit hatte sie nicht gerechnet. Die ganze Anstrengung umsonst.

Gerade hatte sie sich entschlossen umzukehren, als über die Wiese eine kleine Gestalt näherkam. Es war Andi. Sie wartete geduldig, bis er endlich den Zaun erreicht hatte. Er schien nicht allzu begeistert zu sein, Judith zu sehen - welcher Junge ist das schon, beim Anblick eines Erwachsenen?

„Hallo", begrüßte sie ihn, „es ist wohl niemand daheim?"

Er schüttelte den Kopf. „Sind nach Caherciveen wegen der Beerdigung." Er drehte sich von ihr weg und strebte der Tür zu.

Sie folgte ihm langsam. „Du weißt nicht zufällig, wann sie zurückkommen?"

„So am späten Nachmittag. Haben sie gesagt."

„Danke. Das nächste Mal rufe ich lieber an. Dann mach's mal gut."

Unschlüssig blieb er stehen. „Ich darf Sie nicht reinlassen, ich bin ja allein. Ich kann Ihnen ein Glas Wasser hinausbringen, wenn Sie wollen." Er blickte sie fragend an.

Sie nickte. „Das ist sehr nett von dir, danke." Sie schlenderte zum Cottage hinüber und ließ sich auf der Bank davor nieder. Fast hatte sie den Eindruck, dass er sie in ein Gespräch verwickeln wollte. Oder nicht allein bleiben. Sorgfältig ein großes Glas mit Wasser mit beiden Händen vor sich haltend, kam er langsamen Schritts herüber.

„Danke dir". Judith war tatsächlich ziemlich durstig.

Andi setzte sich neben sie und starrte auf seine unruhig wippenden Füße. Er schien zu überlegen. „Wie hat er eigentlich ausgesehen? Mein Vater, meine ich." Er sprach so leise, dass sie ihn kaum verstand.

Sie suchte nach Worten. „Er sah aus, als ob er sich sanft vom Wasser wiegen lässt", antwortete sie schließlich, „die Wellen haben ihn leicht hin und her geschaukelt. Es wirkte sehr friedlich, wenn dich das ein bisschen tröstet", fügte sie vorsichtig hinzu.

Er nickte, blickte kurz zu ihr hoch und stand dann abrupt auf. Wie der Blitz war er im Haus verschwunden, kaum dass er ihr ein kurzes „Tschüss" zugerufen hatte.

Sie kippte den Rest Wasser ins Gras. Dann machte sie sich auf den Heimweg.

6.

Jetzt war sie nicht mehr in der Stimmung, sich auf Mrs Branagan einzulassen, so lief sie auf direktem Wege nach Hause. Das Gespräch mit Andi hatte sie deprimiert, trotz des Gefühls, dass es ihm vielleicht geholfen oder ihn zumindest etwas beruhigt hatte.

Schlechten Gewissens fiel ihr ein, sie musste noch Heeny anrufen und ihm von den Anglern erzählen. Er würde ihr schon nicht den Kopf abreißen. Vielleicht war es gar nicht wichtig. Entschlossen griff sie nach dem Telefon, es meldete sich niemand. Auch gut. Sie würde morgen einen erneuten Versuch unternehmen.

Es war schon nach neun Uhr, als sie den Pub betrat. Unruhig blickte sie sich um, bis sie Lorenz in der Nische am Fenster erspäht hatte.

„Ich hole mir nur ein Bier an der Bar", rief sie zu ihm herüber, als er ihr zuwinkte. Vorsichtig das Glas in der Hand balancierend, ließ sie sich neben ihm auf der Bank nieder.

„Hallo", er hob sein Glas. „*Slainte*. Auf den Urlaub! Dass die Sonne immer scheinen möge!"

„Danke!" Sie prostete ihm zu. „Das ist ein angebrachter Wunsch!" Judith blickte sich um. „Deine Anglergruppe ist nicht hier", stellte sie fest.

Lorenz schüttelte den Kopf. „Heute Abend nicht. Sie wollten sich mal ausschlafen und morgens früh losfahren. Also, nicht nach Hause, sondern noch ein oder zwei Tage Station machen am Blackwater River. Gutes Revier", schloss er, „Forellen."

Er machte nicht den Eindruck, als ob er ihre verfrühte Abreise besonders bedauerte. Judith grinste innerlich anerkennend. Nicht schlecht. Auf diese Weise waren sie zwar noch im Lande, trotzdem nicht mehr unmittelbar greifbar. „Also kannst du jetzt Urlaub machen?"

„Ja." Lorenz lächelte. „Ich hätte das Geld zwar gut gebrauchen können, aber, ehrlich gesagt, ich weine ihnen nicht hinterher. Weißt du", er zögerte und sah sie an, „ab und zu gehen sie mir fürchterlich auf die Nerven."

Sie lachte zustimmend. „Das kann ich gut verstehen. Übrigens, ich bin heute zufällig dem Mann begegnet, mit dem du neulich zusammen standest."

„Ah, Johnny the Pilot. Wir sind früher immer zusammen fischen gegangen und treffen uns jedes Mal, wenn ich mal wieder hier bin. Und erzählen von alten Zeiten. Witziger Typ. Ich mag ihn."

Er sah sie an. „Dass wir uns nun doch begegnet sind. Was machst du eigentlich beruflich? Gisela und Heiner haben es mir damals bestimmt erzählt. Ich muss gestehen: ich hab's vergessen."

„Ich bin bei einer Zeitung." Judith lächelte entschuldigend.

Aber Lorenz blickte sie eher bewundernd an. „Interessant. Ich hatte irgendwie in Erinnerung, dass du Literatur studiert hast."

„Stimmt. Daher kenne ich Gisela und Heiner. Allerdings gab es im Anschluss an das Studium keine Stellen, zumindest keine, die mir gepasst hat. So bin ich zur Zeitung gegangen. Und du?"

„Ich bin Soziologe, eigentlich. Hab' aber nie als Einer gearbeitet. Ich habe übrigens in Frankfurt studiert."

„In Frankfurt?"

„Ja, das war eine schöne Zeit." Lorenz schaute versonnen in sein Glas. „Das Studium hat mir gut gefallen. Man konnte hinterher allerdings nicht viel damit anfangen. Beruflich, meine ich. Da bin ich für eine Weile hier gelandet."

Judith nickte. „Ich erinnere mich, dass Gisela damals erzählt hat, du hättest geerbt."

„Ein bisschen. Hat nicht so lange gereicht, wie ich dachte. Ich musste dann zurück – hier gab es auch keine Jobs."

„Und jetzt verdienst du dir dein Geld als Begleiter von Leuten, die hier angeln wollen?"

„Nein, nicht ganz, nur im Urlaub. Vorwiegend lebe ich von der Marktforschung, von Umfragen, kleinen Studien, so Sachen. Und ich habe ein Antiquariat. Ich schlage mich so durch, mache dieses und jenes. Was so anfällt."

„Aha." Judith guckte ein wenig ratlos. „Kannst du denn davon leben?"

Lorenz schnaubte durch die Nase. „Leben schon, aber natürlich nicht besonders luxuriös. Es geht halt auf und ab. Entschuldige, ich wollte dir nichts vorjammern. Darf ich dir noch ein Bier holen?"

„Ja, gern. Aber bitte nur ein Kleines."

Sie sah ihm nach, als er zur Theke ging. Es war sicherlich nicht einfach gewesen, in Deutschland wieder Fuß zu fassen. Wie lange hatte er eigentlich hier gelebt? Sie versuchte sich zu erinnern: zehn Jahre? Fünfzehn?

Der Pub war inzwischen gut gefüllt und Lorenz brauchte eine Weile, bis er sich durch die Menschen hindurch gedrängt hatte.

„Wo lebst du überhaupt?" fragte sie, als er mit den zwei Gläsern zurückkam. „Ich bin in meine alte Heimatstadt München zurückgezogen. Dort hatte mir meine Schwester einen Job besorgt, in einer Buchhandlung. Die Stadt ist eigentlich viel zu teuer für mich. Dabei", er senkte die Stimme, „hätte ich es hier genauso zu etwas bringen können. Wenn ich nur schneller geschaltet hätte."

Judith sah ihn an: „Hier?"

„Ja, hier auf der Insel, meine ich, auf Valentia. Hast du von dem Golfplatz gehört?"

Judith nickte. „Von Hannah, der alten Frau, die vor Culloo wohnt. Und Gisela und Heiner hatten schon davon erzählt. Sie waren nicht gerade begeistert."

„Glaub' ich gern. Der schöne Blick vom Haus aus, der ist dann hin. Nur noch Golfgrün." Er lachte glucksend, nicht ohne Häme. „Die Leute von der Insel waren mehrheitlich dafür, Aufschwung durch Ausbau des Tourismus, Ankurbelung der Wirtschaft, Arbeitsplätze in Massen, usw. Du kennst sicher die Argumente. Die sind immer gleich. Walter Hendt vor allem, der war richtiggehend begeistert. Der fand solche Projekte schon aus Prinzip gut. Geschäftsmann halt. Er fand, dass die Insel in modernen Tourismus investieren sollte. Damit sie endlich etwas vom großen Kuchen abbekommt. Nicht immer nur die Krümel." Er lachte wieder. „Und er natürlich auch. Alle wollten in der Zeit verdienen."

„Ich verstehe nicht ganz." Sie dachte nach. „Hat er denn die Grundstücke für ein solches Unternehmen? Dazu braucht man doch eine ganze Menge. Ich dachte, man kann als Ausländer in Irland nicht so ohne weiteres Land aufkaufen. EU hin oder her."

„Das ist richtig. Man kann natürlich mit Strohmännern arbeiten, und das hat er getan. Mit seinem Schwager zusammen."

„Schwager?"

„Tom. Thomas Schmidt. Ist der Halbbruder von Marion, seiner Frau. Hängen immer zusammen. Der hat mir mein Grundstück, das ich hier noch besaß, abgeschwatzt. Abgekauft zu einem lächerlich geringen Preis, kann ich nur sagen." Er sah sie unglücklich an. „Mir stand das Wasser bis zum Hals, was sollte ich machen? Ich hätte natürlich auf die hören sollen, die mir geraten hatten zu warten. Bis die Preise wieder steigen. So hoch, wie vor dem Zusammenbruch steigen sie bestimmt nicht mehr. Aber sie waren absolut im Keller." Er klang bitter.

Judith musste das Gehörte erst einmal verdauen.

Lorenz leerte sein Bier mit einem Zug. „Noch eins für dich?"

„Danke, nein. Ich muss noch fahren."

„Stimmt, da hast du Recht. Ich hole mir noch eins, wenn du nichts dagegen hast."

Sie nickte, als er aufstand. Es hatte also tatsächlich seine Richtigkeit mit dem Golfplatz. Dort, wo sie heute Morgen durchgelaufen war, sollte die Moorlandschaft verschwinden und einem gepflegten Rasen Platz machen.

„Ich dachte, die Pläne seien nur ein Gerücht."

„Es gab Schwierigkeiten, klar, schon allein wegen der wirtschaftlichen Entwicklung." Lorenz setzte das Glas auf den Tisch. „Als die Geschichte bekannt wurde, haben sich natürlich sofort die Naturschützer zu Wort gemeldet. Und die Archäologen, wegen der vielen alten Funde – dabei wären die wahrscheinlich sogar integriert worden. Es gab eine Art Begehung", fügte er hinzu, nachdem er umständlich Pfeife und Tabak aus seinem Jackett hervorgeholt hatte und sie sorgfältig zu stopfen begann.

Fasziniert sah Judith ihm zu. „Und dann?"

"Das Resultat war ein Kompromiss: der Golfplatz erstreckt sich nicht ganz bis zur Küste wegen der dort brütenden Vögel. Es wird ein öffentlicher Rundweg zu dem Steinkreis, den Resten des Dolmens und zu St Brendan's Well angelegt, und zwar auf Kosten der Betreiber des Golfplatzes. Klingt doch gut, nicht?"

Judith zuckte die Schultern, „Was ist denn schlecht daran?"

Er warf ihr einen kurzen Blick zu: „Rate mal?"

„Keine Ahnung."

Er beugte sich zu ihr hinüber: „Kurz nach dieser Begehung sickerte durch, dass die Pläne aufgrund der schlechten Finanzlage auf Eis gelegt seien. Das brachte manchen zu der Überzeugung, dass das Projekt ganz und gar gestorben sei. Jedenfalls hörte man eine ganze Weile nichts mehr. Ein, zwei Jahre lang. Zur gleichen Zeit wurden merkwürdigerweise Grundstücke aufgekauft. Ohne viel Lärm und zu ziemlich niedrigen Preisen, weil die Leute nicht mehr an das Bauvorhaben glaubten. Von Walter. Und Tom, seinem Schwager. Und dann plötzlich der große Bericht in der Zeitung: Kerry County Council genehmigt Golfplatz auf Valentia! Da haben manche ziemlich blöd aus der Wäsche geguckt. Ich auch."

Judith sah ihn mitfühlend an. „Ging es um viel Geld?"

„Es hätte für die Operation und einen bequemen Klinikaufenthalt gereicht." Er klopfte auf sein Bein. „Hüftgelenk, muss ersetzt werden."

„Verstehe." Sie seufzte. „Das ist wirklich eine blöde Geschichte." Sie blickte auf. „Jetzt, wo Walter Hendt tot ist ... Wie geht es weiter?"

„Keine Ahnung, ob Tom das alleine schafft. Finanziell, meine ich. Ob Marion und er das Projekt fortsetzen. Walter wollte ziemlich viel auf die Beine stellen. Nicht nur ein Clubhaus wie auf dem Platz in Waterville - ihm schwebte natürlich gleich ein Golfhotel vor." Lorenz schüttelte den Kopf. „Der Bedarf scheint mir nicht unbedingt vorhanden. Wenn du dir die schon bestehenden Investitionsruinen ansiehst."

Judith stimmte ihm zu. „Vielleicht ist damit das Projekt gestorben."

„Hoffentlich hast du Recht. Schwamm drüber. Jetzt ist es sowieso zu spät, mein Grundstück ist weg."

Er nickte zum Tresen hinüber. „Da ist noch einer, der damals geschäumt hat vor Wut."

Sie folgte seinem Blick und erkannte Sean, der gerade vom hinteren Eingang her in den Pub geschlendert kam. „Sean?"

„Er hat Richtung Küste eine ganze Menge Land. Familienerbe. Erst war er gegen den Platz, dann hat er doch verkauft. Zu früh, wie ich. Es gab deshalb eine ziemlich laute Auseinandersetzung zwischen Walter und ihm. Walter war ein harter Brocken. Das habe ich am eigenen Leibe zu spüren bekommen."

„Am eigenen Leib?"

„Ich bin ihn um Geld angegangen. *No chance*!"

Judith sah ihn erstaunt an. „Kanntest du ihn denn so gut?"

Lorenz nickte. „Zumindest früher einmal, als seine erste Frau noch lebte, haben wir viel miteinander unternommen. Wir hatten sogar ein Boot zusammen. Doch, wie es so ist: nachdem Ruth gestorben war, kam er einige Zeit nicht mehr her. Jahre später dann mit Marion. Da war ich schon wieder in Deutschland. Wir hatten uns nicht mehr viel zu sagen, wenn wir uns mal über den Weg gelaufen sind. Ich dachte, ich versuche es, um der alten Zeiten willen. Außerdem war ich ziemlich pleite. Irgendwie hatte ich das Gefühl, er sei es mir schuldig." Er sah Judith an. „Weißt du, viele Leute auf der Insel meinten damals, es sei nicht mit rechten Dingen zugegangen. Es gab den Verdacht, dass jemand im Hintergrund gewirkt hat. Zu seinen Gunsten. Nun ja, ich habe jedenfalls nichts erreicht."

Judiths Blicke waren, während sie Lorenz zuhörte, Sean gefolgt, der mit dem Rücken zu ihnen an der Bar stand und ins Gespräch vertieft schien.

Lorenz blickte sie schuldbewusst an: „Das war jetzt ein bisschen viel, oder?"

Judith schüttelte den Kopf. „Ist schon in Ordnung. Was machst du denn jetzt?"

„Wird schon irgendwie weitergehen – ist es immer. Ich bin ein Stehaufmännchen. Mach' dir keine Sorgen!"

„Gut." Sie lächelte ihm zu. „Ich denke, für mich wird es Zeit. Ich mache mich langsam auf die Socken. Wie lange bleibst du denn hier?"

„Diese Woche. Habe eventuell noch einen Auftrag. Ich fliege am Montag."

„Dann sehen wir uns bestimmt noch. Vielleicht kommst du, sagen wir mal am Sonntag, auf einen Tee herüber?"

„Gerne!"

Judith stand langsam auf, dann fasste sie sich ein Herz: „Warum hast du mich eigentlich vorgestern durchs Fernglas beobachtet?"

Lorenz räusperte sich verlegen. „Ich hatte das Auto gesehen und war neugierig, wer im Haus ist", sagte er ein wenig zögerlich.

Sie sah ihn skeptisch an. „Du hättest doch einfach hineinkommen können."

Er hatte den Anstand rot zu werden. „Ich wusste nicht, dass du es bist", sagte er dann und lächelte ihr zu, „sonst wäre ich bestimmt gekommen."

Nun war es an ihr, rot zu werden. „Gut. Bis Sonntag dann."

Judith winkte ihm noch einmal zu, als sie sich zum Ausgang drängte. Kurz zögerte sie, ob sie Sean ansprechen sollte. Aber dazu fühlte sie sich zu müde und hatte eigentlich keine Lust mehr, sich auf ein weiteres Gespräch einlassen.

Wenn sie sich vorstellte, dass sie jetzt gerade auf ein Golfhotel zufuhr. Fürchterliche Vorstellung! Vernünftig betrachtet, bedeutete eine solche Anlage für die Insel möglicherweise einen Gewinn. Wenn man auf Tourismus setzte. Und die Risiken einkalkulierte.

Gähnend stieg sie die Treppe hoch. Wenn sie sich nur erinnern könnte, was ihr Gisela damals über Lorenz erzählt hatte.

Als Judith den Pub verlassen hatte, stand Lorenz gemächlich auf und schlenderte zur Theke. „Noch mal das Gleiche, bitte", rief er einem der beiden Jungen zu, die mit professioneller Geschwindigkeit Glas nach Glas füllten. Der nickte und schob ihm nach kaum einer Minute das frische Guinness hinüber. Lorenz zahlte. Sean schien immer noch in ein wichtiges Gespräch verwickelt. Er erkannte Walters Nachbarn Will, der schon ziemlich betrunken war. Das erleichterte ihm die Entscheidung, sich nicht dazuzusetzen. Stattdessen ging er vor die Tür. Er stellte das Glas auf dem Fensterbrett ab und zündete die Pfeife an. Nachdenklich machte er ein paar Züge. Es machte ihm zu schaffen, dass er sich über den Verlauf des Treffens so unsicher war.

Hatte Judith seine Unsicherheit bemerkt, oder seine Bitterkeit? Er hatte gedacht, er sei darüber hinweg. Allerdings, kaum dass er seine Geschichte begonnen hatte, merkte er, wie sich saurer Speichel in seinem Mund sammelte und er aufpassen musste, nicht seiner Wut nachzugeben, die ihn plötzlich erneut packte. Nicht, dass Walter ihm sein Grundstück abgeluchst hatte, machte ihn so wütend, sondern das Gefühl der Minderwertigkeit, das ihn überfallen hatte, als er vor ihm stand und um den Kredit bat. Nie im Leben hatte er sich so klein, so demütig gefühlt wie in dieser Situation. Wieder fühlte er in der Erinnerung daran, wie Walter ihn gemustert hatte, die Wut hochkommen. Irgendwie mitleidig. Gepaart mit einem Hauch Verachtung. Lorenz wischte sich die Stirn. Walter hatte ihn angesehen und langsam den Kopf geschüttelt. „Tut mir leid", hatte er gesagt, „ich bin im Moment überhaupt nicht flüssig. Hab' mich ein bisschen übernommen."

Keine Sekunde hatte er gezweifelt, dass das eine Lüge war. Walter traute ihm nicht, traute ihm nicht zu, dass er in der Lage war, das Geld zurückzuzahlen.

7.

Am nächsten Morgen erwachte Judith mit klopfendem Herzen und wusste zunächst nicht, wo sie sich befand. Sie hatte geträumt, dass sie durch einen Wald lief, unter riesigen, in den Himmel wachsenden Bäumen. Jedes Mal, wenn sie stehen blieb, um hoch zu schauen, hatte sie das Gefühl, die Bäume um sie herum seien näher gerückt. Sie hatte kaum noch Luft bekommen und gemerkt, wie Panik in ihr aufstieg.

Energisch schwang sie die Beine aus dem Bett. Sie musste raus hier. Sie sollte etwas unternehmen, einen Ausflug machen. Vielleicht nach Killarney fahren. Einen Stadtbummel genießen, sich etwas Nettes kaufen, Kaffee trinken gehen, so etwas in der Art. Das würde sie ablenken. Zuviel über die Ereignisse zu grübeln, tat ihr nicht gut. Nur, vorher sollte sie Heeny anrufen, sie konnte sich nicht länger vor dem Gespräch drücken. Sie würde einfach erzählen, dass sie die Angler belauscht und ihr erst hinterher die Bedeutung dessen, was sie da gehört hatte, aufgegangen sei. Eine ziemlich magere Entschuldigung, aber ihr fiel einfach nichts Besseres ein.

Als sie ihn endlich am Telefon hatte und stockend ihren Bericht ablieferte, war die Reaktion nicht wie erwartet. Er hatte ihr interessiert zugehört, ohne sie zu unterbrechen und nur gefragt, ob sie die Namen angeben konnte. Als sie verneinte, hatte er sich kurz bedankt und das Gespräch beendet. Es war wie beim Zahnarzt, dachte Judith, nie ist es so schlimm wie angenommen.

Die Wolken hingen so tief wie am gestrigen Tag, auch wenn der Wind nachgelassen hatte. Skeptisch warf sie einen Blick in Richtung Horizont. Regen oder nicht Regen? Vielleicht sollte sie doch besser den Mantel mitnehmen. Als sie zurück ins Haus ging, um ihn zu holen, klingelte das Telefon. Siedend heiß fiel ihr ein, dass sie den Freunden versprochen hatte, sich bald nach ihrer Ankunft zu melden. Sie ließ es klingeln – sie würde heute Abend einen erneuten Versuch unternehmen, Mrs Branagan aufzusuchen. Und Gisela und Heiner sofort anrufen, versprach sie sich, als sie mit schlechtem Gewissen, doch frohen Herzens, eilends das Haus verließ.

Sie ließ sich von dem Grau-in-Grau von Himmel und Erde nicht weiter beeindrucken. Das Land, das sich hinauf zu ein paar mit Wiesen bedeckten Hügeln zog, war von neu gebauten Häusern geradezu übersät. Es handelte sich bei fast allen, das konnte sie den riesigen Werbetafeln entnehmen, um Ferienhäuser. Nur ab und zu entdeckte sie eins mit einer behängten Wäscheleine oder Kinderspielzeug vor der Tür: ein Hinweis auf ständige Bewohner.

Sie hatte Glück, der morgendliche Verkehr hatte noch nicht richtig begonnen, so passierte sie Caherciveen ohne größeren Stau.

Sie genoss die Fahrt. Ab und zu begegnete ihr ein großer Reisebus. Hinter dessen Scheiben erkannte sie schemenhaft die Köpfe der Touristen, die den Erklärungen des eifrig nach rechts und links deutenden Reiseführers folgten.

Es war nicht einfach, in den schmalen Straßen die vielen Buckel und Schlaglöcher zu vermeiden, die sie so manches Mal hoch und dann wieder in den Sitz warfen. Dabei war der Ring of Kerry doch eine d e r Touristenattraktionen. Und das nicht umsonst, dachte sie, als sie bei Kells Bay erneut auf das Meer traf. Im Hintergrund waren die lang gezogenen Sandstrände der beiden tief in die Bai hinausragenden Landzungen zu erkennen, dahinter die jetzt nur zu erahnenden Bergketten der Dingle Halbinsel. Judith sah hinunter auf den Ort, der sich zwischen den zum Wasser hinauslaufenden Hügeln duckte, umgeben von den hohen Bäumen eines alten Parks.

Bevor die Straße erneut landeinwärts führte. folgte sie über ein kurzes Stück direkt der Steilküste, eine Strecke, die bei besserem Wetter einen spektakulären Ausblick über die gesamte Bucht bot. Heute allerdings wirkte der Küstenstreifen düster, sahen die Berge unzugänglich und abweisend aus.

In Killorglin wurde der Verkehr dichter. Gezwungen immer langsamer zu fahren, versuchte Judith den einen oder anderen Blick in die Schaufenster der Geschäfte an der Hauptstraße zu werfen. Sie konnte sich nicht mehr daran erinnern, ob es den riesigen Elektroladen an der Ecke bei ihrem letzten Besuch schon gegeben hatte, dessen Schaufenster in diesem Jahr nur Leere zeigten. Eindeutig neu dagegen war das Einkaufszentrum mitten in der Stadt, in dem ein Supermarkt deutscher Herkunft einquartiert war. Der Platz davor war mit Springbrunnen und Bäumen angelegt und beherbergte ein Café, das gut besucht schien.

Ansonsten sah alles aus wie immer. Sogar die zwei Schwäne, die müßig den Fluss kreuzten, vermeinte sie schon gesehen zu haben.

Killarney war voller Menschen. Auf den Gehsteigen drängten sich jetzt zur Mittagszeit Gruppen uniformierter Schüler und Schülerinnen, Mütter mit zwei oder mehr Kindern im Schlepptau, Angestellte, die den Imbissen oder den reichlich vertretenen Fastfood - Läden zustrebten, Pulks von Touristen auf dem Weg von oder zu ihren Bussen. Einkaufende, Bummelnde, Herumstehende. Immer wieder war Judith gezwungen zu warten, bis sich die Menschenansammlungen, die den Gehweg blockierten, wieder auflösten. Autos hupten im Stau, dazwischen standen die berühmten Kutschen, die dem Gestank der Abgase den Geruch von Pferdeschweiß und Pferdeäpfeln hinzufügten. Aus an den Lampenmasten angebrachten Lautsprechern tönte blechern eine fröhliche irische Weise herunter.

Judith floh in eine der neuen Einkaufspassagen, nur um in eine Gruppe eifrig knipsender Japaner zu geraten. Resigniert ließ sie sich in dem kleinen Café nieder und beschloss bei einer Tasse Tee strategisch vorzugehen. Sie holte Stift und Block aus der Handtasche und begann zu notieren, was sie besorgen wollte. Einen roten Lambswool Pullover. Wollsocken. Mitbringsel für Heiner und Gisela. Und für die Kollegen. Sie brauchte Postkarten und Briefmarken. Und vielleicht sollte sie in dem gut sortierten Buchladen auf der Main Street nach Büchern von Hannah fragen.

Sie ließ den Stift sinken. Etwas vergessen? Einen Moment zog es ihr plötzlich das Herz zusammen, als blitzartig Richard vor ihrem inneren Auge auftauchte. Sie hatte verdrängt, dass es genau hier in dieser Stadt war, als er ihr vorgeschlagen hatte, zusammen zu ziehen. Sie schnaubte durch die Nase bei dem Gedanken, wie begeistert sie zugestimmt und wie kurz dann tatsächlich die Zeit war, die sie zusammengelebt hatten. Noch nicht einmal ein Jahr.

Vielleicht sollte sie ihm eine Karte schicken: Herzliche Grüße aus dem Urlaub, ich vermisse dich kein bisschen. Vergeblich suchte sie die Erinnerung an die zwei Wochen zu vertreiben, die sie hier zusammen verbracht hatten. Sie hatten sich über den See rudern lassen. Wie romantisch die Fahrt gewesen war - und wie kalt der Wind. Wie Richard sie in seinen Mantel gewickelt hatte und in seine Arme ...

„Was für ein Zufall!" Judith schreckte hoch. Thomas Schmidt sah auf sie hinunter und nickte ihr grüßend zu.

Nicht besonders begeistert grüßte sie kurz angebunden zurück. „Hallo!"

Er zog einen Stuhl zu sich heran und stützte sich darauf ab. „Darf ich Sie einen Moment stören?"

Abwehrend runzelte sie die Stirn. Sie hatte nicht wenig Lust, einfach „Nein" zu sagen.

Er sah sie entschuldigend an. „Ich weiß, Sie möchten mich jetzt gern zum Teufel schicken! Lassen Sie mich die Gelegenheit nutzen und mich für mein schlechtes Benehmen neulich entschuldigen. Es tut mir leid, wenn ich den Eindruck bei Ihnen erweckt habe, ich werfe Ihnen etwas vor. Wissen Sie", er sah hinunter auf seine Hände, „es war einfach ein Schock, die Nachricht. Walter hat mir viel bedeutet. Er war mehr ein Vater für mich als ein Schwager. Vielleicht war ich deshalb so ... ruppig." Er blickte sie an. „Nehmen Sie meine Entschuldigung an?"

Judith nickte, leicht verwundert. „Ja, ist schon in Ordnung."

„Danke".

Er schien erleichtert. Sein Verhalten heute hatte nichts mit dem forschen Auftreten von vorgestern zu tun. Die Arroganz war verschwunden, er schien sein Verhalten tatsächlich zu bereuen. Oder er war ein sehr guter Schauspieler. Judith war geneigt, ihm zu vergeben.

„Haben Sie was dagegen, wenn ich Ihnen einen Augenblick Gesellschaft leiste?"

Judith schüttelte den Kopf.

Er setzte sich. „Es ist nicht so einfach, auch mit Andi. Er hat erzählt, dass er Sie getroffen hat."

„Ja." Sie zögerte einen Moment. „Er wollte wissen, wie er ausgesehen hat, also, wie sein Vater ...Ich habe ihm erzählt, dass er friedlich aussah." Sie blickte ihn an. „Das war doch in Ordnung?"

„Ja, ich denke schon. Er schien an dem Abend sehr nachdenklich." Tom schüttelte den Kopf. „So genau weiß ich auch nicht, was jetzt in ihm vorgeht, er ist ein verschlossener Junge. Ich kann nur hoffen, dass er mit der Zeit damit klarkommt."

Und Marion? war Judith versucht zu fragen, aber das wäre zu intim gewesen. Sie schwiegen beide, bis Judith es nicht mehr aushielt. „Darf ich Sie etwas fragen?", platze sie heraus.

„Nur zu."

Sie suchte nach Worten „Ich möchte nicht zu neugierig erscheinen – aber diese Idee mit dem Golfplatz auf Valentia, werden Sie die jetzt weiterverfolgen?" Sie blickte ihn an.

Er schien verblüfft und nicht sonderlich erfreut über ihre Nachfrage. „Wieso interessiert Sie das?"

„Die Freunde, bei denen ich gerade wohne, wären besonders betroffen. Die Straße vor ihrem Haus würde gleichzeitig zu dem geplanten Hotel führen, wenn ich das richtig verstanden habe."

Er schüttelte den Kopf. „Mit wem haben Sie denn gesprochen? Wahrscheinlich mit einem dieser verbohrten Traditionalisten, die sich gegen jeden Vorschlag stellen, der Veränderungen mit sich bringt. Und den sie von vornherein ablehnen, ohne Diskussion, ohne Möglichkeit, etwas richtig zu stellen, ohne..."

Er war zunehmend lauter geworden.

Judith hob abwehrend die Hände. „Sorry! Ich wollte Sie nicht aufregen!"

Tom presste die Hände aneinander. „Ich bin schon ruhig. Es steckt viel Herzblut in den Plänen. Gerade von Walter. Es geht nicht nur um Geld. Das Land steckt mitten in der Krise, wie Sie vielleicht wissen.

In Zukunft wird es keine so großzügige Förderung mehr durch die EU geben. Und die Ansiedlung von Technologiefirmen ist dank der Globalisierung auch nicht mehr so lukrativ. Und dann die Schulden. Woher sollen hier am Ende der Welt – Europas – andere, neue Arbeitsplätze kommen? In welche Richtung soll sich die Region entwickeln? Das geht doch nur über den Tourismus!"

„Weshalb noch ein Golfplatz? Hier gibt's doch schon zwei oder sogar drei!" Judith war nicht überzeugt: „Wollen die Menschen nicht heutzutage gerade unberührte Landschaft? Natur pur?"

Tom lachte kurz auf. „Damit holen Sie niemanden mehr hinter dem Ofen hervor. Diese Art von Tourismus bringt kein Geld ins Land. Die Zeiten haben sich grundlegend geändert. Heute kommen vorwiegend die gut Verdienenden, die Jüngeren. Denen müssen Sie mehr bieten als ein bisschen grünes Gras, putzige Häuschen und fröhliches Gefiedel. Die Leute wollen etwas unternehmen, wollen etwas geboten kriegen für ihr Geld. Segeln. Surfen. Reiten. Drachenfliegen. Und eben Golfen. Wir hatten vor ein paar Wochen eine Marktanalyse anfertigen lassen, Chancen des Tourismus in Kerry, so ungefähr. Und wissen Sie, wie die Empfehlung lautet? Gruppenreisen mit sportlichem Charakter, Unterbringung in First-class-Hotels, Sport und Wellness, angenehmes Ambiente, gutes Essen."

Wieder entstand ein Schweigen.

„Wahrscheinlich haben Sie recht", lenkte Judith nach einer Weile ein, „im Grunde genommen hat man keine Wahl. Alles geht immer weiter. Ich bin wohl einfach altmodisch, ich mag keine Veränderungen: wenn ich die Wiesen auf Valentia vor mir sehe – es gelingt mir einfach nicht, sie in meiner Vorstellung durch einen Golfplatz zu ersetzen!"

„Nach zwei Jahren können Sie sich nicht mehr daran erinnern, was vorher dort war!"

„Mit anderen Worten, Sie machen weiter", stellte sie fest.

Er zuckte die Achseln. „Vielleicht. *We will see*. Warum kommen Sie nicht vorbei und schauen sich die Pläne an? Wann immer Sie wollen!"

Sie zögerte kurz. War das schon Verrat? „In Ordnung."

„Versprochen?"

Sie nickte ihm zu: „Okay."

Tom sah auf die Uhr. „Bis bald also. Und viel Vergnügen in Killarney." Er winkte ihr beim Hinausgehen noch einmal liebenswürdig zu, dann war er verschwunden.

Judith blickte ihm nach. Einen Moment lang war er ihr sympathisch gewesen. Trotz des Golfplatzes. Immerhin hatte er sich für sein Verhalten entschuldigt. Schade. Sie seufzte und erhob sich. Dann machte sie sich entschlossen an ihre Einkäufe.

Als Judith, beladen mit ihren Schätzen, zurück zum Auto lief, war es spät geworden. Sie hatte nicht widerstehen können, hatte in dem Buchladen länger herumgestöbert und natürlich zu viele Bücher gekauft. Auf Veröffentlichungen von Hannah war sie allerdings nicht gestoßen. Die würde sie sicherlich auch eher in einer Universitätsstadt finden, wenn überhaupt.

Sie verstaute die Päckchen und Tüten auf dem Rücksitz und nahm, sich lang streckend, hinter dem Steuer Platz. Sie war hungrig. Hier essen zu gehen, in dieser Hochburg des Bustourismus, dazu hatte sie keine Lust. Nachher zuhause zu kochen, allerdings noch weniger. Sie überlegte. Es gab doch diesen für seine Sandwichs berühmten Pub, wenn man die Straße durch die Berge nahm. Sie zog die Karte zu Rate. Genau, sie musste am Gap of Dunloe vorbei und dann Richtung Waterville über den Ballaghasheen Pass.

„Climber's Inn", erinnerte sie sich, das war der Name.

Sie machte sich auf den Weg.

Tom ging Judith nicht aus dem Sinn. Sie hatte sich bis zum jetzigen Zeitpunkt für eine vernünftige Person gehalten. Zumindest für eine Frau, die sich keinen Illusionen hingab. Bestimmt nicht, was Männer anging. Obwohl, sei ehrlich dir selbst gegenüber, ermahnte sie sich. Bei Richard hatte sie sich grundlegend getäuscht. Sie war vom ersten Augenblick an, als sie sich in ihn verliebt hatte, der Überzeugung gewesen, dass er der Eine, der Endgültige war. Der, mit dem man zusammenbleibt. Sie verzog ihr Gesicht zu einer Grimasse. Und was war daraus geworden? Sie presste die Lippen zusammen. Nichts Besonderes, oder? Nur eine weitere betrogene Frau. Offensichtlich war sie doch noch nicht darüber hinweg. Ich arbeite hart daran, beschwor sie sich grimmig.

Die Straße war schmaler und schmaler geworden und schlängelte sich nun, sich immer höherschraubend, an der Seite eines Tales entlang auf die Berge zu. Die Wolken hatten sich, wie so oft, gegen Abend verzogen. Die Abendsonne färbte die blanken Felsen mit einem warmen Licht rötlich ein, das sie aufschimmern ließ. Die Wiesen, die sich, unterbrochen von einzelnen Baumgruppen und lang gezogenen Hecken, in die Ebenen hinunter schwangen, wurden von violetten Schatten überzogen, die dramatische Abgründe und Spalten vorspiegelten, wo sich vielleicht nur eine leichte Bodenwelle oder eine grasbewachsene Erhebung befand. Rinder standen da und kauten, und als Judith das Fenster heruntergelassen hatte, hörte sie den entfernten Schrei eines Raubvogels, der weit über ihr kreiste. Jetzt, in den letzten Strahlen der untergehenden Sonne, erinnerte sie die Berglandschaft an die Hochtäler der Alpen, in denen sie als Kind zusammen mit den Eltern etliche Ferien verbracht hatte.

Nachdem sie die Ansammlungen neu gebauter Bungalows, die als Vororte von Killarney herhalten konnten, hinter sich gelassen hatte, passierte sie nur noch vereinzelte Höfe. Je höher sie kam, umso einsamer wurde es. So romantisch sich ihr die verlassene Landschaft darbot, war sie doch froh, als sie endlich die Kneipe erreicht hatte.

Intermezzo I

Einer nach dem anderen kamen sie langsam zum Stehen. Es war nicht einfach, die voll beladenen Fahrräder zu halten. Sie gruppierten sich eng um einen älteren, glatzköpfigen Mann, der seine Kappe abgezogen hatte und sich den Schweiß von der Stirn wischte.

„Scheißberge", fluchte er. Die anderen lachten zustimmend.

„Tja, da braucht' s Übung, Seamus", versetzte mit leicht schadenfrohem Unterton ein blasser Kurzhaariger. Der Ältere ignorierte die Bemerkung und holte eine Karte aus seiner Tasche.

„Wir sind jetzt hier", er deutete mit dem Zeigefinger auf den dunkelbraun eingefärbten Pass, „und haben noch ungefähr zwanzig Meilen vor uns, bevor wir in unser Suchgebiet einfahren. Wir müssen entscheiden, ob wir zusammenbleiben oder getrennt operieren wollen." Er blickte sie nacheinander an. „Was meint ihr? Ich bin für ein Vorgehen in zwei Gruppen. Das ergibt mehr Möglichkeiten, das Gebiet zu durchsuchen – es erscheint mir ziemlich groß und wir kennen uns nicht aus. Und wissen nicht, ob wir uns auf alte Kontakte berufen können."

„Und in kleineren Gruppen erregen wir vielleicht nicht so viel Aufsehen", stimmte einer der Männer zu. Die anderen nickten.

Ein weiterer, ein Hüne von Gestalt, drängte sich vor. „Wo machen wir überhaupt Station, Seamus", fragte er, „direkt auf der Insel?"

„Nein. Ich dachte an einen richtigen Touristenort direkt an der Küste, in dem wir nicht weiter auffallen. Zum Beispiel", er sah nochmals in die Karte, „hier, Ballinskelligs. Dort gibt's sicher genügend Unterkünfte. Und dort trennen wir uns." Seamus musterte die um ihn herum Stehenden. „Wenn wir in dem Ort angekommen sind, nehmen wir erst einmal Quartier, dann geht es in zwei Gruppen zum Zielgelände. Ich schlage vor, Michael und Pat bilden eine Gruppe, und du, John, kommst mit mir. Wir entscheiden direkt vor Ort, wie wir weiter vorgehen. Das Rennen ist ein Geschenk …" „…des Himmels!" unterbrach ihn der Hüne. Alle lachten.

„Meinetwegen", stimmte Seamus zu. „Noch Fragen?"

Sie schüttelten die Köpfe.

„Gut. Dann vorwärts, Männer!"

8.

Die Dämmerung war bereits hereingebrochen, als sie nach einem Glas Bier und einem – tatsächlich außerordentlich guten – Sandwich die Heimfahrt antrat. Im Pub war sie mit dem Wirt ins Gespräch gekommen, der ihr sein Leid über die hohen Steuern geklagt hatte. „Krise", hatte er geschimpft, „das ist keine Krise, das ist das Ende. Wer zahlt denn die ganze Sache, wenn nicht wir. Die Banken, die sind gut raus, die werden vom Staat unterstützt, das heißt, im Endeffekt von uns. Uns unterstützt niemand, wir gehen langsam vor die Hunde."

Judith musste ihm nach einem Blick in die Gaststube zustimmen, die leer bis auf ein junges Pärchen war, das sich in die hinterste Ecke verdrückt hatte. „Und die Touristen?", hatte sie gefragt.

Fuck them off!" hatte der Wirt unmissverständlich gefaucht. „Bei den Preisen? Ein Pint, das war's. Mehr kann sich doch heutzutage keiner leisten." Er zeigte auf die mit Bergfotos gepflasterten Wände: „Früher war das hier ein Treffpunkt für Bergsteiger aus aller Welt, aber jetzt – vergessen Sie's!"

Gut, dass sie trotz ihrer Schuldgefühle, den Ruin des Wirts zu beschleunigen, nur ein Glas Bier getrunken hatte: die Straße war nur mehr ein asphaltierter Weg, übersät mit Schlaglöchern. Sie kroch mehr, als dass sie fuhr und hielt sich ängstlich in der Mitte.

Judith dachte an das erste Mal zurück, als sie in Irland gewesen war. Wie anders, wie außergewöhnlich ihr das Land vorgekommen war, wie freundlich die Menschen, die sich immer Zeit genommen hatten für einen Schwatz. Auch wenn das nur einen Austausch über das Wetter bedeutete. Selbst zu dieser Zeit noch ähnelte Irland dem Land aus dem "Irischen Tagebuch" Heinrich Bölls, das vielen - deutschen - Besuchern den Weg auf die Insel gewiesen hatte. Wie rasend schnell das aufkommende Wirtschaftswunder dann das Land verändert hatte. Mit dem lässigen Leben nahm es erst einmal ein Ende – nun war der 'American Way of Life' angesagt. Oder besser: der europäische Standard. Was natürlich auch etwas Gutes hatte.

Verdammt, sie bremste scharf: was sollte das denn? Da stand doch tatsächlich eine Gruppe von Radfahrern halb auf ihrer Fahrspur und diskutierte heftig. Sie hupte, als sie langsam vorbeifuhr, und einer der Männer hob mit entschuldigender Geste die Hand. Kopfschüttelnd bog sie in die Straße Richtung Ballinskelligs ein.

Sie hatte vergessen, das Außenlicht anzuschalten, als sie am Morgen weg gefahren war. Nun stand sie bepackt mit ihren Einkäufen im Dunkeln vor der Haustür und versuchte fluchend mit dem Schlüssel ins Schloss zu treffen. Warum zum Teufel gab es hier keine Lampe? Dann gab die Tür nach. Sie konnte sich gerade noch am Rahmen festhalten, sonst wäre sie in die Knie gegangen. Nachdem sie sich Licht verschafft hatte, inspizierte sie den Boden. Ein weißer Umschlag war die Ursache für ihre Rutschpartie. Misstrauisch öffnete sie ihn. Die Vorladung vom Coroner. Schon für morgen Nachmittag. 15.00 Uhr im Courthouse, Caherciveen.

Vorsichtig zog Tom die Haustür hinter sich zu. Nicht, dass er unbedingt einer Begegnung mit Marion aus dem Weg gehen wollte. Er brauchte nur ein wenig Zeit für sich. Während der Fahrt zurück aus der Stadt hatten sich seine Gedanken mehr mit der zufälligen

Begegnung, die sich ergeben hatte, als mit den Problemen, die auf ihn zukamen, beschäftigt. Ihn wunderte seine Reaktion immer noch: Hatte er Judith tatsächlich eingeladen? So vehement, wie er ihr gegenüber das Projekt verteidigt hatte, fühlte er doch gar nicht. Eher im Gegenteil.

Beschämt dachte er an seine letzte Unterredung mit Walter zurück, in der er seine Zweifel deutlich zum Ausdruck gebracht hatte. Die fast kindische Freude, mit der Walter diesen Coup gelandet hatte, die Genehmigung zu verzögern und mit diesem Manöver endlich die restlichen Grundstücke in seine Hand zu bekommen, hatte er nicht geteilt.

„Das mache ich nicht mit", hatte er gesagt, „das grenzt an Betrug!"

Walter hatte nur amüsiert gelächelt und geantwortet, er solle sich nicht lächerlich machen. „Dass ich ein bisschen nachgeholfen habe? *So what?* Das macht hier jeder, sei nicht zimperlich. Hier wandern ganz andere Summen über den Tisch. Wir haben immer schon mal in einer Grauzone operiert, da hast du nicht so aufgeregt reagiert– hier dient es sogar einem guten Zweck! Man muss die Leute manchmal zu ihrem Glück zwingen, weißt du, und wenn die hier nicht bald aufwachen, dann bleiben sie in ihrem selbst verschuldeten Sumpf auf Jahre hinaus stecken."

„Vielleicht wollen sie das ja", hatte Tom eingeworfen, „vielleicht mögen sie ihr Land so, wie es jetzt aussieht. Nicht jeder ist nur auf Geld aus!"

Da war Walter laut geworden: „Dann sieh' dir doch das Land an, sieh' dir an, wie die ‚Moderne' aussieht, wie eine Hecke nach der anderen fällt, eine Mauer nach der anderen beseitigt wird. In ein paar Jahren sieht es hier aus wie überall. Von wegen, typisch irisch! Hältst du diese Entwicklung tatsächlich für eine Alternative? Dann bist du dümmer, als ich glaubte. Ein paar Großbauern, die Landwirtschaft im großen Stil betreiben? Und der Rest zugebaut mit Ferienhaussiedlungen, die jetzt langsam verfallen?

Denk' doch nach, Tom! Man kann nicht zurück, das ist richtig. Andererseits kann man dran drehen, dass es nicht ganz so schrecklich wird: die Leute, die hierherkommen, haben bestimmte Erwartungen – und warum soll man die nicht bedienen?"

„Mit einem Golfplatz!"

„Richtig. Der wird in die Landschaft passen. Besser als drainierte Eurogras-Wiesen, auf denen hässliche Hallen für Turbo-Kühe stehen, umgeben von Ferienhaus-Ghettos. Das musst du doch zugeben, oder? Und dass ich - wir - daran verdienen, dass wirst du mir jetzt nicht vorwerfen, oder? Immerhin bist du bisher ganz gut damit gefahren."

Walter hatte ihm zugegrinst und ihm die Hand hingehalten. Tom hatte sie genommen, zögerlich, denn überzeugt war er immer noch nicht. Aber er hatte nachgegeben. Und jetzt hatte er das Ganze am Hals.

Es hatte auch schon vorher Meinungsverschiedenheiten zwischen ihnen gegeben. Nie hatten sie zu einem länger anhaltenden Zerwürfnis geführt, Walter lag viel an ihrer Zusammenarbeit. Meist lenkte einer von ihnen nach einer Weile ein und dann war die Sache vergessen und erledigt. Dieses Mal hatte er zwar nachgegeben, allerdings ohne innere Überzeugung. Ein Widerspruch, er wusste es, denn zu Beginn der ganzen Aktion fand er die Idee nicht abwegig, hier einen Golfplatz zu planen. Die Zweifel kamen erst später, zum Beispiel, als er in der Bridge Bar geschnitten wurde von Leuten, mit denen er sonst friedlich zusammensaß und sein Bier trank. Als Nachbarn die eine oder andere hämische Bemerkung fallen ließen mit dem Inhalt, soviel möchten sie auch besitzen, um sich einen eigenen Golfplatz zuzulegen. Viele wollten ihn nicht, das war ihm klargeworden, und als das Aus vom *County Council* kam, dachte er, damit sei der Plan ad acta gelegt. Dann kam die überraschende Wende, die sich als Walters Joker herausstellte, den er plötzlich aus der Tasche zog.

Was mache ich nur, dachte er. Die Grundstücke würde er nicht weiterverkaufen können, nicht in der augenblicklichen Situation. Marion erwartete, dass er die Sache zu Ende brachte. So oder so. Er hätte ihr nicht von dem Streit erzählen sollen. Müde strich er sich über die Augen. Hatte er Walter so früh aus dem Haus getrieben? Und dann ... „Oh Gott, verzeih' mir", murmelte er leise.

Marion lag auf ihrem Bett und horchte, erleichtert, dass Tom nicht mehr geklopft hatte. Der Brief, mit der Vorladung ins Untersuchungsgericht, hatte sie wachgehalten.

Sie hatte wieder geweint und nun, da keine Tränen mehr kamen, versuchte sie nachzudenken. Ihre Gedanken gingen im Kreis, immer wieder und wieder, wie ein Mantra: Ich hätte ihn zurückhalten können. Es hat an mir gelegen, dass er gegangen ist. Nur ein bisschen nachgeben. Einlenken. Es ist meine Schuld.

Ich konnte es nicht, dachte sie traurig, ich konnte einfach nicht.

Nachdrücklich schloss Hannah die Tür und zog die Jacke enger um sich. Der Nebel heute Morgen kroch ihr in die Knochen. Sie fröstelte.

Obwohl St Brendan's Well nur ein paar hundert Meter von ihrem Haus entfernt war, lag es schon eine ganze Weile zurück, dass sie sich dorthin bewegt hatte. Nicht nur, weil ihre Beine es nicht geschafft hätten, sondern, weil sie die Überzeugung der Inselbewohner, das Wasser besitze heilende Kräfte, für Unsinn hielt. Die Ansammlung bunter Heiligenfigürchen zur Bekundungen tiefer gläubiger Dankbarkeit für empfangene Hilfe, die die Quelle umgaben, machte sie wütend. Sie verachtete diejenigen, die solchen Illusionen aufsaßen und schämte sich gleichzeitig dieses Gefühls: sie hatte Glück gehabt, der Unwissenheit zu entkommen, andere nicht. Dennoch entbehrte es nicht einer gewissen Ironie, stellte sich heraus, das Heiligtum ruhte auf einem heidnischen Fundament.

In der Nacht hatte sie lange wach gelegen und gegrübelt. Archäologische Grabungen waren nichts Außergewöhnliches auf der Insel. Es gab so viele Überreste aus vor- und frühchristlicher Zeit, dass jedwede Ausgrabung, gleichgültig an welchem Ort, irgendeinen Fund zutage förderte. Der Ort an sich war plausibel, der irritierte sie nicht.

Nur, das Wie kam ihr seltsam vor, das plötzliche Auftauchen, die Eile, die die beiden an den Tag legten, ihr unprofessionelles Vorgehen. Hannah erinnerte sich daran, wie sie selbst vor Jahrzehnten als Studentin an solchen Arbeiten teilgenommen hatte. Erst einmal wurde der Platz akribisch vermessen und photographiert. Dann gesichert. Dann in kleinste Quadrate aufgeteilt. Erst danach durften sie nach einer mit Ermahnungen versetzten Einführung mit der Arbeit beginnen. Sie hatten unglaublich vorsichtig mithilfe kleinster Kellen und Pinsel jeden Quadratzentimeter Erde untersucht.

Hier bei St Brendan's Well, so hatte sie durch ihr Glas beobachtet, war nichts abgesperrt, nichts gesichert, nichts aufgeteilt worden. Diese beiden Personen hatten einfach begonnen, die Mauer abzutragen und die Steine auf die Seite zu werfen. Keine Vermessung, kein sorgsames Abtragen der Erdschichten, geschweige denn eine Dokumentation der Arbeiten.

Erst hatte sie sich nur gewundert. Die zwei hatten die Erde einfach beiseite geworfen, sie noch nicht einmal untersucht oder gesiebt. Irgendetwas stimmte da ganz und gar nicht. Und bevor sie einschlief, hatte sie sich vorgenommen, nach dem Rechten zu sehen.

Die Ausgrabung lag verlassen, die beiden Archäologen waren nirgends zu sehen. Hannah stützte sich auf ihren Stock und sah sich um. Die ausgehobene Grube war sorgfältig mit Planen abgedeckt, dahinter bildete die heraus geschaufelte Erde einen unordentlichen Haufen. Das kleine Zelt daneben war fest verschlossen und nochmals mit einem Vorhängeschloss gesichert. Die gemauerte Umrandung der Quelle schien vollständig entfernt, die Steine lagen wirr durcheinander auf der gegenüber liegenden Seite des Wegs. Das sieht nicht fachgerecht aus, überlegte sie, das sind keine Archäologen, da gehe ich jede Wette ein. Sie hatten richtiggehend gewütet. Da ist jemand auf der Suche, dachte sie. Verzweifelt auf der Suche. Aber wonach?

Nachdem sie misstrauisch die Umgebung gemustert hatte, ging sie langsam zu den aufgehäuften Steinen hinüber und ließ sich vorsichtig darauf nieder. Sie konnte sich täuschen. Andererseits, sie musste nur an die Nachrichten in der letzten Woche denken.

Sie erhob sich mühsam. Sie sollte Sean ins Vertrauen ziehen. Obwohl, nie hatten sie sich über diese

Dinge ausgetauscht und sie hatte keine Ahnung, wie er dazu stand. Andererseits, er war jung genug, dass ihm die alten Geschichten auch egal sein konnten. Als sie die Haustür erreicht hatte, war ihr Entschluss gefasst. Sie würde ihn anrufen. Später.

9.

Als Judith am nächsten Morgen aufwachte, fühlte sie sich ausgeschlafen und voller Energie. Sie beschloss, sich den wirklich wichtigen Dingen im Leben zuzuwenden, zum Beispiel einem guten Frühstück, und natürlich - sie seufzte - dem übernommenen Auftrag. Es wurde langsam Zeit, sich Mrs Branagan zu widmen. Aber erst nach dem Frühstück.

Es herrschte dicker Nebel. Eine undurchdringliche weißgraue Wand vor dem Küchenfenster vermittelte den Eindruck, als sei unvermutet der Herbst hereingebrochen. Judith zog automatisch die Schultern hoch. Kalt schien es aber nicht zu sein, eher wie in einer Waschküche, von einer den Atem beschwerenden, stickigen warmen Feuchtigkeit. Das passte zum heutigen Tag, dachte sie, erst Mrs Branagan und dann noch der Coroner.

Es hatte angefangen, leicht zu nieseln, als sie sich, in ein gelbes Regencape gehüllt, das sie im Vorraum gefunden hatte, auf den Weg machte. Es waren nur ein paar Schritte die Strasse entlang, vorbei an zwei unbewohnt wirkenden Cottages, die, das wusste sie, als Stall und Scheune genutzt wurden. Sie bog in den Hof der Branagans ein, umrundete einen umgefallenen rostigen Eimer, ein rotes Kindertretrad und einen zu Stein gewordenen Sack Zement und klopfte an die Tür: „Mrs Branagan? *Hello?*"

Die Tür wurde umgehend geöffnet, als habe sie nur ihr Klopfen abgewartet: Mrs Branagan stand direkt vor ihr, eine Zigarette zwischen den Fingern. „*Yes?*" Ein viel versprechender Anfang.

„Guten Morgen, Mrs Branagan. Erinnern Sie sich an mich? Ich bin Judith, eine Freundin von Gisela und

Heiner und soll Ihnen Grüße von den beiden ausrichten."

Mrs Branagan sah sie einen Augenblick durchdringend an und beschloss offensichtlich dann, nach nur ihr bekannten Kriterien, Gnade vor Recht ergehen zu lassen: „Ja doch, natürlich, ich erinnere mich. Kommen Sie herein."

Die Küche, ein interessantes Ensemble aus neuen und alten Möbeln, stand kurz davor, in ein absolutes Chaos zu versinken. Der Frühstückstisch war noch nicht abgeräumt. Getoastete Weißbrotscheiben, ein offenes Glas Marmelade, dreckige Tassen und Besteck wurden von Mrs Branagan resolut an die gegenüber liegende Ecke des Tisches verbannt. Neben einem Korb voller Wäsche balgten sich zwei kleine Kinder, die ihr Tun sofort abbrachen, als sie hereinkamen und Judith neugierig anstarrten. Sie nickte ihnen freundlich lächelnd zu, was die beiden so erschreckte, dass sie sich in den dunkleren Teil des Raumes zurückzogen.

„Nehmen Sie Platz. Tasse Tee?"

Judith lehnte höflich mit dem Hinweis auf das gerade genossene Frühstück ab. Das verhinderte nicht, dass im Nu eine Tasse voller dampfender, dunkler Flüssigkeit vor ihr stand.

Die beiden Frauen musterten einander. Mrs Branagan war eine hübsche Frau, obwohl die harte Arbeit auf der Farm bereits unübersehbare Spuren in ihrem Gesicht hinterlassen hatten. Was Mrs Branagan dachte, war ihrem Gesichtsausdruck nicht zu entnehmen.

„*Now, how are those folks doing over in Germany?*", eröffnete sie das Gespräch.

„Danke, es geht ihnen gut. Natürlich haben sie viel zu tun, wie immer. Ich glaube, Sie wissen, dass sie erst im September kommen wollten?"

Mrs Branagan nickte. „Ich weiß. Sie haben vor einer Weile geschrieben. Ich hoffe, es wird wieder so ein schöner heißer Sommer wie letztes Jahr. Hat die Touristen zufrieden gestellt. Und Sie, werden Sie im Sommer noch mal mit Ihrem Mann hier Urlaub machen?"

Judith schluckte. Wie zum Teufel brachte diese Frau es nur fertig, exakt nach nur einer Minute den wunden Punkt zu treffen? Sie suchte nach den passenden Worten.

„Nein, ich denke nicht." Sie sah ihrer Gegnerin in die Augen. „Wir haben uns getrennt", sagte sie herausfordernd.

„Oh, sorry. Those are bad news." Mrs Branagan sah auf den Boden hinunter. „Es tut mir leid, wirklich – ist eine schlechte Angewohnheit von mir, die Nase so tief in die Angelegenheiten anderer Leute zu stecken!" Sie ging zum Küchenschrank hinüber und langte nach einer Flasche Whiskey. „Auch einen Schluck?"

Judith nahm das Friedensangebot an. „Gerne. Danke." Sie prosteten sich zu. *„Cheers."*

Jetzt oder nie, eine bessere Gelegenheit bekam sie nicht wieder. Judith lächelte aufmunternd. „Die Saison wird bald richtig beginnen", begann sie vorsichtig.

„Es sind schon Gäste angekündigt", bestätigte Mrs Branagan.

„Gisela würde gerne wissen, ob Sie denn weiterhin so freundlich wären, nach ihnen zu sehen."

Mrs Branagan wiegte ihren Kopf hin und her. „Ich weiß nicht. Kann ich wirklich nicht sagen. Die Fabrik in St Finan´s Bay, die Schokoladenfabrik, sucht seitdem sie erweitert haben Leute. Die zahlen nicht nur gut, auch die Arbeitszeiten stimmen."

„Ich verstehe. Ist es für länger?"

„Vielleicht. Das weiß man hier nie." Mrs Branagan zuckte die Achseln.

„Heißt das, dass Sie sich nicht darauf verlassen können?"

„Nicht total. Und andererseits will ich Gisela auch nicht im Stich lassen. Wir kennen uns schon so lange. Und sind Nachbarn."

„Möglicherweise lassen sich beide Jobs miteinander verbinden. Die Gäste kommen doch immer am Wochenende. Oder?"

„Meistens am Samstagnachmittag."

„Vielleicht können Sie Ihre Arbeitszeiten so einrichten, dass der Nachmittag frei bleibt? Und falls nicht, könnten Sie die Begrüßung und Einweisung, oder wie man das nennt, am Sonntag nachholen. Und wann das Saubermachen nach der Abreise passiert, ist doch egal. Dann hätten Sie zwei Jobs."

Mrs Branagan schien zu überlegen. „Es ist nicht so, dass ich das für Gisela nicht mehr tun wollte", sagte sie schließlich, „und das Geld können wir auch gebrauchen, aber ..." Sie blickte Judith hilflos an, „ich muss denen immer alles erklären, also, wie das mit dem Bad funktioniert und mit der Heizung, und dann fragen die so viel nach. Wo es was zu besichtigen gibt, welche Sehenswürdigkeit. Und ich kapiere kaum ein Wort von dem, was sie sagen, weil die so ein komisches Englisch reden. Verstehen Sie?"

Sie nahm eine neue Zigarette aus der Schachtel. „Wollen Sie eine?"

Judith schüttelte den Kopf. „Nein danke. Ich habe aufgehört." Sie überlegte laut: „Wie wäre es damit: Gisela stellt eine Liste mit den Hauptfragen zusammen. In Englisch und in Deutsch. Und einen kleinen Führer mit den Sehenswürdigkeiten und Wanderungen in der nächsten Umgebung. Und den drücken Sie den Gästen bei der Ankunft in die Hand."

Mrs Branagan nickte langsam. „Keine schlechte Idee. Klingt gut. Zumindest muss ich dann nicht so viel erklären. In Ordnung. Ich probier' s." Sie lächelte. „Ich heiße Mary."

„Und ich Judith."

Mary hob ihr Glas. „Slainte. Auf dein Wohl."

„Und das deine."

Mary seufzte zufrieden und stellte ihr Glas zurück auf den Tisch. „Gisela hat mal erzählt, du arbeitest als Journalistin?"

Judith nickte. „Ja, so ungefähr. Ich schreibe nicht mehr viel selbst." Sie sah wehmütig in ihr Glas.

„Warum schreibst du nicht mal was über die Insel?", fragte Mary.

„Einen Reisebericht? Wie schön es hier ist?"

„Nein, nichts in der Art, das gibt's massenhaft. Ich dachte eher über das Leben hier. Die Menschen. Die Schokoladenfabrik in St Finan´s Bay, zum Beispiel – ein kleiner Betrieb im Nirgendwo. Der schickt seine Pralinen in die ganze Welt. Trotz Krise. Oder, weißt du, dass seit einiger Zeit wieder Schiefer abgebaut wird? Oben in der Grotte." Mary sah sie erwartungsvoll an: „Was hältst du davon? Das sind die wahren Geschichten, darüber musst du schreiben."

Kein schlechter Vorschlag, sogar recht bedenkenswert. „Das könnte tatsächlich spannend sein. Da oben in der Grotte?"

Mary nickte. „Peter Quinn und noch ein paar Leute. Die sind darauf gekommen, dass Schiefer wieder ganz modern ist, zum Beispiel Gartenmöbel aus Schiefer oder Schieferplatten als Untersetzer. Geh doch mal vorbei und sieh es dir an."

„Mache ich – und danke für den Tipp!"

„*You're welcome!*" Mary prostete ihr zu.

Ein Glas später verabschiedete sich Judith. Zu ihrer eigenen Überraschung konnte sie noch geradestehen. Es musste guter Whiskey gewesen sein.

Mary brachte sie zur Tür. „Der arme Walter", sagte sie kopfschüttelnd, „so zu enden. Gott sei seiner armen Seele gnädig. Aber", sie senkte die Stimme, „ein paar Leute auf der Insel sind nicht allzu traurig, dass Gott ihn so früh zu sich genommen hat."

Judith sah sie an. „Du meinst wegen des Golfplatzes? Ich habe davon gehört."

„Ja. Der passt hier einigen Leuten gar nicht. Pat und ich, wir haben in der Sitzung dafür gestimmt. Schon wegen der Arbeitsplätze. Von der Landwirtschaft allein können wir nicht mehr leben, das ist für uns vorbei. So ein Unternehmen bringt Geld in diese gottverlassene Gegend", fügte sie trotzig hinzu, „so viele Möglichkeiten haben wir nicht, dass wir wählerisch sein können. Und Vögel – weißt du, Vögel haben wir genug: die brüten hier wirklich überall!"

Nachdenklich schlenderte Judith zum Haus zurück. Sie hatte nicht geahnt, dass die Planung des Golfplatzes die Inselbewohner derart spaltete. Es war wie immer: Einige profitierten von den Veränderungen, andere nicht. Neid und Missgunst folgten, Auseinandersetzungen, Streit, Feindschaften. Sie konnte sich nicht vorstellen, dass Walter Hendt die Konsequenzen nicht bedacht hatte, vor allem, wenn er doch in Zukunft auf der Insel leben wollte, wie Marion erwähnt hatte.

Laut klingelnd fuhren drei Radfahrer vorbei. Erschrocken machte sie einen Satz an den Straßenrand. Die Fahrer verschluckte der Nebel sofort wieder. Wütend starrte sie ihnen hinterher. War das hier die Tour de France? Kopfschüttelnd ging sie ins Haus.

Judith legte noch ein paar Torfstücke nach, holte sich eine Decke und machte es sich auf dem Sofa bequem. Sie schloss die Augen: eigentlich ging sie das alles überhaupt nichts an. Andererseits war es ausgesprochen verlockend, genauer nachzuforschen.

Die Idee, über die Insel zu schreiben, oder besser, Marys Idee, über die neu entstandenen Arbeitsplätze im Schiefersteinbruch zu berichten, kam ihr in den Sinn. Der Einfall war gar nicht so abwegig, den konnte sie vielleicht sogar ihrem Redakteur nahebringen. Motto: Irland - Leben mit der Krise. Mehr und mehr erwärmte sie sich für den Gedanken. Sie hatte nichts weiter vor, eine Ablenkung würde ihr gut tun. Nur merkwürdig: ihr war letztes Jahr gar nicht aufgefallen, dass der Steinbruch überhaupt in Betrieb war. Hatten sie die Grotte nicht besucht? Könnte so gewesen sein, überlegte sie, sie stand zumindest nicht so hoch in ihrer Gunst, dass sie unbedingt einen Besuch erforderte.

Ihre Pflichten hatte sie erledigt. Bravourös. Sie fand, sie hatte den Konflikt doch elegant gelöst! Dabei ging ihr der letzte Satz von Mary nicht aus dem Kopf, dass ein paar Leute auf der Insel Walter Hendts Tod nicht bedauerten. Hoffentlich deutete Mary damit nicht an, dass nicht alles mit rechten Dingen zugegangen war. Das ging sie wirklich nichts an, das fiel in die Zuständigkeit der Polizei. Sie sollte nur gleich die gute Nachricht, dass sie ein erfolgreiches Gespräch mit Mary geführt hatte, telefonisch nach Deutschland durchgeben. Gleich...

Mit einem Schreckenslaut fuhr sie hoch und tastet sich schlaftrunken zum Telefon vor. „Hallo?"

„Judith! Hallo! Wie geht's dir? Und wie läuft es denn so? Ist das Wetter gut? Hast du schon mit Mary gesprochen?"

Gisela. Sie war ihr zuvorgekommen. Bevor sie eine weitere Frage abschießen konnte, griff Judith energisch ein.

„Gisela, hallo! Gerade wollte ich dich anrufen! Danke für die Nachfrage. Gut. Gut. Es geht so. Habe ich". Sie musste lachen. „Du hast mich aus dem Tiefschlaf geholt", sagte sie vorwurfsvoll, „also gib mir noch eine Sekunde, dann bin ich wieder ganz klar!"

„Tut mir leid!" Gisela klang kein bisschen reumütig. „Du liegst am hellen Tag im Bett? Hast du nichts Besseres zu tun?"

„Wir haben Nebel", antwortete Judith entschuldigend, „und: ich war heute schon fleißig! Ich habe mit Mary gesprochen. Geht alles in Ordnung. Also, wenn sie nicht da ist, macht's eins der Kinder. Und du möchtest ihr eine Seite mit den wichtigsten Punkten, die das Haus erklären, zusammenstellen. Das war nämlich das Problem!" Sie erklärte der Freundin Marys Dilemma.

Gisela fiel hörbar ein Stein vom Herzen. „Danke dir. Ich wusste doch, wenn es jemand schafft, dann du! Wir spendieren dir ein Essen nach deiner Rückkehr, großes Ehrenwort. Erzähl doch mal, gibt es sonst keine Neuigkeiten?"

„Doch, schon." Judith zögerte nur einen kurzen Moment, dann legte sie los: wie sie die Leiche von Walter gefunden, die Angler im Pub getroffen, Hannah und Sean, die Hendts und Lorenz kennen gelernt hatte, sogar Johnny the Pilot ließ sie nicht aus. Und dass sie gleich los musste, stellte sie mit einem Blick auf ihre Armbanduhr fest.

Gisela schwieg eine Weile, nachdem Judith ihren Bericht beendet hatte. „Das muss ich erst einmal verdauen", sagte sie. „Der arme Mann. Wie grässlich. Und Marion und Andi. Mein Gott, für den Jungen ist das doch traumatisch. Für dich war das bestimmt auch nicht so toll. Weißt du, wir waren nie besonders dicke miteinander, vor allem nicht, seitdem wir wegen der Golfplatzgeschichte auf verschiedenen Seiten standen. Wir kannten ihn natürlich, wie man sich halt auf der Insel kennt als Deutsche. Man begegnet sich zwangsläufig, beim Einkaufen oder im Pub und quatscht miteinander. Und informiert sich natürlich. Die Insel ist ja nicht groß. Klatschen tun wir doch alle gern."

„Ich war etwas überrascht, dass ihr die Hendts nie erwähnt habt."

„Das stimmt so sicherlich nicht", protestierte Gisela, „wahrscheinlich hast du bloß mal wieder nicht zugehört, als wir über den Golfplatz gesprochen haben!"

„Ist ja gut", lenkte Judith ein, „im Grunde ist es auch nicht wichtig. Ich glaube, mit Marion Hendt könnte ich mich sogar anfreunden."

„Hast du auch Tom kennen gelernt, ihren Bruder, oder Halbbruder?"

Judith zögerte die Antwort hinaus. „Ja", sagte sie schließlich, „der war auch da, als ich vorbeigegangen bin."

„Ganz netter Typ, nicht wahr?"

Judith brummte zustimmend.

„Und sieht gut aus, findest du nicht auch?" Gisela klang absolut neutral.

Trotzdem konnte Judith nicht an sich halten: „Verdammt, Gisela, du weißt doch, ich will nicht! Ich habe keinerlei Ambitionen!"

„Ja, ja", sagte die Freundin begütigend, „okay, verstehe ich. Entschuldige. Ich wollte dir nicht zu nahetreten! Jetzt zieh erst einmal los. Ich bin gespannt, was du berichtest. Scheint spannend zu werden. Wir telefonieren sicherlich die Woche nochmals! Lass dir nicht immer so viel Zeit. Du kannst doch auch dein Handy nehmen! Bis dann, ciao."

Judith legte den Hörer auf. Als ob ich krank oder nicht ganz richtig im Kopf bin, dachte sie wütend. Sollten sie sie doch in Ruhe lassen! Von wegen Handy. Das hatte sie mit Bedacht in die hinterste Ecke des Schranks verbannt.

10.

Judith hatte sich entschieden, frühzeitig aufzubrechen. Nach Marys Beschreibung sollte das Gerichtsgebäude am Ende des Städtchens liegen. „Du siehst es dann schon auf der linken Seite", hatte Mary gesagt, „ist nicht zu verfehlen: es sieht aus wie ein Gerichtsgebäude."

Zuerst war sie daran vorbeigefahren: das Gericht lag eingezwängt zwischen den letzten Häusern, etwas zurückgesetzt an der Hauptstrasse. Durch seinen klassizistischen Stil, der an einen Tempel erinnerte, hob es sich unverkennbar von den umliegenden Gebäuden ab.

Das Gatter stand offen und die Tür war auf. Neugierig trat Judith ein. Verblüfft sah sie sich um. Der Gerichtssaal hatte jeglichen modernen Anwandlungen widerstanden. Nicht nur die hohe Richterbank, die holzgetäfelten Wände ringsum und die Zuschauergalerie, der gesamte Raum erinnerte sie an eine Filmkulisse. „Zeugin der Anklage" schoss ihr durch den Sinn. Ob der Richter auch so eine Lockenperücke trug?

Sie war die Erste, zögerlich setzte sie sich in die letzte Reihe. Kaum hatte sie sich niedergelassen, als sich eine schmale unauffällige Tür hinter der Richterbank öffnete, aus der ein ganzer Schwung von Leuten auf einmal herausquoll. Die sie alle munter grüßten, kurz ihren lauten Austausch unterbrechend.

Ein älterer Mann brach aus der Gruppe aus und kam auf sie zu. „Hi", sagte er und schüttelte ihr die Hand, „*I am Timothy Egan, the Coroner.* Und Sie müssen", er sah auf das Blatt in seiner Hand hinunter, „Ms Judith Richter sein."

Sie nickte. „Hi. Das ist richtig."

„Dann kommen Sie doch bitte mit vor, dann kann der Protokollführer Ihre Identität überprüfen und eintragen, dass Sie erschienen sind. Ach, brauchen Sie einen Dolmetscher? John sagte mir", er deutete mit dem Kopf nach hinten, wo Sergeant McGregor gerade den Raum betrat und grüßend die Hand hob, „dass Sie eigentlich ganz gut Englisch sprechen. Wenn Sie es wünschen ..."

Judith schüttelte den Kopf. „Ich glaube, es geht auch so, danke."

Die Formalitäten waren schnell erledigt. Sie konnte sich jedoch nicht enthalten verwundert nachzufragen, als sie sah, dass diejenigen, die aus der Tür getreten waren, alle zu beiden Seiten des Richters Platz genommen hatten.

„Wenn der Tod durch Unfall eintritt, ist eine Jury notwendig", belehrte sie der Richter freundlich.

Er zog sich nun tatsächlich eine Robe über und stülpte sich eine weiße Perücke auf den Kopf. Der hochoffizielle Eindruck wurde allerdings dadurch gestört, dass sie nicht gerade saß. So lugten seine graublonden Haare an den Seiten hervor. Auch stand seine Robe offen und ließ einen Blick auf seine Jeans und ein kariertes Hemd zu.

Als Judith sich wieder ihrem Platz zuwandte, hatte sich bereits eine ganze Reihe von Leuten in den Stuhlreihen vor ihr und auf der Galerie niedergelassen. Sie erkannte niemanden, abgesehen von Sergeant McGregor, der in der ersten Reihe Platz genommen hatte. Dazu gesellte sich Inspektor Heeny, der ihr im Vorbeigehen kurz zunickte. Und Marion und Tom, die sich, ohne nach rechts und links zu sehen, ebenfalls vorne hinsetzten.

Der Coroner klopfte auf den Tisch. Er wandte sich zunächst an Marion und Tom und sprach ihnen sein Beileid aus. Dann wandte er sich an die gesamte Versammlung.

„Wie Sie wissen, hat diese Anhörung den Zweck, die Umstände des Todes von Mr Hendt zu klären (soweit dies möglich ist), das heißt, wann und wie er zu Tode gekommen ist. Hier wird nicht verhandelt, ob dieser von jemandem verschuldet wurde, oder ob sogar ein strafwürdiges Vergehen seinen Tod verursacht hat. Das wäre Gegenstand eines folgenden Prozesses. Wir versuchen heraus zu finden, wie er gestorben ist.

Dazu rufe ich zunächst die für die Grafschaft Kerry zuständige Pathologin Ms Rourke auf, die die Ergebnisse der post mortem Untersuchung vortragen wird.

Danach rufe ich als Zeugin Ms Richter auf, die den Leichnam entdeckt hatte und dann Garda Sergeant McGregor, der von dem Fund benachrichtigt wurde. Ich bitte Sie alle, auf die Gefühle der Angehörigen Rücksicht zu nehmen und dem Anlass dieser Veranstaltung mit Ihrem Verhalten Rechnung zu tragen."

Der Coroner nickte einer jungen Frau im dunklen Hosenanzug zu, die zum Zeugenstand hinüberging. Auch sie drückte zunächst gegenüber Marion und Tom ihr Beileid aus, begann dann aber zügig ihren Bericht, indem sie Blatt nach Blatt hervorzog und mit monotoner Stimme die Ergebnisse ihrer Untersuchung vortrug.

Judith, die zunächst versucht hatte, konzentriert den Ausführungen zu folgen, verlor bald die Übersicht in den mit lateinischen Ausdrücken gespickten langatmigen Erklärungen und verfiel in eine Art Dämmerzustand, aus dem sie jäh durch eine Frage des Coroner heraus gerissen wurde.

„Verstehe ich Sie richtig", sagte er, „dass Mr Hendt noch lebte, als er ins Meer stürzte, und dass die Kopfwunde die Ursache für diesen Sturz war?"

„Ja, in gewisser Weise ist das richtig." Ms Rourke zögerte kurz. „So formuliert klingt es allerdings falsch. Wie er sich die Kopfwunde zuzog, können wir nicht mehr feststellen. Die kann er sich ebenso vorher oder beim Sturz ins Wasser zugezogen haben. Es gibt jedenfalls keinerlei Anzeichen, dass jemand anderes beteiligt war. Oder dass ein Herzinfarkt als Ursache infrage kommt. Denkbar ist, dass er abgerutscht ist und den Halt verloren hat. Oder ihn eine hohe Welle getroffen und vom Felsen gewaschen hat. Er war sicher bereits ohne Bewusstsein, als er im Wasser aufschlug. Die Schürfwunden, die wir am ganzen Körper gefunden haben, hat er sich bei dem Fall zugezogen. Der Tod trat dann gegen 8.00 h, maximal 9.00 Uhr durch Ertrinken ein."

Judith schluckte schwer, als die Erinnerung zurückkehrte. Ihr Herz begann plötzlich zu rasen und das Rauschen in ihren Ohren übertönte alle Laute, so dass sie sich einen Moment total abgeschnitten von der äußeren Welt fühlte. Dann ging der Moment vorbei und sie hörte noch, wie der Richter fragte, ob die Pathologin sicher sei. Diese nickte nachdrücklich und bestätigte: „Ja, absolut."

Der Coroner dankte ihr und sie durfte sich wieder setzen.

Dann rief er Judith auf. Ihr Herz klopfte immer noch unregelmäßig und sie fühlte wie ihr vor Nervosität der Schweiß ausbrach. Sie hörte kaum, wie der Coroner ihr nochmals das Vorgehen erläuterte und sie ermahnte, die Wahrheit zu sagen. Dann begann die Befragung. Die sie, trotz aller Ängste und Befürchtungen, ohne Probleme hinter sich brachte. Mit Geschick und Takt, langsamer und deutlicher Aussprache und vorsichtigem Nachfragen leitete sie der Coroner durch die Prozedur. Sie wiederholte, was sie schon letzten Montag zu Protokoll gegeben hatte.

Endlich war es überstanden. Sie hatte, soweit sie es einschätzen konnte, nichts weiter zur Erhellung der Todesumstände von Walter Hendt beitragen können. Und als sie zu ihrem Platz zurückging, blickte sie etwas schuldbewusst zu Marion und Tom hinüber.

Die Aussagen von Inspektor Heeny und Sergeant McGregor flossen als gleichmäßiges Geplätscher an ihrem Ohr vorüber. Offenbar hatte sie verpasst, dass Heeny Walter Hendts Abend mit den Anglern erwähnte und ihre Verabredung für den nächsten Morgen. Vielleicht hatte er sie aber auch gar nicht angesprochen – oder sie hatte es überhört. Sie war so mit sich beschäftigt, in ihrem Kopf ihre Aussage kritisch hin und her zu wenden, dass sie erst wieder aufmerkte, als Sergeant McGregor eine graue Tasche hochhielt. „Die habe ich nach zweimaligem Absuchen ziemlich weit unten zwischen den Felsen gefunden. Sie war offen und leer. Ich habe sie Mrs Hendt gezeigt. Sie meinte, sie könnte ihrem Mann gehört haben, der seine Ersatzfedern und Gewichte in einer solchen Tasche aufbewahrte."

Der Coroner nickte und bedankte sich. Dann rief er Marion auf. Ihr Anblick rief ein kurzes mitleidiges Gemurmel hervor, so blass und zerbrechlich sah sie aus. Auch der Coroner schien gerührt. Er versprach, auf ihre Trauer Rücksicht zu nehmen. Dann bat er sie, ihm zu erzählen, wie sie den Morgen am Todestag ihres Mannes erlebt hatte.

Marion schilderte mit leiser Stimme, dass sie ihn zwar gehört, allerdings nicht persönlich mit ihm gesprochen hatte. Sie war nicht weiter verwundert - es kam des Öfteren vor, dass er in aller Frühe hinausging. Sein Schlaf war manchmal nicht allzu gut, dann ging er spazieren, im Sommer schwimmen oder angeln. Oft auch nach Culloo. Ja, und er nehme immer neben seiner Rute auch eine Tasche mit. Ja, die vorhin Gezeigte könnte ihm gehört haben.

Dass er zum Frühstück nicht auftauchte, hatte sie daher nicht weiter beunruhigt. Nur, als er mittags immer noch nicht zurückgekommen war, habe sie sich draußen umgesehen, weil er ab und zu das Boot nahm. Das lag jedoch am Quai. Sie sei daraufhin zu ihrem Bruder ins Büro gegangen. Der habe ebenso nicht gewusst, ob Walter am Vormittag vielleicht zu einer Besprechung aufgebrochen war. Das wäre manchmal sogar am Wochenende vorgekommen. In seinem Kalender habe nichts gestanden, und eigentlich gebe er immer Bescheid, wo er hingehe. So habe sie nicht recht gewusst, bei wem sie hätte nachfragen können. Aber dann, und da brach ihre Stimme, hätte schon der Sergeant vor ihrer Tür gestanden.

Der Coroner ließ ihr einen Moment Zeit sich zu fassen, fragte dann mit sanfter Stimme, ob Walter in letzter Zeit vielleicht deprimiert gewesen sei. „Ich muss das fragen", meine Liebe", fügte er hinzu, „verstehen Sie? Wir müssen einen Selbstmord ausschließen können."

Marion sah ihn entsetzt an, einen Moment fürchtete Judith sogar, sie würde in Ohnmacht fallen. „Nein, nein", sie schüttelte heftig den Kopf, „das hätte

Walter nie getan. Er wollte doch hierherziehen." Sie brach in Tränen aus.

Die folgenden Fragen, wohl eher aus formalen denn aus Beweisgründen gestellt, befassten sich mit Walters Gesundheit. Dann durfte Marion gehen und er rief Tom auf.

Judith musterte ihn. Er sah blass aus, antwortet aber mit fester Stimme, als er nach dem letzten Zusammentreffen mit seinem Schwager gefragt wurde. Er schilderte, dass sie sich an dem Freitag vor dem Unglücksfall im Büro getroffen hatten. Er selbst sei dann nach Cork zu einem geschäftlichen Treffen aufgebrochen. Er sei Samstagabend zurückgekommen und hätte nur kurz mit seiner Schwester geredet, da er müde gewesen sei. Er sei den Sonntagmorgen sehr spät aufgestanden und hätte Walter tagsüber nicht vermisst.

Auch wenn sie ihn vermisst hätten, fuhr es Judith durch den Kopf, wäre es wohl zu spät gewesen.

Der Coroner entließ nun auch Tom.

Nach kurzer Beratung verkündete die Jury, dass Walter Hendt durch einen Unfall zu Tode gekommen sei.

„Der", fügte der Coroner streng hinzu, „hätte vermieden werden können. Wie wir wissen, war es nicht der erste Unfall an diesem Ort. Es ist ein außerordentlich gefährlicher Ort, der nur mit größter Vorsicht betreten werden sollte.

Wir wissen nicht genau, wie es passiert ist, aber Walter Hendts Tod sollte uns eine Mahnung sein. Den dafür verantwortlichen Institutionen werde ich aufgeben, die Sicherheitsvorkehrungen nochmals zu verstärken." Er ließ seinen Blick über die Anwesenden schweifen. „Ich weiß, dass ich Culloo nicht schließen kann – wenn ich es könnte, würde ich es tun. Das möchte ich hiermit ausdrücklich betonen. Die Anhörung ist hiermit beendet. Ich wünsche allen einen guten Heimweg."

Überstanden. Bloß weg, dachte Judith, bloß mit niemandem reden müssen.

Jetzt noch einmal auf ihre Aussage angesprochen zu werden, dazu hatte sie im Augenblick keine Nerven. Ihr einziger Begehr war ein Glas Rotwein vor dem Kamin – und sonst nichts.

Erleichtert nahm sie aus dem Augenwinkel wahr, dass Marion und Tom nach vorne zum Richtertisch gegangen waren.

11.

Als Judith am nächsten Morgen verschlafen aus dem Fenster blinzelte, präsentierte sich die Insel wie frisch gewaschen. Der Nebel war vollständig verschwunden, so als habe es ihn nie gegeben. Die Sonne strahlte von einem klaren Himmel, über den in rascher Folge Wolken zogen, getrieben von einem kräftigen Westwind. Nicht unbedingt Badewetter, für einen Ausflug gerade recht. Bevor sie sich entschied, über den neu eröffneten Schiefersteinbruch zu schreiben und den Chefredakteur damit nervte, sollte sie zumindest erkunden, ob die Geschichte überhaupt etwas hergab. Und ihn sich ansehen.

So packte sie nach dem Frühstück und einem prüfenden Blick aus der Tür das Regenzeug ein, nahm eine Decke mit, die Thermoskanne mit dem restlichen Tee, einen Apfel und Kekse. Zunächst hatte sie sogar erwogen, mit dem Fahrrad zu fahren, aber nach einem Blick in den Schuppen auf die zwei dort ordentlich aufgebockten Hightech-Ausführungen, hatte sie verzichtet. Bei den Straßenverhältnissen forderten deren Benutzung die Götter wohlmöglich zu sehr heraus.

An der Kreuzung entschied sie sich für die hintere Straße und bog nach links ab. Sie staunte, wie viele neue Häuser auch hier entstanden waren. In ihrer Erinnerung prägten die Weidelandschaft mit Schafen und Rindern und das ausgedehnte Torfmoor den Charakter des mittleren Teils der Insel. Nie vorher war ihr aufgefallen, wie zersiedelt Valentia war. Vor allem stachen ihr die beiden großzügig angelegten Siedlungen bei Chapeltown ins Auge, deren Reihenhäuser allerdings einen eher unbewohnten Eindruck machten

- mit ihren gardinenlosen Fenstern und verwahrlost wirkenden Vorgärten.

Als sie das Auto langsam vor die Grotte fuhr, um es neben dem Schiefersteinbruch zu parken, dröhnte ihr bereits von weitem Maschinenlärm entgegen. Ein Lastwagen, mit Steinen in unterschiedlichen Größen beladen, fuhr aus einem seitlichen Gang aus der Höhle heraus. Judith stieg aus und musterte die Umgebung. Neben dem Parkplatz lagen riesige, sauber geschnittene Schieferplatten, manche leicht poliert, der Größe nach aufgereiht.

Als sie auf die Küste zuging, konnte sie sehen, wie weit der Abbau bereits fortgeschritten war: ein Hügel aus Abbruchsteinen überwuchs die darunter liegende Wiese. Etwas unterhalb ihres Standortes war ein Bagger gerade dabei, weitere Steine auf dem Berg zu verteilen. Gemessen an diesem Abraum musste sich der Steinbruch gut rechnen.

Sie wandte sich wieder der Grotte zu. Von außen schien alles unverändert. Hoch über dem Höhleneingang thronte die kleine blaue Madonna und breitete segnend die Hände über die vor ihr kniende Figur. Leise tröpfelte Wasser an dem hinab hängenden Moos hinunter in das runde Bassin auf dem Grund, an dessen Rand ein Gipsreiher elegant den Hals reckte. Davor stand ein steinerner Altar. Die Tafel, die der Bevölkerung von Valentia für die Errichtung der Grotte im Jahre 1956 dankte, hing noch an der gleichen Stelle wie all die Jahre zuvor.

Ohne die Warnung vor Steinschlag weiter zu beachten, folgte sie dem befestigten Weg in den Berg hinein, hin zu den Geräuschen, die aus dem hinteren Teil der Höhle drangen. Ein Fließband unterhalb des hergerichteten Plateaus setzte sich, gerade als sie sich hinunter beugte, um mehr zu erkennen, wieder in Bewegung. Erschrocken fuhr sie zusammen, als sich kreischend eine Säge in Stein fraß. Eine Staubwolke löste sich aus dem Dunkel und trieb auf sie zu. Hustend kehrte sie um.

Sie überlegte, wie sie den Artikel anlegen wollte. Ein weiteres Mal den Aufstieg und Fall des „Keltischen Tigers" zu zitieren, erschien ihr überflüssig: zu oft war in der letzten Zeit selbst in der deutschen Presse über Irlands Desaster berichtet worden. Auf der anderen Seite könnte es die Leser natürlich schon interessieren, wie konkret sich das Leben – und die Menschen - auf der Insel verändert hatten, vor allem, wenn sie Material über die frühere Situation dagegenstellte. Vielleicht sollte sie zunächst ein paar Fotos machen.

Nachdem sie den Steinbruch von oben, die zurechtgeschnittenen Schieferplatten und die Grotte mit der Madonna aufgenommen hatte, drang sie erneut mutig in den dunklen Arbeitsbereich vor. Die Fräse stand zu ihrem Glück gerade still, als es ihr unter den neugierigen Blicken der Männer gelang, den dort Arbeitenden auf sich aufmerksam zu machen und nach dem Chef fragte. Sie wurde auf einen zwischen Felswand und Fahrweg errichteten Holzverschlag verwiesen.

Der kräftige Mann, der sich mit „Peter Quinn" vorgestellt hatte, schien wegen ihrer Frage nach einem Interview nicht weiter verwundert. „Gut für das Geschäft", sagte er lakonisch. „Die Neueröffnung hat einiges Aufsehen erregt, es gab ein paar Berichte in den örtlichen Zeitungen. Nun ist es ruhiger geworden. Kommen Sie doch am Montagabend so zwischen sechs und sieben Uhr vorbei. Dann habe ich Zeit und erzähle Ihnen alles, was Sie wissen wollen."

Befriedigt, dass ein Anfang gemacht war, stieg sie wieder ins Auto. Am besten, sie wartete das Gespräch ab und fragte dann erst bei der Redaktion nach, ob Interesse an einer Veröffentlichung bestand.

Das kleine Café, das oberhalb des Leuchtturms ein paar Jahre lang den Sommer über mit selbst gebackenem Kuchen kontinentales Flair verbreitet hatte, war, sie erinnerte sich, geschlossen – immerhin, das Auto konnte sie dort stehen lassen und hinunter zum Leuchtturm laufen. *„Lighthouse Café reopened. Follow road to radio station"*, verkündete ein Schild neben der vernagelten Tür in ungelenken Buchstaben. Das war eine erfreuliche Nachricht, mit der sie nicht gerechnet hatte. Erst der Spaziergang, dann Kaffee und Kuchen, entschied sie.

Mit kräftigen Schritten marschierte sie auf den Leuchtturm zu, der, umbrandet von hohen Wellen, malerisch am Ende des Weges auf einer Felsenzunge thronte, die sich auf das gegenüber liegende Festland zuschob. Einmal, das war schon eine ganze Weile her, war sie mit Gisela und Heiner über die Mauer geklettert und hatte das Gelände erkundet. Eine Tafel neben dem Gittertor wies darauf hin, dass der Leuchtturm auf dem Gelände eines alten Forts stand. Ohne diesen Hinweis war von außen nicht zu erkennen, dass die hohen Mauern vor langer Zeit einem anderen Zweck gedient hatten als neugierige Besucher abzuwehren. Eigentlich schade um den spektakulären Blick, dachte Judith.

Zu ihrer Linken öffnete sich die Bucht hin zum Atlantik. Der Wind trieb die Wellen auf die Küste zu und ein paar Mal musste sie beiseite springen, um den

Schwaden von Salzwasser auszuweichen, die von den Brechern hoch auf den Weg geschleudert wurden. Fasziniert blieb sie ab und zu stehen und sah zu, wie immer wieder aufs Neue Welle um Welle heranrollte, in einer Wolke weißen Schaums zusammenbrach und mit Getöse auf den Steinen auslief. Am Leuchtturm angekommen setzte sie sich auf die Klippen und genoss den Blick auf das Wasser. Danke, dachte sie aus tiefstem Herzen, danke! Wem auch immer!

Sie fand das Café, als sie den Hinweisschildern folgend, die kleine Straße einfach weiterfuhr. Die Besitzer hatten das alte Bauernhaus um eine gläserne Veranda erweitert, von der aus der Blick weit über die Bucht, den Leuchtturm und die gegenüberliegende Küste von Dingle schweifte. Judith bestellte Milchkaffee und ein Stück Apfelkuchen. Die Chefin selbst brachte ihr die Bestellung hinaus und blieb einen Moment auf einen Schwatz stehen. Judith bewunderte gebührend das neue Café und die beeindruckende Sicht vom Wintergarten aus. „Ich vermisse Ihre Antiquitäten! Haben Sie die aufgegeben?"

„Ach du liebe Zeit." Die junge Frau lachte. „Wir haben jetzt einen Laden unten im Ort, in Knightstown. Hier oben haben wir keinen Platz mehr für das ganze Zeug, wir wohnen ja hier. Aber, wenn es Sie interessiert, gucken Sie doch dort mal vorbei. Ist im ehemaligen Post Office unten am Pier."

Judith nippte an ihrem Kaffee. Sollte sie tatsächlich noch nach Knightstown fahren? Sie sah auf die Uhr, erst drei. Neugierig war sie schon.

Langsam ließ sie den Wagen die Straße hinunterrollen. Das erste Mal seit ihrer Ankunft fühlte sie sich unbeschwert, genoss sie ihren Aufenthalt. Nun, nach der Anhörung, konnte es eigentlich nur aufwärts gehen.

Gisela hatte doch Recht behalten: „Fahr auf die Insel, sie wird dir gut tun", hatte sie ihr geraten. „du wirst sehen, sie hat einfach eine beruhigende Wirkung." Nur in Einem hatte sie sich getäuscht: „Dort passiert nie etwas Aufregendes!"

Judith stellte ihren Wagen am Pier ab. Tatsächlich, über der Tür des ehemaligen Postamtes prangte in vergoldeten altmodischen Lettern „The Last Poste - Antiques". Es gab sogar zwei Schaufenster, in dem einen erkannte sie, als sie nähertrat, einen ausgestopften Fuchs, der sie von unten herauf mit ersichtlich künstlichen Zähnen anfletschte. In dem anderen lehnten zierliche Teller mit goldenem Rand an einer leicht lädierten hölzernen Truhe, auf der wiederum eine schöne alte Wanduhr, *„Made in Manchester"*, thronte. Eine niedrig hängende riesige, mit Troddeln verzierte Petroleumlampe verhinderte die freie Sicht ins Innere, doch als sie die Hände neben die Augen hielt, konnte sie hinten im Laden Regale und Schränke, voll gestellt mit Gläsern, Tellern, Figürchen, Vasen und Schalen, erkennen. Bilder unterschiedlichster Malstile und -epochen mit und ohne Rahmen hingen an den Wänden, davor standen Spiegel in allen Größen und ein paar kleinere Petroleumlampen. Mit anderen Worten: der Laden war eine Schatzhöhle - wie sollte sie dieser Versuchung widerstehen!

Nur eine Kleinigkeit, beruhigte sie sich selbst und drückte die Klinke herunter. Die Tür ließ sich nicht öffnen, der Laden war geschlossen. Glück gehabt, dachte sie nicht ganz wahrheitsgemäß, als sie einen letzten sehnsüchtigen Blick in das Ladeninnere warf.

Sie war gerade im Begriff sich umzudrehen, da spürte sie einen leichten Schlag auf ihrer rechten Schulter. Erschrocken drehte sie sich um.

„Na, hab' ich doch richtig gesehen", dröhnte ihr der tiefe Bass von Annerose entgegen. „Hallo, Judith, meine Liebe! Gisela hat gar nichts gesagt, dass du Urlaub auf der Insel machst! Seit wann bist du denn schon hier?"

„Hallo, Annerose! Wie schön dich zu treffen. Ja, es war ein spontaner Entschluss, hierher zu kommen." Judith lächelte leicht gequält und floss in dem Bemühen, ihre mangelnde Begeisterung zu bemänteln, vor Herzlichkeit über: „Dass du mich von hinten erkannt hast!"

Annerose hatte Judiths Hand ergriffen und schüttelte sie unentwegt auf und ab. „Wie ist es dir denn ergangen? Was macht dein netter Freund?"

„Danke, gut." Vergeblich versuchte Judith sich zu befreien, aber Annerose ließ sich nicht beirren und zog sie vom Laden weg. „Mit mir ist alles in Ordnung, nur das Alter macht sich natürlich bemerkbar. Was stehen wir hier auf der Straße herum! Lass uns doch einen Kaffee zusammen trinken, ja? Hier gibt's ein neues Cafe, das selbst gemachte *scones* anbietet." Sie wies zum Hafen hinunter.

Judith schüttelte den Kopf. „Danke dir. Vielleicht ein anderes Mal. Ich bin spät dran, und ich habe schon oben am Leuchtturm einen Kaffee getrunken."

Annerose zog einen Flunsch. „Schade. Es wäre doch nett gewesen, ein bisschen zu reden. Na, vielleicht ein anderes Mal. Wie lange bleibst du noch? Komm doch einfach vorbei, ja? Ach, hast du schon von dem schrecklichen Unfall gehört, der sich die Woche hier zugetragen hat? Ein Nachbar ist ertrunken. Ein Deutscher. Walter Hendt. Ist vom Felsen ins Meer gestürzt. Die Hendts hast du, glaube ich, nie kennen gelernt, oder? Nette Leute, ziemlich reich. Die arme Frau. Und das Kind. Sie haben einen Sohn."

Sie musste Atem holen und Judith nutzte die Gelegenheit, ihr die Hand zu entziehen und in der Jackentasche zu verstecken.

„Ich muss wirklich los, tut mir leid, Annerose. Wir holen die Unterhaltung nach, versprochen. War nett, dich wieder zu sehen."

Annerose gab nicht auf. „Komm, ich begleite dich noch zum Auto. Was wolltest du eigentlich an dem Laden? Die mit ihrem alten schmutzigen Zeug, das keiner mehr haben will."

„Die junge Frau vom Cafe sagte, es wäre offen."

„Ach, die." Annerose winkte ab. „Die ist nie hier unten, das macht alles ihr Mann. Wenn er nicht im Pub ist." Sie wies auf die Kneipe gegenüber. „Wenn du willst, dann sehen wir nach, ob er da drinnen sitzt und holen ihn raus. Vielleicht, wenn er ein Geschäft wittert ..."

Judith lehnte dankend ab, und nach einigem Hin und Her und dem halbherzigen Versprechen vorbeizukommen, wenn es ihre Zeit zuließ, konnte sie sich endlich loseisen. Sie winkte Annerose so erleichtert wie erschöpft noch einmal zu und lenkte das Auto auf die Uferstraße.

Das war wirklich Pech. Sie konnte nun kaum wagen, kehrt zu machen. Die Gefahr, Annerose wieder in die Arme zu laufen, war einfach zu groß. Schon das letzte Mal hatte sie, meist allerdings erfolglos versucht, der alten Freundin ihrer Freunde mit ihrer unglaublichen Mitteilsamkeit aus dem Weg zu gehen. Ihre Freude an Klatsch war sprichwörtlich.

Als sie das Anwesen der Hendts passierte, konnte sie sich nicht enthalten, langsamer zu fahren und neugierig hinunter zu schauen. Und als ob sie es beschworen hätte, erblickte sie Marion, die am Straßenrand neben einem Auto stand und sich mit einem älteren Mann unterhielt. Judith zögerte einen Moment, dann hielt sie. „Hallo", grüßte sie hinüber.

„Oh, hallo", Marion winkte ihr zu, „Moment! Ich komme gleich."

Ein Schatten fiel auf Judiths Arm. Unbemerkt hatte sich Tom von hinten genähert. Er lehnte sich an ihr offenes Fenster. „Hallo. Einen guten Tag wünsche ich. Unterwegs gewesen?" Er musterte sie. „Gut sehen Sie aus. Richtig erholt. War gestern ganz schön anstrengend, nicht?"

„Das stimmt. Danke. Ja, ich habe heute einen Ausflug über die Insel gemacht." Warum hörte sich das nur so trotzig an? „Wie geht es Ihrer Schwester? Hat sie es gut überstanden? "

Sie schauten zu Marion hinüber.

„Den Umständen entsprechend. Danke. Die Anhörung gestern hat ihr ziemlich zugesetzt. Wem nicht. Es ist vorbei, das ist die Hauptsache. Wir haben endlich einen anglikanischen Geistlichen drüben in Waterville aufgetrieben. Die Beerdigung wird hier in Knightstown am nächsten Dienstag stattfinden, wenn wir alle Unterlagen zusammen haben. Die Leiche ist freigegeben worden, aber der Pfarrer konnte nicht eher", fügte er hinzu.

Marion kam auf sie zu. Sie sah immer noch traurig und müde aus.

„Hallo!" Sie schüttelte Judiths dargebotene Hand. „Hat es Ihnen Tom schon erzählt?"

„Ich habe es gerade gehört. Auch, dass es gar nicht so einfach war..."

Marion nickte und sah sie an. „Ich wollte Sie fragen, ob Sie dann noch da sind?" Ihre Stimme verlor sich.

„Natürlich komme ich zur Beerdigung." Judith legte ihr vorsichtig die Hand auf den Arm.

Marion nickte. „Vielen Dank. Danke für alles." Sie drehte sich abrupt um und bog in den zum Haus führenden Weg ein.

Tom hob entschuldigend die Hand und folgte ihr. Dann stoppte er kurz und schien zu überlegen.

Er drehte sich zu ihr um: „Vielleicht ist es nicht das Richtige. Aber - ich muss mal raus hier. Hätten Sie Lust, mich heute Abend zu begleiten? Sie tun mir damit wirklich einen Gefallen: In Ballinskelligs drüben spielt eine Band aus Connemara, die ganz gut sein soll." Er sah sie mit schiefem Grinsen an.

Judith schluckte. Tu´s nicht! rief, ja schrie ihr ihre innere Stimme zu. „Danke. Gern", hörte sie sich sagen. „Wann denn?"

„Sagen wir, ich hole Sie so gegen neun Uhr ab?"

„Gut. In Ordnung. Bis heute Abend."

Judith blieb einen Moment lang regungslos sitzen. Welche teuflische Eingebung hatte sie dazu getrieben, die Einladung anzunehmen? Sie wollte diesen Urlaub alleine verbringen, um innerlich zur Ruhe zu kommen! Ein Rendezvous war dem sicherlich nicht besonders zuträglich.

Zuhause angekommen stellte sie sich vor den Spiegel und betrachtete sich kritisch. Vielleicht keine klassische Schönheit, befand sie, noch dazu waren die bitteren Erfahrungen der vergangenen sechs Monate nicht spurlos an ihr vorübergegangen. Aber im Großen und Ganzen doch recht ansehnlich. Ein ernstes Gesicht, herb, so könnte man es ausdrücken. Mach nicht so ein finsteres Gesicht, hatte ihre Oma immer gesagt. Ihre Augen, das hatte sie immer schon gefunden, waren das Schönste an ihr: grün, mit braunen Punkten. Sie zog eine Grimasse und streckte sich die Zunge heraus. Sei locker, Judith! Denk an Giselas Lieblingsspruch: Hör auf deinen Bauch, dann kannst du nichts falsch machen.

Ich höre! versprach sie sich, nicht ohne das Gefühl, dass sie sich schon das eine oder andere vergebens versprochen hatte.

12.

Punkt neun Uhr stand Tom vor der Tür.

Judith war lange mit sich zu Rate gegangen, was sie anziehen sollte. Nicht, dass sie über eine große Auswahl verfügte, die Entscheidung zwischen Jeans und Nicht-Jeans beschäftigte sie dennoch eine Weile. Schließlich griff sie doch zum Gewohnten: *Jeans as usual*.

Tom, stellte sie nach einer schnellen Musterung fest, hatte sich zwar nicht besonders fein gemacht, sah in Jackett und Rollkragenpulli dem Anlass entsprechend gut aus. Sehr gut sogar, musste sie zugeben. Er sah sie fragend an: offensichtlich hatte sie ihn zu lange angestarrt.

„'tschuldigung! Ich wollte nur sehen, ob ich richtig gekleidet bin!" Das war ein Fehler, wie sie feststellte, als er begann sie seinerseits zu inspizieren. Sie drehte sich schnell um: „Ich hole nur meine Jacke." Warum nur brachte er sie so aus dem Gleichgewicht!

„Sie sehen gut aus, wenn Sie das beruhigt", sagte er, als sie zusammen zum Auto gingen. „Aber das hören Sie wahrscheinlich nicht gern, so wie ich Sie einschätze."

Sie warf ihm einen raschen Blick zu, er wirkte ganz ernst. „Nein", gab sie zu, „es macht mich verlegen. Und glauben tue ich' s auch nicht."

„Können Sie aber", sagte er trocken.

Sie schwiegen, bis sie die Brücke erreicht hatten, dann schien es Judith genug. „Sie sagten, die Band ist aus Connemara?"

„Ja. Aus Clifden." Tom wirkte erleichtert, dass sie den Anfang gemacht hatte. „Sie heißen Out of

Nowhere, wenn ich es richtig behalten habe. Ganz so taufrisch sahen sie auf dem Plakat nicht aus."

„Sie kennen sie auch nicht?"

Er schüttelte den Kopf. „Nein, ich habe noch nie von ihnen gehört. Aber das ist mir im Augenblick eher egal."

Sie verfielen wieder in Schweigen. Na, wunderbar, dachte Judith, offensichtlich bin ich es ebenfalls.

„Tut mir leid", sagte Tom nach einer Weile in ihre Gedanken hinein, „ich bin im Moment kein guter Gesellschafter. Es fällt mir nicht gerade leicht, Konversation zu machen. Bedauern Sie schon, mitgekommen zu sein?" Er sah zu ihr hinüber.

Sie zögerte. „Nein, nicht direkt. Das ist es nicht. Es ist nur nicht so einfach, den richtigen Ton zu treffen."

Er nickte. „Es geht mir genau so. Am besten achten Sie nicht auf meine Stimmung. Erzählen Sie mir lieber etwas über sich, was Sie so machen."

Judith holte tief Luft und wiederholte ihren Spruch.

„Das klingt interessant."

„Ist es auch", gab sie zu, „bloß manchmal ein wenig anstrengend, vor allem, wenn der Chefredakteur die Kultur zu weit auslegt."

„Das heißt, Sie berichten über alles", stellte er fest. „Ist das nicht frustrierend auf die Dauer, nur über das Leben zu schreiben? Also, nur Beobachterin zu sein?"

„Sie meinen, Golfplätze einzurichten, das ist das Leben, ja?" Judith fuhr sich gereizt über die Haare.

Tom lachte. „Entschuldigung!"

„Man kann mit dem Schreiben auch etwas bewirken, etwas Gutes", sagte sie noch nicht besänftigt,

„die öffentliche Meinung beeinflussen. Sogar", fügte sie hinzu, „etwas verhindern."

„Den Golfplatz?" Er verzog das Gesicht. „Wollen Sie darüber in Ihrer Zeitung schreiben? Interessiert das?"

„Nein, darüber nicht. Aber lassen wir das vielleicht lieber." Sie hielt ihm die Hand hin: „Frieden?"

„Gut. Frieden."

Auf dem Parkplatz standen die Autos kreuz und quer, und die Straße war bis zum Abzweig bereits belegt. Offensichtlich verfügte die Band doch über einen gewissen Bekanntheitsgrad. Es sah so aus, als habe sich die gesamte Bevölkerung aus der Umgebung eingefunden, noch dazu alle Touristen, zu denen sich das Ereignis herumgesprochen hatte.

Im Pub herrschte eine erwartungsfrohe Stimmung. Ein permanentes Gemurmel, das sich aus den vielen verschiedenen Stimmen zusammensetzte, füllte den Raum. Grüppchen von Leuten standen mit dem Glas in der Hand vor der Theke, während im hinteren Bereich, der sich zu einem großen Saal erweiterte, auf der angedeuteten Bühne die fünf Musiker bereits damit begonnen hatten, die Instrumente und die dazugehörige Elektronik aufzubauen.

Tom stellte sich an der Theke an, um die Getränke zu besorgen, während Judith sich neugierig umsah. Der Raum war bereits gut gefüllt und sie versuchte in der Menge Bekannte auszumachen. Sie vermeinte Mary zu erkennen. Auch Johnny sah sie inmitten einer Männerrunde, wie er mit ausholenden Gesten seine Geschichte begleitete.

„Wollen wir uns da drüben hinsetzen?" Tom war mit zwei Pints in den Händen neben sie getreten. Er nickte zu einer gemütlichen Polsterbank hinüber, die

die hintere Längsseite des Raums einnahm. „Die Musiker haben wir dann zwar nicht vor Augen, aber wenigstens sitzen wir."

„Das ist ein Argument", stimmte sie zu. Einvernehmlich nahmen sie nebeneinander auf der Bank Platz.

„Cheers."

„Auf Ihr Wohl."

„Kennen Sie jemanden hier?"

„Ja, einige", antwortete er und musterte die Anwesenden. „Da hinten sind unsere Nachbarn, Will und seine Frau. Daneben rechts die beiden von der Bridge Bar. Und dann noch den einen oder anderen von Valentia. Wen kennen Sie denn?"

„Eigentlich nur die Nachbarin. Wissen Sie, irgendwie finde ich es merkwürdig, dass ich Marion und Walter nie kennen gelernt habe."

„Und mich", fügte er hinzu und sah sie an.

Judith schluckte. „Und Sie", wiederholte sie tapfer. „Wir haben übrigens gemeinsame Bekannte: ich habe neulich Lorenz Fischer kennen gelernt, den kennen Sie auch."

„Hm."

Sie sah ihn neugierig von der Seite an. „Und mögen ihn nicht", stellte sie fest. Er hob die Schultern. „Das wäre zuviel gesagt. Wir waren mal Freunde, oder besser, Walter und er. Das ist lange her, und es ist nicht viel davon übriggeblieben."

Er schwieg einen Moment. „Walter war mir ein richtiger Freund", sagte er dann. „Ein sehr guter sogar. Verlässlich. Ich war früher ein ziemlicher Idiot und habe ein-, zweimal ziemliches Chaos angerichtet. Und Walter hat mir damals ohne viel zu fragen geholfen." Er trank einen Schluck. „Er war vielleicht manchmal ein wenig ruppig, aber er hatte ein weiches Herz." Tom sah ein bisschen verlegen aus. „Hört sich nach Klischee an: harte Schale, weicher Kern. Bei ihm stimmte es." Er hob sein Glas. „Auf Walter!"

„Auf Walter", sagte Judith feierlich. „Möge er es dort guthaben, wo er jetzt ist."

„Ja, so sei es!" fügte Tom hinzu. „Übrigens, finden Sie es nicht langsam an der Zeit, dass wir uns duzen?" Er sah sie an. „Ich könnte mir vorstellen, dass wir Freunde werden!"

Sie biss sich auf die Lippen. Schließlich hob sie die Augen. „Gut. Einverstanden. Tom also. Und ich heiße Judith."

„*Hi there*." Plötzlich stand Mary vor ihnen. In ihrem Schlepptau befand sich ein älterer Mann, der ihnen schüchtern lächelnd zunickte. „Das ist mein Mann, Pat", setzte sie an Judith gewandt erklärend hinzu. „Schön, euch zu sehen. Es tut mir so leid, Tom!", fuhr sie fort und umfasste seine beiden Hände. „Mein aufrichtiges Beileid. Auch an Marion. Wir werden Walter immer in guter Erinnerung behalten, nicht wahr, Pat? Er war ein großartiger Mann und er hat viel für die Insel getan, selbst wenn das manche nicht wahrhaben wollen." Mary sah sich kämpferischem um, dann wischte sie sich kurz über die Augen.

Tom erhob sich und umarmte beide. „Ich danke euch. Es tut gut, das zu hören. Ich werde eure Grüße an Marion weitergeben." Er hob die Schultern. „Was soll man noch dazu sagen? Es war einfach ein überflüssiger, dummer Unfall. Die Beerdigung ist am Dienstag in Knightstown. Das habt ihr sicher schon gehört."

Mary nickte. „Wir sehen uns. Wenn ich helfen kann, lass es mich wissen."

Zum Abschied zwinkerte sie Judith verschwörerisch zu, dann zog sie ihren Mann weiter Richtung Bühne. Judith fühlte, wie sie mal wieder rot wurde und war nur froh, dass Tom gerade in die andere Richtung blickte.

Inzwischen hatte die Band Aufstellung genommen, der Wirt eilte vor und wünschte allen einen netten Abend. Die begeisterte Zustimmung des Publikums ließ die ersten Takte der Musik im Lärm untergehen.

Die Band begann mit einem flotten Reel. Kaum hatten sie angefangen zu spielen, schoben sich die Menschen Richtung Bühne und versperrten ihnen die Sicht.

„Wie ich es befürchtet habe", rief ihr Tom ins Ohr.

„Macht nichts", rief Judith zurück, „zu hören sind sie gut."

Als die Band mit einem triumphierenden Akkord geendet hatte, gab es begeisterten Beifall, vereinzelt sogar laute Pfiffe.

„Die sind gut", sagte Judith, „das hätte ich nicht gedacht."

„Stimmt, das kann man hier nicht unbedingt erwarten", gab Tom zurück.

Die Musiker hielten sich an die traditionellen Stücke, veränderten immer mal wieder den Rhythmus, verschoben den Chorus ins Jazzige oder swingten ganz ungeniert, was von den Zuhörern hingerissen angenommen wurde.

Als sie nach einer Stunde Pause machten, war der Raum in Hochstimmung.

„Noch ein Bier?"

„Gern, wenn es dir nichts ausmacht, dich durchzudrängen."

„Immer dein edler Ritter!" Tom verschwand in dem Gedränge vor der Theke.

„Wen haben wir denn da!" Judith drehte sich um. Grinsend sah Sean sie von oben bis unten an. Er schien schon einiges getrunken zu haben, denn er schwankte leicht und seine Aussprache war nicht mehr ganz deutlich, als er sich über sie beugte und in verschwörerischem Flüsterton fortfuhr: „Da haben Sie sich ja 'ne nette Begleitung ausgesucht, gratuliere." Er hob den Zeigefinger. „Ein guter Rat: nehmen Sie sich in Acht. Wer mit dem Teufel isst, muss einen langen Löffel haben. Sagen wir hier in Kerry." Er tippte sich mit zwei Fingern an den Kopf: „Schönen Abend noch!", sagte er und drängte sich grob zwischen den Nebenstehenden durch.

Judith war so perplex, dass sie außer einem einfachen „Hallo" nichts weiter herausgebracht hatte. Sie blickte ihm nach, konnte ihn aber nicht mehr entdecken Dafür befand sie sich plötzlich Auge in Auge mit dem Archäologenpaar, das vor ihrer Bank stehen geblieben war, um Entgegendrängenden auszuweichen.

Die beiden schauten konzentriert an ihr vorbei. Die Frau entschuldigte sich höflich, als sie Judiths ausgestreckten Fuß streifte, zeigte aber keinerlei Zeichen des Wiedererkennens. Der Mann musterte unter halb geschlossenen Lidern die Menge am Ende des Raums. Trotz sportlicher Verrenkungen konnte sie nicht feststellen, nach wem sie Ausschau hielten. Einen Moment lang geriet sie in die Versuchung, aufzustehen und die beiden anzusprechen, bloß um eine Reaktion zu provozieren.

Nur allmählich nahm sie wahr, dass sich aus dem Lärmteppich einzelne Schimpfworte herauskristallisierten, die immer lauter wurden und in einem lautstarken Gebrüll endeten. Das hört sich nach einem handfesten Streit an, dachte sie, und reckte sich hoch auf die Zehenspitzen. Zu ihrem Entsetzen stellte sie fest, dass es sich um Tom und Sean handelte, die sich mit geballten Fäusten gegenüberstanden. Inzwischen waren mehr und mehr Gäste aufmerksam geworden und drängten sich in Richtung der beiden Männer. Judith konnte nicht verstehen, was Sean Tom an den Kopf warf, aber die Auseinandersetzung schien unvermeidlich auf eine Prügelei zuzusteuern. Sean begann bereits die Ärmel hoch zu krempeln, während Tom die beiden gefüllten Gläser einem Nachbarn in die Hand gedrückt hatte und seine Jacke aufknöpfte. Um sie herum hatte sich ein Kreis gebildet, aus dem heraus vereinzelt anfeuernde Rufe zu hören waren. Bevor sich die beiden allerdings nur berühren konnten, hatte der Barkeeper sich schon mit einem eleganten, nahezu Olympia reifen Sprung über die Theke geschwungen und zwischen sie gedrängt.

„*Hold on, hold on*"! Der junge Mann stellte sich mit seitlich ausgestreckten Armen zwischen die beiden: „*Come on, lads*! Ihr wollt doch keinen Ärger haben, oder?"

„Lass sie doch, Michael, 'ne kleine nette Schlägerei reinigt die Atmosphäre", tönte es von hinten. Mehrere Umstehende lachten zustimmend.

Der als Michael angesprochene zog nur die Augenbrauen hoch: „Du willst, dass wir das Konzert abbrechen? Kannst du haben, Mann. Nur zu!"

Besänftigendes Gemurmel ertönte.

„In Ordnung! Geht gleich weiter. Und ihr zwei", er sah Tom und Sean nacheinander drohend an, „ihr haltet bis zum Schluss Ruhe oder ihr fliegt beide raus."

Einer der Männer zog den lautstark protestierenden Sean beiseite und Tom nahm schweigend die Gläser entgegen.

Judith drängte sich unter neugierigen Blicken zu ihm durch. „Was sollte das denn?"

Er zuckte die Schultern.

„Betrunken", erwiderte er lakonisch.

Sie sah ihn scharf an. „Das ist doch nicht alles?"

„Komm, lass uns austrinken und verschwinden. Oder?" Sie nickte zögerlich. Das war wohl das Beste.

Schweigend gingen sie zum Wagen. Auf dem Parkplatz vor dem Pub mussten sie an einigen Männern vorbei, die hinausgegangen waren um zu rauchen. Judith war nur zu froh, dass sie die ihnen zugerufenen Kommentare nicht so genau verstand. Jeden Moment rechnete sie damit, dass Sean aus einer der Grüppchen heraustreten würde, um sich ihnen in den Weg zu stellen.

Stattdessen kam Johnny auf sie zu: „Du meine Güte, Tom", sagte er grinsend, „das hätte ich dir gar nicht zugetraut! Weiblicher Einfluss", setzte er augenzwinkernd hinzu, indem er Judiths Arm tätschelte.

„Lass es gut sein, Johnny", antwortete Tom, während Judith ihn entschuldigend anlächelte, „wir hauen ab!"

„Gute Idee! Bei so einer Frau!"

Johnny sah ihnen hinterher, während er sich eine neue Zigarette ansteckte.

Er hatte keine Eile, wieder hinein zu gehen, lieber blieb er hier im Dunkeln stehen. Er musste dringend nachdenken.

Er hatte ihn sofort erkannt, obwohl reichlich Zeit vergangen war. Und trotz der Glatze. Über dreißig Jahre mussten es inzwischen sein. Er rechnete nach. Ja, es stimmte, es war in den Achtzigern. Er war damals gerade sechzehn geworden. Johnny lächelte in Erinnerung daran, was sie alles angestellt hatten. Nur, das war mehr gewesen als nur ein Spiel. Nervös zog er an seiner Zigarette. Die Frage war, hatte der Typ ihn auch wiedererkannt? War wohl zu erwarten, er stand ihm ja direkt gegenüber. Dass er kein Zeichen des Wiedererkennens erhalten hatte, bedeutete sicher nichts Gutes. Der andere hat ihn nur beiläufig gemustert, aber gerade das bereitete ihm Sorgen. Vielleicht hätte er ihn ansprechen sollen? Denn er hatte alles zur Zufriedenheit erledigt. Oder? Er warf die Zigarette auf den Boden und trat sie langsam aus. Auf jeden Fall war es besser, jetzt zu verschwinden.

„Also", fragte Judith streng, als sie langsam die dunkle Straße entlangfuhren, „was war jetzt wirklich los? Was wollte er von dir?"

Tom sah sie mit zusammen gezogenen Augenbrauen kurz von der Seite an. „Wenn du's genau wissen willst", sagte er, „es ging um dich."

„Ich habe es mir fast gedacht." Unsicher sah sie zu ihm herüber. „Er kam vorhin auf mich zu und hat so eine komische Bemerkung gemacht."

„Hat er, ja?", sagte Tom grimmig, „Du hättest mich vielleicht mal warnen können. Ich war nicht scharf auf eine Schlägerei." Plötzlich fing er an zu lachen und nach einer Weile stimmte Judith mit ein.

„So ein Schwachsinn", sagte er und wischte sich über die Augen, „erwachsene Menschen!"

„Männer", verbesserte sie ihn. „Was wollte Sean denn nun?"

„Keine Ahnung. Nur Stunk machen, nehme ich an." Er blickte stur gerade aus. „Und deshalb hast du ihm Prügel angedroht?"

„Also", Tom wurde energisch, „du erwartest doch nicht wirklich, dass ich dir haarklein erzähle, was er alles von sich gegeben hat, oder?"

„Nein", sagte sie kleinlaut, „natürlich nicht."

Es war stockfinster, als sie an der Straße vor dem Haus hielten und Judith verfluchte sich mal wieder, dass sie das Licht vor der Haustür nicht angelassen hatte. Einen Moment lang saßen sie still nebeneinander, dann reichte ihm Judith ihre Hand. „Danke für den netten Abend", sagte sie züchtig.

Er stieg aus. „Komm, ich bring dich noch vor die Tür. Ich kann nicht verantworten, dass du in dieser Dunkelheit herumstolperst." Er nahm sie an der Hand und zog sie hinter sich her. Sie kramte nach ihrem Schlüssel und überlegte. Sollte sie ihn noch hereinbitten? Sie räusperte sich. Es kam ihr nicht richtig vor.

„Danke", sagte sie dann. „Diesmal ernsthaft."

„Danke dir, Judith", sagte Tom langsam, „es war trotz allem ein schöner Abend für mich." Er beugte sich zu ihr hinunter und streifte mit seinem Mund sanft ihre Wange. „Vielleicht können wir ihn irgendwann wiederholen?" Sie sah ihm einen Moment lang in die Augen und nickte. Er drückte sie kurz an sich, dann verschwand er mit ein paar Sätzen im Dunkeln.

Judith ließ sich mit zitternden Knien in den Sessel vor den kalten Kamin fallen und atmete ein paar Mal laut aus- und ein. Nur mit Mühe hatte sie die Worte

„Bleib hier" zurückgehalten. Nur gut, dass sie noch genügend Vernunft besessen und sie nicht laut ausgesprochen hatte. Sie fuhr sich durch die Haare. Was war los mit ihr? Fühlte sie sich so verlassen, dass ihr jede Zuwendung einer männlichen Person recht war?

Sie rief sich zur Ordnung. Sie hatte einen netten Abend mit einem netten Mann verbracht. Ihr seid Freunde, oder besser, ihr werdet es gerade. Basta. Sie stand auf und hängte ihre Jacke auf. Sie konnte nichts dafür, aber ein wenig enttäuscht war sie doch.

Langsam stieg sie die Treppe hinauf.

13.

Ein kurzer Blick zum Fenster am nächsten Morgen ließ sie die Decke über den Kopf ziehen. Es regnete und der Wind ließ die Tropfen heftig gegen das Fenster prasseln. Nach einer Weile setzte Judith mutig zu einem weiteren Versuch an und hob den Kopf. Trübe nickten ihr die nassen Büsche zu, während die Palme wild ihre Wedel schüttelte. Vielleicht nicht verkehrt, einfach im Bett liegen zu bleiben überlegte sie und versuchte, wieder in ihre Traumwelt einzutauchen.

Aber der vergangene Abend kam ihr in den Sinn. Oder eher, Tom. Er gefiel ihr, das gab sie zu, sogar sehr. Sie hatte sich zwar vorgenommen, sich nicht mehr so rasch zu verlieben - Vernunft war das Eine, Gefühl etwas Anderes. Und es kam schließlich auf den Mann an. Das brachte sie nur darauf, dass sie nicht viel über ihn wusste, und das, was sie wusste, war ihm eher vorzuwerfen.

Sie seufzte auf. Die Zeit lief ihr davon. Bald war der Urlaub vorbei und sie hatte noch nicht einmal bemerkt, dass er überhaupt stattgefunden hatte. Sie beschloss, nach dem Frühstück Gisela anzurufen, schon allein, um deren Anruf zuvor zu kommen und danach das Interview vorzubereiten. Am Nachmittag kam Lorenz zum Tee. Damit hatte sie, so beendete sie ihre Überlegungen, erfolgreich jeglichen Gedanken an einen Besuch im Haus der Hendts ausgeschlossen.

Der so klug überlegte Plan bekam schon erste Lücken, als sie feststellte, dass die Milch sauer war – kein Wunder, nach zwei Tagen über dem Verfallsdatum. Das hieß, entweder den Kaffee ohne Milch zu trinken, auf Tee umzuschwenken, oder kurz zum Laden zu fahren. Mürrisch nahm sie den Autoschlüssel in die Hand. Ohne Milch, das wusste sie aus leidvoller Erfahrung, konnte sie den Tag vergessen.

Es regnete so stark, dass sogar in Regenmantel und Stiefeln Hosenbeine, Hände und Gesicht nass waren, als sie endlich im Auto saß. Sie schüttelte sich. Kein Mensch war auf der Straße, und der Anblick der vorbeiziehenden, vor Nässe triefenden Wiesen und Hecken war einfach nur trostlos.

Sie war froh, als sie endlich in das warme Haus zurückkam und sich an ihr hart erarbeitetes Frühstück setzen konnte. Judith sah auf die Uhr – schon elf vorbei.

Ungeduldig wartete sie, dass die Freundin den Hörer abnahm. „Na, komm schon", murmelte sie, „enttäusch´ mich nicht!"

Endlich meldete sich die wohlbekannte Stimme: „Merker."

„Einen wunderschönen guten Morgen! Ich bin's, Judith. Ich wollte nur mal kurz durchrufen. Nicht, dass du dir Sorgen machst!"

Gisela lachte. „Guten Morgen. Wie nett von dir. Wie geht es dir? Alles in Ordnung? Wie ist das Wetter?"

„Ja, danke, alles bestens. Bis auf den Regen heute morgen. Vorher war's aber eigentlich wie immer – durchwachsen."

„Hier bei uns ist es ziemlich warm", informierte sie Gisela, „zu warm, wenn du mich fragst. Ich beneide dich, Judith! Aber .... Du rufst doch nicht einfach mal so an - also, was hast du jetzt auf dem Herzen?"

Judith zögerte. „Na ja", druckste sie herum, „ich war gestern Abend aus, mit Tom. Schmidt. Es war sehr nett", fügte sie eilig hinzu, „und bevor du mich fragst: es war nichts zwischen uns."

„Schade!" Gisela klang ernsthaft enttäuscht.

„Ich finde ihn wirklich nett", beteuerte Judith, „aber du weißt doch, ich wollte mir Zeit lassen. Außerdem glaube ich, er wollte einfach nur eine Begleitung. Zur Ablenkung."

„Mach dich nicht kleiner als du bist!"

Judith konnte hören, wie die Freundin zu einem ihrer aufbauenden Vorträge Anlauf nahm und fuhr eilig dazwischen: „Übrigens, ich habe mir überlegt, ob ich nicht etwas über den Schiefersteinbruch schreibe. Eigentlich hat mich Mary darauf gebracht. So in der Richtung: wie die Menschen das Beste aus der Krise machen. Ich habe schon ein Interview mit einem der Besitzer ausgemacht."

„Ach, haben sie es über den Winter geschafft? Das freut mich. Letztes Jahr sah es nicht danach aus."

„Sie scheinen viel zu tun zu haben. Morgen erfahre ich mehr, da mache ich das Interview."

„Du kannst es nicht lassen, was? Einfach mal die Ruhe genießen ist nicht drin?"

„Die richtige Gelegenheit ergab sich vielleicht bisher nicht", gab Judith etwas spitz zurück, „du erinnerst dich. Ach übrigens, die Beerdigung ist am Dienstag."

„Das heißt, du gehst hin?"

„Marion Hendt hat mich direkt gefragt. Ich denke, ich sollte. Nachher kommt Lorenz zum Tee, bevor er morgen zurückfliegt. Deshalb rufe ich überhaupt an, ich wollte dich über ihn ausfragen, Gisela. Du hattest damals irgendein Geheimnis angedeutet, erinnerst du dich? Das war zu der Zeit, als du mich mit ihm verkuppeln wolltest."

„Also nicht verkuppeln – ich wollte, dass du ihn kennen lernst! Ging es vielleicht um seine etwas merkwürdigen Geschäfte, mit denen er sich hier über Wasser gehalten hat? Wieso interessierst du dich plötzlich für ihn?"

„Nur so. Nein, die meine ich nicht. Es muss etwas anderes gewesen sein, denk doch mal nach."

„Einen Moment." Sie hörte, wie Gisela den Hörer hinlegte und nach Heiner rief. „Tatsächlich, du hast recht", sagte sie triumphierend, als sie sich wieder meldete, „Lorenz war mal kurz im Knast."

„Im Gefängnis? Warum?"

Im Hintergrund hörte sie, wie Heiner Gisela mit weiteren Informationen versorgte, die diese treulich weitergab: „Irgendetwas Politisches. Heiner meint, er wäre Mitglied in einer dieser linksradikalen Gruppen gewesen, die damals mehr als nur Steine geworfen haben."

„Lorenz? Das kann ich mir gar nicht vorstellen!"

Sie hörte, wie Heiner sich einschaltete: „Gib mir mal. Hallo Judith, geht's gut, ja? Schön zu hören. Das war nichts Dramatisches. Lorenz war nur in Untersuchungshaft. Du weißt, damals in den Zeiten der RAF wurde Unterstützung recht weit definiert, darunter fielen auch Informationen beschaffen oder Übernachtungsmöglichkeiten organisieren. Ich glaube, sie verdächtigten ihn, bestimmte Leute aufgenommen zu haben. Die auf der Fahndungsliste standen. Jedenfalls, es konnte ihm nichts nachgewiesen werden und sie mussten ihn wieder laufen lassen. Ich glaube, an der Geschichte war sowieso nicht viel dran. Lorenz machte mir nie den Eindruck, besonders radikale oder gewalttätige politische Ansichten zu vertreten. Er war allerdings in bestimmten Kreisen bekannt. In linken, meine ich. Das war vor unserer Zeit. Wir haben erst später seine Bekanntschaft gemacht."

„Ganz dunkel erinnere ich mich. Für mich ist das Geschichte. Damals fand ich das, glaube ich, romantischer als heute. Vielleicht frage ich ihn nachher einfach mal selber."

„Gerne redet er nicht darüber. Wir haben ihn vor Jahren einmal darauf angesprochen, da hat er ziemlich abwehrend reagiert. Aber versuch' s ruhig, bin gespannt, ob er dir was erzählt. Schönen Urlaub noch, Judith, mach's gut!"

Judith verabschiedete sich noch von der Freundin, wobei sie hoch und heilig versprechen musste, sie über alle Entwicklungen auf dem Laufenden zu halten.

Sie war gerade fertig mit dem Abwasch, als sie Lorenz schon durch den Garten kommen sah. Aufgescheucht rannte sie zur Tür.

„Hallo, da bin ich." Er sah sie besorgt an: „Ich bin doch nicht zu früh?"

„Nein, nein", beeilte sie sich zu versichern, während sie sich die Hände abtrocknete, „komm rein. Ich setze gleich Teewasser auf." Sie winkte ihn in die Küche. „Nimm Platz."

Dann bemerkte sie seine neugierigen Blicke. Sie musste lachen. „Oder sieh dich in der Zwischenzeit um."

„Gern, wenn ich darf."

„Es hat sich ganz schön verändert", sagte er, als sie nach einer Weile vor ihrem Tee saßen. „Wenn ich daran denke, wie das Cottage aussah, bevor es die beiden gekauft haben". Er schüttelte den Kopf. „Gisela und Heiner haben viel Arbeit und Geld investiert."

Sie stimmte zu: „Ich glaube, sie haben etliche Sommer damit verbracht, das Haus zu renovieren und den Garten anzulegen". Sie blickten beide hinaus. Der Garten bot wirklich einen wunderschönen Anblick: in der Rosenhecke zeigten sich die ersten Blüten, Fuchsiensträucher und Hortensien umgaben die sehr englisch aussehende Rasenfläche, an deren Rand sich eine Palme gegen den Wind und den Regen stemmte. Das hintere Ende beschloss eine liebevoll restaurierte Steinmauer.

Judith musterte ihn. „Darf ich dich etwas fragen?"
Er nickte abwartend.

„Warum bist du damals eigentlich nach Irland gegangen?" fragte sie und rückte ihre Tasse zurecht. „Kanntest du hier jemanden?"

Er zog seine Pfeife aus der Jackentasche. „Darf ich? So richtig kennen niemanden. Es zirkulierten Adressen. In gewissen Kreisen." Er begann die Pfeife zu stopfen. „Wenn du verstehst, was ich meine."

Judith schüttelte den Kopf.

„Nun, ich stand politisch weit links, was ein paar Schwierigkeiten mit sich gebracht hatte. Und es erschien mir ratsam, für eine Weile, sagen wir, nicht aufzufallen." Er sah ihren Blick. „Ich bin nicht untergetaucht, Unsinn. Egal, was die Leute erzählen. Ich wollte nur eine Weile meine Ruhe haben. Du wirst dich nicht erinnern, aber in den siebziger und achtziger Jahren gab es eine Zeit, in der man sich ziemlich schnell verdächtig machen konnte. Oder die falschen Freunde besitzen."

Judith nickte. „Ich habe mich bei Gisela und Heiner erkundigt. Sie sagten, du seiest sogar im Gefängnis gewesen, in Untersuchungshaft, meine ich."

„Richtig. Aber nur kurz. Jedenfalls wollte ich weg. Ich verfügte über etwas Geld, diese kleine Erbschaft. Und eben über eine Adresse hier auf der Insel, von einer älteren Dame, einer ehemaligen Opernsängerin. Die mir wiederum ein Haus vermittelte. Das ich dann später gekauft habe. So war das", schloss er und zündete die Pfeife an.

„Und dann bist du hängen geblieben", stellte Judith fest.

„Genau. Es war eine Frau im Spiel", gab er zu. Sie lachten.

„Ich habe schon gehört, dass du einen gewissen Ruf hattest."

„Gisela, oder? Ich war allein, und manchmal konnte ich eben nicht widerstehen."

Sie betrachtete ihn mit leisem Spott. Lorenz zog fragend eine Augenbraue hoch.

„Auf diese Weise kann man es auch ausdrücken. Bei uns beiden hat es ja nicht geklappt."

Er sah sie von unten her an. „Es hat wohl nicht sollen sein. Traurig drum?"

Sie hob ihre Tasse: „Nein, so finde ich es besser. Und du?"

„Schon, in gewisser Weise. Wäre nett, dich schon länger gekannt zu haben. So ist das Leben!" Er zuckte die Achseln.

Judith musterte ihn, dann hob sie ihre Tasse. „Auf dich! Oder - auf uns! Warte, ich hole den Whiskey, darauf stoßen wir an."

Als sie mit der Flasche zurückkam, stand Lorenz am Fenster und sah durch das Glas. „Hast du das gesehen?"

„Was?"

„Da hinten, beim St Brendan´s Well sind Erdhügel aufgeworfen. Und es scheint jemand gegraben zu haben."

Judith nickte. „Archäologen. Ein Mann und eine Frau. Denen bin ich vor ein paar Tagen schon begegnet. Keine Ahnung, nach was die suchen. Ich fand sie ziemlich maulfaul, fast unhöflich, und habe mich etwas über sie geärgert. Cheers. Oder slainte."

Er setzte sich wieder und hob sein Glas. „Slainte. Auf gute Freundschaft. Wollen wir uns das nicht noch einmal zusammen ansehen? Wenn ich mich recht erinnere, wurden schon zu meiner Zeit Geschichten über einen Schatz erzählt, der unter der Quelle vergraben sein soll. Vielleicht ist etwas Wahres dran."

„Ein Schatz? Bewacht von den Elfen? Klingt gut. Trotzdem, nein, danke. Zu nass. Außerdem fand ich die Leute einfach zu blöd."

„Hast du was dagegen, wenn ich mal nachsehe? Ich bin einfach neugierig, und wenn ich den Weg hinüber zur Straße nehme, dauert es nicht lange."

„Mach das ruhig, so lange ich nicht mitkommen muss." Judith reckte sich. „Heißt das, dass du nachher noch einmal vorbeikommst?"

„Kommt darauf an, vielleicht." Er wiegte den Kopf hin und her. „Wahrscheinlich wird es doch knapp. Ich wollte mich noch von ein paar alten Freunden verabschieden drüben in Knightstown und muss meine Sachen packen. Ich kann es nicht versprechen." Er zögerte. „Es war ein schöner Nachmittag, Judith. Ich bin froh, dass wir uns endlich kennengelernt haben, nach so langer Zeit. Vielleicht können wir uns mal in Deutschland treffen?" Er stemmte sich aus dem Stuhl und nahm ihre Hand.

„Gern." Judith entzog sie ihm sanft und ging zum Schreibtisch. „Ich gebe dir meine Telefonnummer."

Er sah sie lächelnd an. „Und ich gebe dir meine."

Leicht verlegen tauschten sie die Zettel aus. Lorenz umarmte sie und drückte sie kurz.

Sie erwiderte die Umarmung. „Auf Wiedersehen. Melde dich. Und: *Good luck*!"

Gerührt sah sie ihm nach, als er den Weg zum Gatter hinunterging. Eigentlich doch schade, dass sie ihn nicht früher getroffen hatte. Wären sie damals Freunde geworden? Möglich, dachte sie. Er gab wenig von sich preis. Obwohl er ihre Fragen bereitwilliger beantwortet hatte als von den Freunden angekündigt. Verschwiegenheit war im Grunde kein Fehler.

Als sie das Geschirr zusammenstellte, konnte sie sehen, wie er leicht hinkend, dennoch zügig in die Richtung lief, die sie vor ein paar Tagen eingeschlagen hatte. Dann verlor sich seine Gestalt in den Regenschwaden, die ihn nach kurzer Zeit ganz und gar verschluckten.

Etwas später saß sie vor dem Kamin, eine Decke über den Knien, einen Stoß leeren Papiers vor sich - ratlos, wie sie um Himmels Willen die Geschichte über einen Schiefersteinbruch am Ende der Welt so aufziehen sollte, dass sich die Leser in Deutschland dafür interessierten. Nach einigen Momenten des Nachdenkens begann sie konzentriert aufzuschreiben, was sie schon wusste. Dann fügte sie eine Liste von Fragen hinzu, die sie dem Betreiber stellen wollte. Nach und nach füllten sich die Seiten und nach einer Stunde stellte sie fest, dass sie ein ganz passables Gerüst für ihren Artikel gefunden hatte. Zeit für eine Pause.

Sie schlenderte hinüber in die Küche und holte sich ein Wasser. Es hatte aufgehört zu regnen, aber immer noch hingen die dunklen Wolken tief über dem Boden, so dass die Landschaft nur schemenhaft zu erkennen war. Skeptisch beobachtete Judith den Himmel. Es wäre wohl gesünder, ein wenig an die Luft zu gehen, dabei verspürte sie wenig Lust auf eine Dusche von oben. Was soll's, dachte sie, besser gleich und dann als Belohnung ein Glas Wein! Also versorgte sie sich mit Gummistiefeln und Regenmantel und wagte sich, so ausgestattet, nach draußen.

Es war überraschend warm. Sie hielt ihr Gesicht dem Wind entgegen und lief mit raschen Schritten in Richtung Küste. Sie kam sich vor wie in den Tropen, nur ohne Urwald. Ein modriger Erdgeruch entstieg den Pfützen und Tümpeln, die sich durch den Regen gebildet hatten. In der Ferne tutete dumpf ein Nebelhorn, und als sie lauschend stehen blieb, hörte sie eine Lerche hoch oben in der Luft über sich jubilieren.

Keine Seele weit und breit – so weit sie das überhaupt erkennen konnte. Heute schien niemand Lust auf einen Gang zu haben. Von Lorenz keine Spur, natürlich. Das hatte sie auch nicht erwartet, nicht wirklich. Hinten, in Richtung der Felsen, vermeinte sie schemenhaft die Zelte der Archäologen zu entdecken, war sich aber nicht sicher, ob es sich nicht doch um grasende Kühe oder einfach um einen Erdhügel inmitten der Wiesen handelte.

Auch das Meer bot keinen angenehmen Anblick. Die hohen, aufgewirbelten Wellen trugen weiße Schaumkronen und brandeten dumpf gegen die Klippen. Schaudernd wandte sich Judith ab und trat den Rückweg an. Sie hatte genug für ihre Gesundheit getan, fand sie, zumal es wieder zu regnen begann, so dass sie einen schnelleren Schritt anschlug, um nicht total durchnässt zu Hause anzukommen.

Mit einem Glas Wein und wieder mit der wärmenden Decke versehen verzog sie sich aufs Sofa. Vielleicht war es angebracht einen Blick in die Welt zu tun. Die war ihr in der vergangenen Woche ziemlich abhanden gekommen. Sie hatte es noch nicht einmal geschafft, sich eine Zeitung zu kaufen. Schuldbewusst griff sie zur Fernbedienung und schaltete den Fernseher ein. Bedauerlicherweise verfügte das Haus über keinen Satellitenempfänger, der, so Giselas Argument, sowieso den nächsten Sturm nicht überstehen würde. Blieben die irischen Nachrichten. Nicht besonders aufmerksam verfolgte sie den Bericht über die Festnahme zweier Verdächtiger in Belfast, die eine Bombe in einem Kleintransporter an der Hauptverkehrsstraße nach Dublin hinterlegt haben sollten. Die Bombe war wohl für einen Anschlag in einem Einkaufszentrum vorgesehen. Es war bereits die zweite Festnahme von Männern, die in Verbindung mit einer militanten Splittergruppe der IRA stehen sollten. Die Bombe wurde von einem Spezialkommando der Armee entschärft.

Judith schüttelte innerlich den Kopf. Dass es immer noch solche Idioten gab.

Katastrophen hatte sie offensichtlich nicht verpasst.

Intermezzo II

Hannah trat vom Fenster weg. Sie strich sich über die Augen – sie war sich nicht ganz sicher, was genau sie gesehen hatte. Es herrschte immer noch Nebel und es begann bereits, dunkel zu werden. So gut wie früher waren ihre Augen nicht mehr. Einen Moment lang war sie versucht, ans Fenster zurückzukehren und nochmals zu schauen. Besser nicht, vielleicht kamen sie zurück.

Sollte sie die Polizei anrufen? Auf einen bloßen Verdacht hin? Da machte sie sich nur lächerlich und rührte vielleicht Dinge auf, die besser unangetastet blieben. Langsam ließ sie sich auf der Bank nieder und blickte, ohne viel zu sehen, zur Tür hinüber. Sie war nicht ängstlich, aber …. Was sollte sie nur tun?

Es blieb ihr wirklich nur übrig, Sean anzurufen. Das hätte sie schon neulich tun sollen, so wie sie es vorgehabt hatte. Entschlossen stand sie auf und holte das Telefon herbei.

„Sean? Tut mir leid, wenn ich dich ausgerechnet heute störe. Ich glaube, ich brauche deinen Rat. Könntest du herkommen?"

14.

Das Tief hatte sich verzogen. Der Regen hatte aufgehört, aber die Sonne versteckte sich hinter einer undurchdringlichen weißen Wolkendecke. Diese Entdeckung ermutigte Judith und sie machte, dass sie hinunterkam.

Als sie vor ihrem Tee saß, überlegte sie, was sie heute unternehmen sollte.

Nachdenklich kaute sie ihren Toast. An einen Besuch bei den Hendts nur zu denken, war wohl zwecklos – sie würden mit der Vorbereitung der Beerdigung genug zu tun haben. Außerdem, es war sicherlich besser abzuwarten, bis Tom sich meldete. Sie entschied sich, zunächst nach Caherciveen zu fahren und die notwendigen Einkäufe zu erledigen.

Das Gras schien über die vergangenen Tage doppelt so schnell gewachsen zu sein, wie die Woche zuvor, und Judith betrachtete es voll schlechten Gewissens, als sie durch den Garten zum Auto ging. Morgen sollte sie wirklich endlich den Rasen mähen.

Als sie inmitten einer Autoschlange langsam in die Stadt hineinfuhr, fielen ihr die unzähligen, quer über die Straße gespannten, grün-weißen Girlanden auf. Ab und zu abgelöst von im Wind flatternden Fahnen und mit dem Emblem einer fröhlichen Kuh versehenen Spruchbändern, die von der Gesundheit der Milch kündeten.

Auf dem kleinen Platz bei der Post drängten sich die Leute an langen Tischen. Neugierig geworden versuchte Judith im Vorbeifahren die Ursache des Auflaufs zu ergründen, hatte indes vom Wagen aus keine Chance.

Nachdem sie ihr Auto ordentlich abgestellt hatte, lief sie zurück. Langsam arbeitete sie sich durch die Menge hindurch, die vor allem aus Grüppchen miteinander diskutierender Männer bestand. Es dauerte eine Weile, bis sie das Zentrum der Versammlung erreichte, das aus einem Lieferwagen mit aufmontiertem Lautsprecher und zwei davor aufgebockten Tapeziertischen bestand. Etwas ratlos musterte sie das Ensemble.

Der hinter den Tischen stehende junge Mann sah sie fragend an: *„Can I help you?"*

„Ja, gerne. Wahrscheinlich schon. Sagen Sie mir, was das hier alles bedeutet?"

Er deutete hinter sich.

„Registration", las sie. „Wofür?"

„Ring of Kerry Charity Cycle", erwiderte er, „und Sie stehen hier an der Anmeldung."

Judith schlug sich die Hand an die Stirn. „Oh, Entschuldigung, wie peinlich. Das habe ich nicht gesehen."

Der junge Mann lächelte. „Kein Problem."

Erst jetzt nahm sie das riesige, über die gesamte Breite des Platzes gespannte Transparent wahr, das das Radrennen in Großbuchstaben für den kommenden Donnerstag ankündigte, nicht ohne auf den großzügigen Sponsor, South Kerry Milk, hinzuweisen. Wenn sie es richtig verstand, konnte jeder teilnehmen. Zwanzig, sechzig oder hundertachtzig Kilometer, den Ring of Kerry entlang. Also bis Waterville, Kenmare oder sogar über Killarney zurück nach Caherciveen. Nicht schlecht, wenn man an die zu bewältigenden Höhenunterschiede dachte. Und die holprigen Straßen. Sie würde bestimmt nicht versäumen, sich das Spektakel anzusehen.

Judith steuerte erst einmal die Bank vor dem Community Centre an, um von dort aus das Geschehen noch eine Weile zu beobachten. Ein zauseliger Alter, der sie freundlich mit seinen paar verbliebenen Zahnstummeln anlächelte, rückte bereitwillig zwei Zentimeter weiter. „*So do you want to take part?*"

Judith winkte ab: „Nein, nein, höchstens als Zuschauerin!" Dann stellte sie vorsichtig mehr Abstand zu ihm her. Er verströmte einen durchdringenden Geruch nach Schweiß, Tabak und ungewaschener Kleidung.

Er kicherte zustimmend. „Wird ein schönes Spektakel werden. Erst die Berge rauf, dann die Berge runter. Schwachsinnig, was?" Beifall heischend sah er sie an.

„Ist halt ein Sport", erwiderte sie achselzuckend. „Gibt es auch etwas zu gewinnen?"

„Keine Ahnung. Aber damit ist heutzutage zu rechnen."

Sie nickte ihm zu. „Schönen Tag noch." Mit angehaltenem Atem flüchtete sie in den Supermarkt. Dort griff sie sich erst einmal einen Wein nicht ganz eindeutiger Herkunft.

Nachdem sie weitere notwendige, allerdings weniger exzentrische Einkäufe erledigt hatte, beschloss sie noch eine Weile die Hauptstraße entlang zu bummeln. Nicht, dass die Stadt außergewöhnliche Attraktionen bot, jedoch allein die Auslagen in den Schaufenstern der Geschäfte zu inspizieren, zu überprüfen, welcher der Läden die letzte Saison unbeschadet überstanden, welcher klanglos untergegangen war, verschaffte ihr uneingeschränktes Vergnügen.

Nicht zum ersten Mal ertappte sie sich bei der Vorstellung, wie es wäre, hier zu leben. In einer

Kleinstadt, in der jeder jeden kannte. In der sich allerdings im Laufe der Zeit ein paar Fremde niedergelassen hatten. Eine Malerin, ein Töpfer, eine französische Kuchenbäckerin. Trotzdem, kein Theater, kein Kino, – und viel schlimmer, keine Buchhandlung – sah man von der Ecke im Zeitungsladen ab. Dafür vielleicht Bridgeabende oder Vorträge im Gartenbauverein? High Tea im besten Hotel am Platze? Und wovon sollte so jemand wie sie leben? An dem Punkt ihrer Überlegungen angekommen – nicht zum ersten Mal - gönnte sie sich erst einmal eine Tasse Kaffee in dem neu eröffneten Café, das sie auf der gegenüber liegenden Seite erspäht hatte. Darauf konnte man sich verlassen, dachte sie, als sie sich an einem der Tische niederließ, irgendein neues Café gibt es immer. Vielleicht sollte sie sich bei Gelegenheit mit Annerose über das Für und Wider eines Lebens hier unterhalten. Obwohl, würde ihr Annerose die Wahrheit sagen? Über die dunklen, regenkalten Abende im Winter; die immer gleichen Treffen mit den immer gleichen Leuten; über die Langeweile; die Einsamkeit? Sie erinnerte sich an die Witwe des Puppenspielers, die sie vor langer Zeit einmal in der Toskana kennen gelernt hatte, die ihr Leben dort nur mithilfe eines eingependelten Alkoholspiegels ertragen konnte. Das alles gab es ebenso daheim, sagte sie sich. – Nur vertrauter.

Es brachte nichts, sich darüber den Kopf zu zerbrechen. Die Idee war von vornherein zum Scheitern verurteilt. Es fehlte ihr die Phantasie sich vorzustellen, wie sie hier existieren konnte, ohne am Fließband der Fischfabrik zu enden, falls die überhaupt noch existierte. Oder *„on dole"*, „auf Stütze", wie jetzt so viele hier. Und selbst zum Beispiel eine Buchhandlung aufzumachen, das erschien ihr ziemlich exotisch. Sich überhaupt vorzustellen, hier zu arbeiten, während Tausende von Iren gerade das Land verließen, um einen Job zu finden, kam ihr geradezu unmoralisch vor. Vielleicht später einmal, als Zubrot zur Rente. Damit schloss sie rigoros diese Gedankengänge ab und versuchte, sich wieder auf ein mögliches Ausflugsziel zu konzentrieren. Sie könnte zum Beispiel Richtung Carragh Lake fahren und dort einen Spaziergang machen.

Entschlossen stand sie auf um zu zahlen. Als sie sich dem Ausgang zu durch die Tische schlängelte, stand Annerose plötzlich in der Tür. Als ob ich sie herbei gedacht habe, schoss Judith durch den Kopf.

„Hallo, meine Liebe! Wie schön, dass wir uns so schnell wieder über den Weg laufen."

„Hallo, Annerose. Schade - jetzt habe ich meinen Kaffee schon getrunken und wollte gerade aufbrechen ..." Judith zögerte einen Moment, ob sie ihr nicht doch anbieten sollte, noch einmal Platz zu nehmen, da hatte Annerose sie schon auf die Straße gezogen.

„Es ist was ganz Schreckliches passiert", flüsterte sie lautstark, „ich habe gerade in Portmagee davon gehört." Sie versuchte weiter erfolglos die Stimme zu senken. „Ich zittere innerlich immer noch."

Judith starrte sie an. Sie verspürte den unwiderstehlichen Drang, Annerose zu schütteln. „Was denn um Himmels willen? Nun sag schon."

„Ein Mord! Stell dir das vor! Auf Valentia!"

„Ein Mord? Was ist denn passiert?"

Annerose holte Luft. „Umgebracht. Die beiden, die draußen an St. Brendan´s Well herumgegraben haben. Das Archäologenpaar, oder was immer die waren. Sie sind umgebracht worden. Mary hat es mir erzählt, die hat es von einem Nachbarn, der auf der

Straße nach Culloo wohnt, und der die vielen Polizeiautos gesehen hat. In dieser Richtung ist alles mit Bändern abgesperrt. Keiner darf durch." Sie schauderte.

Was für eine fürchterliche Neuigkeit.

„Aber warum? Wer bringt denn Archäologen um?"

Annerose zuckte die Schultern. „Keine Ahnung. Das wusste Mary auch nicht. Vielleicht ein Raubmord. Heutzutage wird man ja schon wegen zehn Euro umgebracht, das liest man doch immer wieder in der Zeitung. Irgendwelche Jugendlichen, die ihre Drogensucht damit finanzieren."

„Drogensüchtige Jugendliche auf Valentia, die da draußen jemanden umbringen? Annerose, ehrlich, würdest du bei Archäologen Geld vermuten? Ich weiß nicht." Judith konnte ihre Ungläubigkeit nicht verhehlen. „Na gut, Raubüberfälle gibt es inzwischen überall. Aber irgendwie klingt es trotzdem absurd. Wenn du mich fragst, hat es viel eher etwas mit den beiden zu tun. Also mit ihrem Verhältnis untereinander. Vielleicht haben sie miteinander gestritten und der Streit ist ausgeartet. Hat die Polizei denn schon etwas verlauten lassen?"

„Nein", Annerose schüttelte den Kopf, „davon hat Mary nichts gesagt. Wahrscheinlich tappen sie im Dunkeln, das tun sie doch meistens. Liest man wenigstens in der Zeitung."

Unkonzentriert bog Judith in die falsche Richtung ab, der Ausflug zum Carragh Lake war vergessen, kaum nahm sie den entgegenkommenden Verkehr wahr. Sie biss sich vor lauter Grübeln in die Lippen. Die beiden hatten schon etwas Merkwürdiges an sich, etwas Heimlichtuerisches. So, als hätten sie etwas zu verbergen. Nicht, dass merkwürdiges Verhalten einen Mord zur Folge haben musste.

Judith rief sich zur Ordnung.

Abgesehen von dem Widerwillen, etwas über die Ausgrabung preiszugeben, wusste sie nichts über die beiden. Es konnte doch ein zufällig geschehener Mord sein: Pech gehabt - zur falschen Zeit am falschen Platz.

Plötzlich fiel ihr Lorenz ein und ihr Herz kam vor Schreck kurz aus dem Takt. Automatisch trat sie aufs Gaspedal und der Wagen machte einen unkontrollierten Satz vorwärts. Zitternd brachte sie ihn am Straßenrand zum Stehen und schaltete die Warnblinkanlage an. Hatte sie eigentlich sein Auto gesehen, als sie zu ihrem Spaziergang aufgebrochen war? Sie drückte die Stirn in beide Hände und versuchte sich zu erinnern. Schritt für Schritt. Sie hatte die Gummistiefel angezogen, dann die Regenjacke. Sie war vor das Haus getreten und hatte die Tür abgeschlossen. Sie erinnerte sich daran, wie warm es gewesen war. Und dass alles so dunkel und grau aussah. An einen Wagen konnte sie sich nicht erinnern. Vielleicht war er ja zu Fuß gekommen. Idiotin, schimpfte sie sich aus, bei dem Wetter? Dann hätte er triefen müssen vor Nässe. Hatte er nicht. Sie machte die Augen zu: hatte sie irgendetwas bemerkt, als sie Richtung Küste marschierte. Nein, nichts. Sie gab auf. Und startete den Wagen wieder.

So ein Unsinn. Warum sollte Lorenz mit dem Mord etwas zu tun haben? Eine Sekunde lang hatte sie tatsächlich eine Irritation verspürt, als sie sich erinnerte, wie er mit dem Feldstecher am Fenster stand. Er schien richtiggehend fasziniert von dem, was er dort sah – was immer es war. Ein wenig schämte sie sich ihres Verdachts – andererseits: was wusste sie überhaupt über ihn? Nur das, was er ihr erzählt hatte. Und die Freunde, natürlich. Sie versuchte, ihn mit fremden Augen zu sehen. Kein alltäglicher Mensch, wie sie nochmals feststellte. Deshalb war er ihr sympathisch, oder? Er konnte etwas gesehen haben. Vielleicht war er sogar ein wichtiger Zeuge. Andererseits, sie hatte bei ihrem Spaziergang ebenfalls nichts bemerkt.

Es wäre schön, mit jemandem reden zu können, dachte sie sehnsuchtsvoll. Sie könnte natürlich Gisela anrufen. Und was erzählen? Langsam bog sie in die Straße zum Haus ein. Ein Gedanke blitzte auf: sie würde bei Mary halten und einfach nachfragen. Nichts natürlicher, als sich bei der Nachbarin nach dem Ereignis zu erkundigen. Dabei konnte sie versuchen herauszubekommen, ob Mary irgendetwas Besonderes bemerkt hatte. Zum Beispiel Lorenz.

Auf ihr Klopfen antwortete niemand, und ein vorsichtiger Blick um die Ecke des Hauses ließ nur mehr Unordnung zutage treten: zwischen wuchernden Brennnesseln lagerten neben einem ausgeschlachteten Auto einträchtig ein langsam vor sich hin faulendes Holzboot, zwei, drei ausgediente Dieselfässer und eine Schafsfamilie. Während das Mutterschaf sie misstrauisch beäugte, brachen die beiden Lämmer bei ihrem Anblick in klagende Wehlaute aus, vor denen Judith eilends zurück zum Wagen flüchtete.

Nachdem sie ihre Einkäufe ins Haus getragen und verstaut hatte, griff sie als Erstes zum Feldstecher. Wenn sie sich vor dem Küchenfenster auf einen der Gartenstühle setzte, konnte sie gut erkennen, ob die Polizei an St Brendan's Well noch beschäftigt war. Sie machte eine Reihe von Wagen aus, Personen sah sie nicht. Wahrscheinlich waren sie hinter der Böschung verborgen. Wenn sie also wirklich etwas erfahren wollte, musste sie sich schon dorthin begeben. Sie entschied sich für den Weg durch die Torfbänke. Das ermöglichte ihr, über ihre Antwort nachzudenken, fragte sie jemand nach Lorenz. Heeny zum Beispiel. Es könnte doch durchaus sein, dass man ihn gesehen hatte. Sehr wahrscheinlich sogar, dachte sie sarkastisch, während sie in den Weg einbog, dass ihn einer der benachbarten Bauern bemerkt hatte: hier hatten sogar die Hecken Augen. Nicht bei dem gestrigen Wetter. Da saßen sie entweder beim Tee oder im Pub. Hannah fiel ihr ein. Hannah, die am Fenster saß und durch ihr Glas hinaus auf die Straße sah. Oder zum Meer hinüber. Bei dem Gedanken, dass Hannah vielleicht sogar den Mord selbst beobachtet hatte, wurde ihr ganz flau im Magen und sie musste einen Moment stehen bleiben.

Sie entschied sich, zunächst zur Quelle zu gehen und anschließend Hannah zu besuchen.

Neben einem Krankentransporter standen mehrere Personen mit dem Rücken zu ihr, die in eine lebhafte Diskussion verwickelt schienen.

Als Judith näherkam, konnte sie erkennen, dass sich die allgemeine Aufmerksamkeit auf die beiden Tragen konzentrierte, die neben dem Transporter standen.

Die beiden Toten. Krampfhaft vermied sie hinzuschauen. Tief durchatmen, ermahnte sie sich, indem sie unter interessierten Blicken langsam auf die Umherstehenden zu schritt. Die Männer, die an den Tragen standen, drehten sich jetzt zu ihr um. Sie erkannte Heeny, der die Hand hob zum Zeichen, dass er sie ebenfalls bemerkt hatte. Judith überlegte, ob sie es wagen sollte sich kurz zu ihnen zu gesellen, verwarf den Gedanken und verdrückte sich hinter die Absperrung zu den Schaulustigen, die sie bereitwillig in ihre Mitte nahmen. Ein paar Gesichter kamen ihr vage bekannt vor. Sie grüßte in die Runde. „Gibt es etwas Neues?"

„Die sagen nichts", beschwerte sich der Mann neben ihr resigniert, „jetzt ist man schon mal ganz nah dran und erfährt trotzdem nichts. Da bekommt man über das Fernsehen mehr mit." Anklagend deutete er auf die Polizisten, die fasziniert beobachteten, wie die beiden Tragen in den Transporter geschoben wurden.

Hinten an St Brendan's Well bewegten sich drei in weiße Overalls Gehüllte vorsichtig durch die ausgegrabenen Steine und Erdhügel. Soweit Judith feststellen konnte, war das Zelt der beiden bereits abgebaut worden. „Nichts?" fragte sie noch einmal. Allgemeines Achselzucken.

Der vorhin Auskunft gegeben hatte, schüttelte den Kopf. „Die kamen nicht von hier." Diese Erklärung schien alle Möglichkeiten, außer der nahe liegenden - die Beteiligung Einheimischer - mit einzuschließen.

„Könnte auch Selbstmord gewesen sein", murmelte eine Frau, die hastig an einer Zigarette zog, bevor sie sich unter dem düsteren Nicken ihrer beiden Nachbarn bekreuzigte.

„Und es hat niemand etwas gesehen?" Judith war sich nicht ganz sicher, ob ihre Stimme so beiläufig klang wie beabsichtigt. Aber niemand blickte sie misstrauisch an. Verneinendes Gemurmel war alles, was ihre Frage nach sich zog. Es war zum Verzweifeln.

Sie wollte sich gerade umdrehen und zu Hannah aufbrechen, als sie ihren Namen hörte. Es war Heeny, der jetzt mit schnellen Schritten auf sie zukam. Er nahm ihren Ellenbogen und dirigierte sie ein paar

Schritte die Straße hinunter, außer Hörweite. Er lächelte, als habe er ihr deutliches Zusammenzucken nicht bemerkt oder wisse es zu deuten.

„Noch ein ungeklärter Todesfall?"

„Ich dachte nicht, dass Sie so neugierig sind", antwortete er, ohne auf sie einzugehen. Es klang mehr wie eine Feststellung als eine Frage, und Judith gab sich auch keine Mühe, sie zufrieden stellend zu beantworten.

„So ein Mord ist schon etwas Besonderes, und da ich sowieso einen Spaziergang machen wollte", sagte sie, „und dann Hannah auf einen Tee besuchen, bin ich halt hier vorbeigekommen. Die alte Dame, die da drüben wohnt." Sie zeigte auf Hannahs Haus.

„Wir kennen Ms Govern."

Seine Antwort fiel reichlich lakonisch aus, fand Judith. „Wissen Sie denn schon, was passiert ist?"

„Tja." Er sah auf sie herunter, mit einem Ausdruck, den sie nicht interpretieren konnte. „Die beiden, die hier gegraben haben, sind tot. Wie Sie wahrscheinlich schon wissen." Er deutete mit dem Kinn in Richtung der Zuschauer. „Es ist viel zu früh, etwas zu sagen. Außerdem", er lächelte wieder, „die da drüben würden mich in der Luft zerreißen, wenn ich Ihnen etwas erzähle." Es war nicht ganz klar, wen er meinte, die Neugierigen oder seine Kollegen. Er sah ihr direkt in die Augen: „Sie haben nicht zufälligerweise etwas bemerkt? Bei Ihren Spaziergängen?"

Sie fühlte sich ertappt und strich sich verlegen die Haare aus der Stirn. „Nein, nichts. Nur", sie zögerte, dann fuhr sie schnell fort, ehe sie sich es anders überlegen konnte, „ich fand sie irgendwie komisch."

Heeny sah sie aufmerksam an. „Inwiefern?"

„Ich habe sie neulich angesprochen, als ich hier vorbeikam und sie waren nicht besonders, wie soll ich sagen, erfreut, dass sie angeredet wurden. So, als wollten sie von vornherein neugierige Fragen abwehren."

Heeny blickte sie aufmunternd an: „Können Sie noch genauer sein?"

„Wenn ich mich recht erinnere, habe ich sie gefragt, ob sie schon etwas entdeckt hätten, und die Frau antwortete ziemlich patzig, dass sie ja gerade erst anfingen. Der Mann lud mich ein, später einmal vorbei zu kommen."

„Sie haben nicht gesagt was sie suchen?"

„Nein, dazu haben sie nichts gesagt. Nur, dass der Mann einen Plan hatte. Den hat er aber weggesteckt, als ich sie ansprach."

„Konnten Sie sehen, um was für einen Plan es sich handelte? Vielleicht von der Insel?"

Judith schüttelte den Kopf.

„Und wo genau hat er ihn hingesteckt? Können Sie sich daran erinnern?"

„Ich glaube, in die Innentasche seines Anoraks."

Heenys Fragen waren immer drängender geworden. „Danke. Das war ein wichtiger Hinweis, wissen Sie. Nein, das können Sie nicht wissen – wir haben nämlich nichts Derartiges bei ihnen gefunden." Er tippte ihr kurz auf die Schulter. „Genießen Sie Ihren Tee."

Sie sah ihm nach, wie er mit raschen Schritten zurückeilte. Sie konnte sich beim besten Willen nicht vorstellen, warum ihm ihre Aussage so wichtig erschien. Natürlich hatte man als Archäologe einen Plan. Ohne konnte man doch gar nicht graben. Stellte sie sich jedenfalls vor.

Bei Hannah angekommen, klopfte sie mehrmals an die Tür. Inzwischen hatte sie sich daran gewöhnt, dass das Haus immer verlassen wirkte, unabhängig davon, ob Hannah zu Hause war oder nicht. So war sie ganz erstaunt, dass sich nichts rührte, alles Klopfen und Rufen vergebens war. Enttäuscht wandte sie sich ab, fast fühlte sie sich im Stich gelassen. Sie hatte fest mit einer Tasse Tee gerechnet. Wieder an den ganzen Menschen vorbei, möglicherweise unter dem wissenden Grinsen Heenys? Sie entschied sich trotz des Umwegs für die Straße. Immerhin, das Wetter hielt, und einen Tee konnte sie sich selbst machen.

Sie war völlig erschöpft, als sie wieder daheim angekommen war. Und durstig.

Judith nahm ihre Tasse Tee mit hinaus und setzte sich auf die Bank unter die Palme. So hatte sie die Klippen vor Augen, aber, dass musste sie zugeben, ebenfalls sich die immer noch hin- und her bewegenden Menschen an St Brendan's Well.

Es war kein erfolgreicher Vormittag gewesen, gestand sie sich ein, und sie war immer noch ratlos, was sie tun sollte. Sie hatte Heeny ins Gesicht gelogen. Nicht nur etwas verschwiegen. Sie kannte den Unterschied wohl. Sie hatte keine Sekunde gezögert - undenkbar einen Freund zu verpfeifen. Wieso dachte sie ‚Freund' und ‚verpfeifen'? Sie war sich keineswegs sicher, ob Lorenz ein Freund war. Und ob es konkret bedeutete, ihn zu denunzieren, wenn sie von seiner Absicht berichtete, die Ausgrabung zu besuchen. Immerhin hatte sie nicht mit eigenen Augen gesehen, dass er überhaupt die Richtung zur Quelle eingeschlagen hatte. Insofern war das reine Spekulation.

Sie nahm einen Schluck des kalt gewordenen Tees. Die Polizei hatte offensichtlich keine Idee, was passiert war. Und Lorenz konnte durchaus etwas gesehen haben.

Seufzend stellte sie den Tee beiseite. Ihre Gedanken drehten sich im Kreis.

Es half nichts, sie musste sich Gewissheit verschaffen.

Sie stand auf und griff sich als erstes das Telefonbuch. John Sullivan war natürlich ein Allerweltsname in der Gegend, aber es war einen Versuch wert. Lorenz hatte vorgehabt, sich von Freunden zu verabschieden, dabei war ihr sofort Johnny in den Sinn gekommen. Blieb nur offen, ob es ihr gelang, ihn ausfindig zu machen. Fünf John Sullivans auf Valentia.

Es kostete sie einiges an Überwindung, die erste Nummer zu wählen. Eine helle Frauenstimme meldete sich sofort. „Oh, Entschuldigung", stammelte Judith, „ich habe mich verwählt." Sie ließ den Hörer fallen, als habe sie sich die Hand verbrannt und verfluchte sich laut. Das Beste schien, einen Zettel mit ein paar erklärenden Sätzen vorzubereiten. Geschrieben sahen die Erklärungen allerdings noch hilfloser aus. Doch, was blieb ihr anderes übrig? Also griff sie ein weiteres Mal zum Hörer. Niemand meldete sich. Auch beim nächsten Anruf hatte sie kein Glück. Dann meldete sich eine Männerstimme. *„Hello?"* Einen Augenblick lang war sie versucht sich zu drücken, dann sagte sie tapfer ebenfalls hallo und fragte, ob John Sullivan zu sprechen sei, Johnny the Pilot. Eine Kanonade unverständlicher Sätze, gemischt mit höhnischem Gelächter und garniert von Flüchen antwortete ihr, gefolgt von dem unverwechselbaren Klick eines beendeten Gesprächs. Zitternd legte Judith das Telefon hin. Johnny schien nicht übermäßig beliebt zu sein, zumindest nicht bei seinen Namensgenossen.

Ein Anruf stand noch aus und sie überlegte, sich zu drücken. Doch sie nahm sich zusammen und wählte. Wieder eine Frauenstimme. Judith sagte ihren Spruch auf, und tatsächlich, offensichtlich erheischte ihre zitternd vorgebrachte Frage soviel Mitleid, dass sie eine, wenn auch nicht besonders ermutigende Antwort erhielt: „Er ist nicht da, Herzchen, und ich habe nicht den blassesten Schimmer, wo er steckt. Ich habe ihn schon seit gestern Abend nicht mehr zu Gesicht bekommen – und meinetwegen kann er bleiben, wo der Pfeffer wächst."

Judith war so überrascht von dieser doch ziemlich ausführlichen Auskunft, dass sie einen Moment brauchte um sich zu fassen. „Oh, danke. Warten Sie bitte, ich bin nämlich eigentlich auf der Suche nach einem Freund von Johnny, nach Lorenz Fischer. Wissen Sie vielleicht, ob Johnny den Abend mit ihm zusammen war?"

„Nicht mit Sicherheit, er hat nur gesagt, er treffe später jemanden im Pub."

„Können Sie mir sagen, in welchem? Es ist wirklich sehr dringend." Judith versuchte, möglichst viel Gefühl in ihre Stimme zu legen und siehe da, es funktionierte.

Ihre Gesprächspartnerin schien gerührt: „Ist es so schlimm, Herzchen? Das sind die Männer nicht wert, glauben Sie mir. Also wenn, dann geht Johnny ins Harbour Inn in Knightstown, an der Hauptstraße. Versuchen Sie es da. *Good luck!*"

Immerhin ein Anhaltspunkt. Judith gratulierte sich zu dem tapfer erkämpften Erfolg. Sie sah auf die Uhr. Es blieb ihr genügend Zeit, vorher bei Mary vorbei zu schauen. Vielleicht gab es Neuigkeiten.

Sie packte alles für das Interview im Steinbruch zusammen, da sie nicht vor dem Abend zurückkehren wollte, und verließ das Haus.

Dieses Mal stand die Haustür weit offen. Judith verschwendete ihre Zeit nicht mit Anklopfen, sondern betrat gleich die Küche. „Mary? Hallo! Bist du da? Ich bin's, Judith!"

„Komm hierher, nach hinten. Ich bin gerade dabei, Schweinefutter zu machen."

Judith folgte der Stimme durch den Flur und landete in einem kleinen Anbau, wo sie Mary über einem riesigen Topf stehend fand, in dem sie mit einem abgebrochenen Besenstiel herumrührte.

Als Judith in der Tür erschien, blickte sie auf und lächelte ihr zu. „Hallo. Schönes Wetter heute, nicht wahr? Gerade richtig für einen Spaziergang."

Judith warf einen Blick zum Himmel, dem sie bisher mit ihren Überlegungen beschäftigt, keinerlei Beachtung geschenkt hatte, und musste Mary recht geben: das Wetter war tatsächlich schön – die Wolken hatten sich verzogen, die Sonne war zum Vorschein gekommen. Das gab ihr das Stichwort.

„Ja, stimmt, wunderschön. Ich hoffe nur, das bleibt so, ich habe den Regen richtig satt. Gestern war doch furchtbar, oder? So viel Regen, da mochte man ja keinen Fuß vor die Tür setzen."

Judith wartete gespannt, und tatsächlich, Mary nahm den Faden auf.

„Wenn uns Pats Eltern nicht eingeladen hätten, wären wir nicht aus dem Haus gegangen. Das kannst du mir glauben." Sie wandte sich wieder dem Topf zu.

„Ich habe nur einen kleinen Gang gemacht, am Nachmittag, da hatte es etwas aufgehört."

„Habe ich gar nicht mitgekriegt, dass es überhaupt mal aufgehört hat zu regnen. Wir sind erst gegen zehn zurückgekommen, da war's immer noch ziemlich nass. Wir mussten bis zum Abendessen bleiben." Mary zog eine Grimasse. „Dabei kann meine Schwiegermutter überhaupt nicht kochen. Frag mich nicht, wie's geschmeckt hat."

Judith hüstelte in ihre Hand, um das Grinsen zu verbergen, das sich auf ihrem Gesicht ausbreiten wollte.

„Ach, hast du eigentlich an dem Nachmittag Besuch erwartet?"

Judith nahm die Hand vom Mund. „Besuch? Wieso?"

„Weil, gerade als wir in den Wagen einsteigen wollten, jemand dabei war, ein rotes Auto vor deiner Hecke abzustellen."

Das plötzliche Auftauchen eines aus voller Kehle schreienden kleinen Mädchens, das um die Ecke des Hauses bog und auf ihre Mutter zurannte, eine Decke hinter sich herschleifend, entband sie zu ihrem Glück von einer Antwort.

Auch, nachdem Mary die Kleine auf den Arm genommen und sie getröstet hatte, fand sich zu Judiths großer Erleichterung keine Gelegenheit mehr, auf die Frage zurück zu kommen, geschweige denn, das Gespräch auf den Mord zu lenken.

15.

Als sie die Straße Richtung Knightstown einschlug, versuchte sie ihre Gedanken zu ordnen. Wenn sie herausbekam, dass Lorenz mit Johnny den Abend verbracht hatte, war es gleichgültig, ob ihn jemand bei ihr gesehen hatte oder nicht. Dabei fiel ihr überhaupt ein, dass sie den genauen Zeitpunkt des Mordes gar nicht kannte. Sie hatte sich wegen Lorenz auf den Nachmittag konzentriert, aber der Mord konnte genauso gut zu einem ganz anderen Zeitpunkt geschehen sein. Zum Beispiel in der Nacht. Zu dumm, dass sie Heeny nicht gefragt hatte. So konfus und durcheinander hatte sie sich schon lange nicht mehr aufgeführt.

Judith bedauerte es, wie überstürzt sie von Mary aufgebrochen war, aus lauter Furcht vor ihrer Frage nach dem Auto. Von ihr hätte sie sicher mehr erfahren, zumindest, was die Leute auf der Insel dazu meinten. Welche Gerüchte im Umlauf waren, oder wer bereits verdächtigt wurde außer Annemaries drogensüchtigen Jugendlichen.

Sie entschied sich spontan für die Küstenstraße - sie wollte Zeit schinden. Während die obere Straße geradewegs zum Hauptort der Insel führte, folgte die untere getreulich der Küstenlinie und war so um ein Beträchtliches länger. Und schöner, musste Judith zugeben. Gesäumt von mannshohen Fuchsiensträuchern und den riesigen Stauden des New Zealand Flax, führte sie an gepflegten Häusern und Gärten vorbei, in denen die ersten Rosen und Lilien blühten. Ab und zu berührte sie fast das Wasser und gab den Blick frei auf einen schmalen Strand, ein paar Felsen und das gegenüberliegende Ufer des Festlandes.

Als sie eine Wegeinfahrt fand, blieb sie einen Moment stehen und ließ das Fenster hinunter. Dieser Teil der Insel erinnerte sie immer an den Süden, das Mittelmeer. Das mochte an dem hellen Sonnenlicht liegen, das die Straße aufglänzen ließ, und an dem tiefen Mittelmeer-Blau des Wassers. Eine heitere Stimmung lag über den Häusern und Gärten. Träge summte eine Biene auf der Suche nach Nektar vorbei, und über sich entdeckte sie einen Raubvogel, der ebenso geruhsam seine Kreise zog.

Judith schloss die Augen. Ach, warum konnte es nicht immer so friedlich in der Welt sein?!

Wenig später erreichte sie Knightstown. Sie entschloss sich, den Wagen unten am Kai zu parken und zum Harbour Inn zu laufen.

Erst mit Verzögerung nahm sie die neue Siedlung direkt an der Hauptstraße wahr, die wohl noch in Zeiten der Hochkonjunktur entstanden war. Die Reihenhäuser waren ihr bei ihrem ersten Besuch gar nicht aufgefallen. Die baufälligen alten Lagerhäuser hinter dem Hafen waren alle verschwunden. Dort konnte sie tatsächlich ein mehrstöckiges Appartementhaus ausmachen. Der kleine altmodische Lebensmittelladen schien geschlossen, dafür entdeckte sie den Hinweis auf den „Supervalue" in Chapeltown. Neben dem alt eingesessenen Café mit seinen gusseisernen Tischen und Stühlen vor der Tür hatte ein Fastfood aufgemacht, der seine Hamburger pries und in dem sich zwei, drei Jugendliche herumdrückten. Alles wirkte ein bisschen zu großartig, zu schick, aber gleichzeitig bereits etwas vernachlässigt – der Boom war ersichtlich vorbei. So unbewohnt wie die meisten der Häuser aussahen, konnte es dem Städtchen nicht gut gehen.

Judith hoffte, es war ihm nicht ein ähnliches Schicksal vorherbestimmt wie etlichen am Meer gelegenen Orten, die im Sommer ausschließlich von Touristen belebt, und im Winter nur noch von einigen unerschrockenen Einheimischen besiedelt waren.

In gewisser Weise fand sie es tröstlich, dass die Fassade des Royal Hotel seit Jahren auf einen neuen Anstrich wartete, und auch „The Last Poste" gegenüber eher einen Stil heruntergekommener Vornehmheit pflegte.

Sie strebte auf die andere Straßenseite. Vielleicht hatte sie heute Glück - aber wie zuvor widerstand die Tür: der Antiquitätenladen war geschlossen. Achselzuckend setzte sie ihren Weg fort.

Selbst das Harbour Inn hatte seinen Widerstand gegen den Einzug der Moderne aufgeben müssen und sich dem Neuen geöffnet: der überdimensionierten Fototapete mit dem beruhigenden Motiv „Grüner Wald" konnte sich Judith nur durch Flucht an die Theke entziehen. Dort kamen ihr zwar die Flaschen durch die Verspiegelung hundertfach entgegen, das erschreckte sie nicht im Entferntesten so, wie der an der rückwärtigen Wand manifestierte künstlerische Willen des Wirts. Leider interpretierte die Wirtin ihre Blicke falsch.

„Wunderschön, nicht wahr?", sagte sie ehrfürchtig, indem sie das halb gefüllte Guinnessglas unter dem Hahn wegzog und zu dem Bild hin schwenkte.

„Ja, sehr schön", stimmte Judith zu, in vollem Bewusstsein ihrer Lüge und der Überzeugung, ansonsten auf erheblichen Widerstand gegenüber ihren Fragen zu stoßen.

„Was darf's denn sein?" fragte die Wirtin, offensichtlich zufrieden gestellt durch die Antwort.

„Einen Orangensaft, bitte."

Die Wirtin, eine dezent zurechtgemachte Brünette in den Vierzigern musterte sie neugierig. „Sie haben richtig Glück mit dem Wetter für Ihren Urlaub", stellte sie fest.

Judith stimmte ihr vorbehaltlos zu. „Ich glaube, so viel Sonne hatte ich noch nie."

„Also ist es nicht das erste Mal, dass Sie hier sind."

Judith beruhigte sie. „Nein, ich war schon mehrmals hier. Bei Freunden. Hinten in Bray."

Die Wirtin wandte ihre Aufmerksamkeit wieder dem Zapfhahn zu und füllte das Glas konzentriert bis zum obersten Rand. Dann schob sie es mit einem Nicken einem der Männer zu, die an der Querseite saßen.

Judith rückte etwas näher zu ihr hinüber. „Ich bin auf der Suche nach einem Freund", begann sie, um unter dem erstaunten Blick ihres Gegenübers leicht errötend fortzufahren, „einem alten Freund, der am Sonntagabend hier gewesen sein soll."

„Ja?"

„Er hat sich hier wohl mit John Sullivan, Johnny the Pilot, getroffen, so wurde mir jedenfalls gesagt."

Die Wirtin hatte zum Tuch gegriffen und wischte nachdenklich um Judiths Glas herum. Dann nickte sie endlich. „Stimmt. Johnny war hier. Er saß dort hinten." Sie deutete mit dem Kinn auf einen der Tische im hinteren Teil des Raumes. „Genau. Mit dem Deutschen, der mal hier gelebt hat. Jetzt fällt mir sein Name gerade nicht ein. Ist es der, den Sie suchen?"

Judith nickte. „Ja, Lorenz Fischer. Wissen Sie vielleicht noch, wie lange die beiden hier waren?"

Falls die Wirtin durch ihre Fragerei irritiert war, ließ sie sich nichts anmerken. „Schwer zu sagen. Es war viel los", fügte sie entschuldigend hinzu. „Ich würde sagen, länger als sieben, halb acht, waren sie nicht hier. Johnny ist noch 'ne halbe Stunde länger geblieben als der Andere. Genügt Ihnen das, Schätzchen?"

„Ja, danke, ich wollte mich nur von ihm verabschieden und hatte ihn leider verpasst. Er wollte gestern abreisen."

Die Wirtin nahm es ohne weiteren Kommentar hin.

Erleichtert machte sich Judith, nachdem sie den Orangensaft zügig geleert hatte, aus dem Staub. Ein längerer Aufenthalt in der Kneipe hätte sie, total paralysiert vom Anblick der Fototapete, schließlich zu Guinness oder Gin greifen lassen. (Was sicherlich dem am Abend anstehenden Gespräch inhaltlich nicht gutgetan hätte.) So zockelte sie langsam zurück zum Hafen mit einem Schlenker durch die neue Siedlung, die sie aber nicht weiter fesseln vermochte.

Eigentlich, dachte sie, müsste ihr froher ums Herz sein, hatte sich doch Lorenz Verwicklung in den Mordfall als Hirngespinst herausgestellt. Dennoch: es blieb ein Unbehagen, wie sie sich in ihrem tiefsten Inneren eingestand. Ihr Dilemma hatte sich gewissermaßen in Luft aufgelöst, das schlechten Gewissen gehalten - das sich nicht nur aus ihrem Schweigen gegenüber der Polizei speiste, sondern auch, wie sie feststellen musste, aus dem Verdacht gegenüber Lorenz selbst. Kurz schoss ihr durch den Kopf, Gisela anzurufen. Das bedeutet, viele Erklärungen abgeben zu müssen – und Tom – das kam überhaupt nicht infrage. Nur zögerlich freundete sie sich mit dem Gedanken an, mit Lorenz selbst zu sprechen. Die Vorstellung allein machte sie ganz mutlos.

Ihm ins Gesicht sagen, dass sie ihn verdächtigt hatte? Das musste sie gar nicht! Sie blieb stehen. Sie würde ihn einfach fragen, ob er überhaupt bei der Ausgrabung war und jemanden gesehen hatte. So mochte es gehen. Sie seufzte auf und setzte sich wieder in Bewegung.

Selbst bei diesem - letzten, wie sie sich schwor - Versuch hatte die Tür des „Last Poste" nicht nachgegeben, also setzte sie sich ins Café. Versorgt mit der ziemlich zerlesenen Ausgabe eines Colin Dexter und einem ausgesprochen guten Capuccino, ließ sie sich an einem der kleinen Tische nieder, um die Zeit bis zum Interview zu überbrücken.

Als sie den Schiefersteinbruch zum vereinbarten Zeitpunkt erreichte, traf sie die Arbeiter bei Aufräumarbeiten an.

Peter Quinn stand mit zwei Männern neben einem kleinen Schaufelbagger und winkte ihr zu, als er sie herankommen sah. „Einen Moment noch, ich bin gleich soweit." Er schüttelte ihr die Hand. „Wir können da drüben ins Büro gehen" Er wies sie auf die beiden geduckten Häuser am Rande des Platzes hin, die sie mit ihren ordentlichen Vorgärten und säuberlich geschlossenen Holztoren für Arbeiterwohnungen oder Ferienhäuser gehalten hatte.

Judith hatte sich gerade erst umgesehen, wo sie sich niederlassen konnte, als er schon nachkam. Er nahm den Arbeitshelm ab und fuhr sich durch die Haare.

„Schwierigkeiten?"

„Na, nicht gerade Schwierigkeiten. Sagen wir mal, Unvorhergesehenes. So ist der Schiefer. Unberechenbar. Gestern Nacht oder heute früh ist hinten im Schacht etwas herunter gebrochen, und wir hatten noch nicht die Gelegenheit, die Steine weg zu räumen. Das ist nicht schlimm", fügte er hinzu, als er ihren Blick sah, „es passiert öfter, dass sich eine Lage löst. Dann müssen wir die Stabilität untersuchen. Vielleicht mache ich das gleich nachher, wenn noch Zeit bleibt."

Judith versicherte, dass sie sich kurzfassen wollte, was er wohlwollend aufnahm und ihr eine Tasse Tee anbot. In gegenseitigem Einvernehmen platzierten sie sich diesseits und jenseits des Schreibtisches, Judith rückte sich auf dem Besucherstuhl zurecht und holte ihr Laptop aus der Tasche.

Ihr Gegenüber musterte sie ebenso unverhohlen wie sie ihn, und beide brachen in Lachen aus, als sie es gleichzeitig bemerkten.

„Peter", sagte er, während er ihr zunickte und „Judith" gab sie zurück.

„Was wollen Sie denn wissen?" fragte er, nachdem sie wieder ernst geworden waren, „und vielleicht sagen Sie mir vorab, wofür Sie das Interview verwenden wollen. Ich habe Unterlagen, die ich Ihnen geben kann, wir haben gerade neues Werbematerial zusammengestellt. Wäre das interessant für Sie? Und, haben Sie unsere Homepage gesehen?"

„Ja, klar, danke. Vielleicht erzählen Sie erst einmal, wieso Sie auf die Idee gekommen sind, den Schiefersteinbruch wieder zu eröffnen. Das hat mich am meisten erstaunt. Also, dass man am Ende der Welt, könnte man sagen, einen stillgelegten Betrieb mit Erfolg zum Laufen und offensichtlich durch die Krise bringt. Das finden unsere Leser vielleicht interessant, dachte ich mir jedenfalls."

Er nickte zustimmend. „In Ordnung. Vor allem ein Betrieb, der ein solches Auf und Ab erlebt hat. Der Steinbruch wurde Anfang des 19. Jahrhunderts vom Knight of Kerry gegründet, dem hier ansässigen Grundherrn - mit über vierhundert Arbeitern in seiner Höchstzeit – und bereits 1884 wieder geschlossen, weil Schieferdächer und Billardtische aus der Mode kamen und der Steinbruch unrentabel wurde. 1900 kam es zu einem erneuten Anlauf, der nach elf Jahren wieder abgebrochen wurde, nachdem es einen erheblichen Steinschlag gab.

Valentia Schiefer war einmal berühmt und wurde in ganz Kerry, Irland und England verbaut. Sogar das House of Parliament in London ist mit *slates* aus unserem Steinbruch gedeckt und etliche englische Bahnhöfe, Waterloo Station zum Beispiel. Es hat, wie so Vieles hier, nicht lange gehalten."

Er lächelte. „Immerhin bekam die Grotte dann in den Fünfziger Jahren des letzten Jahrhunderts eine andere Bestimmung, als Wallfahrtsort zu Ehren Marias, der Mutter Gottes. Der jede Menge Besucher anzog. Meine Familie, der das Land hier gehört, fühlte sich dadurch sehr geehrt. Was hätte sie sonst mit der Höhle machen sollen?

Tja, als ich dann aus den Staaten hierher zurückkehrte, hatte sich der Wind gedreht, die Wirtschaft hatte angezogen und ein unglaublicher Bauboom entstand gerade: jeder, der nur ein bisschen Geld übrig hatte, investierte in Häuser. Das wurde steuerlich unterstützt, und so kam uns, meinem Bruder und mir die Idee, dass Schiefer als Material wieder interessant werden könnte." Er lachte laut. „Wenn ich mich recht erinnere, hat uns ein Typ darauf gebracht, der mit sechs Helfern eine der Platten, die hier herumlagen, auf einen Laster laden wollte."

Judith blickte von ihrem Block auf. „Sind Sie eigentlich Ingenieur oder so etwas?"

„Nein, ich bin gelernter Informatiker, mein Bruder hat eine technische Ausbildung. Natürlich haben wir einen Statikfachmann zu Rate gezogen. Und holen ihn bei Bedarf immer heran. Das erinnert mich daran, dass ich mal kurz telefonieren muss, wegen des Abbruchs hinten. Schauen Sie inzwischen doch mal das Material durch, vielleicht können Sie es für Ihren Artikel gebrauchen."

Er verschwand in den Nebenraum, während sich Judith in die Unterlagen vertiefte. Soweit sie beim Durchblättern verstand, handelten sie von den verschiedenen Möglichkeiten, wie Schiefer genutzt und wie er dann bearbeitet werden muss.

Ob das wirklich für ihren Artikel von Belang war? Ein paar Zahlen sicherlich, die notierte sie. Eigentlich ging es ihr doch darum, anschaulich zu machen, welche Entwicklung selbst an diesem so weit von jeglicher Industrie entfernten Ort möglich war.

„Können wir nicht einen kleinen Rundgang machen und Sie zeigen mir, wie der Abbau und die Verarbeitung funktionieren?" fragte sie, als er wieder zur Tür hereinkam. „Ich denke, davon haben die Leser mehr als von den Zahlen", fügte sie entschuldigend hinzu, „es sei denn, Sie haben Angst vor Betriebsspionage."

„Das geht schon in Ordnung. Machen Sie ruhig auch Fotos, wenn Sie wollen, wir haben keine Geheimnisse. Aber Sie müssen einen Helm tragen, ohne darf ich Sie gar nicht mit nach hinten nehmen. Hier, sogar mit Stirnlampe."

Er reichte ihr einen Arbeitshelm, den sie fest auf den Kopf drückte, während sie gemeinsam zur Grotte gingen.

Die Madonnenfigur, die hoch oben zwischen Steinen und Erikasträuchern thronte, kam ihr winzig vor. Wasser tröpfelte von der Abbruchkante hinunter in das Bassin, das in der Mitte der Höhle die Feuchtigkeit aufnahm. Ein wenig mulmig war ihr schon, als sie die tiefen Spalten zwischen den riesigen Schieferplatten hoch oben musterte, die das Dach der Höhle bildeten.

Peter folgte ihrem Blick. „Das hat die letzten hundert Jahre schon gehalten, da brauchen Sie gar nicht erst hinzuschauen. Mehr Sorgen bereiten uns die Wände dort hinten. Da ist vorgestern Nacht etwas heruntergekommen." Er bog in den seitlichen Gang neben der Anlage ein. Es war ziemlich dunkel, das Licht der in Abständen an der Decke angebrachten Neonleuchten reichte immer nur ein paar Meter weit.

„Vielleicht nehmen wir den Bagger, dann kann ich schon mal anfangen den Schutt beiseite zu räumen." Er nickte zu dem an der Seite stehenden kleinen gelben Bagger hinüber und half ihr, auf den Sitz zu klettern.

„Ich glaube, ich mag das Gefühl nicht, so viel Tonnen Steine über mir zu haben", gestand Judith, als sie sich langsam in Bewegung setzten.

Der Gang, dem sie folgten, führte parallel zum Förderband, von dem hohen Eingangsgewölbe weg, vorbei an der Steinfräse, die Judith bereits bei ihrem ersten Besuch gesehen hatte, direkt in den Berg hinein. Das blasse Licht ließ die Feuchtigkeit des Steins immer mal wieder aufscheinen, und ab und zu fuhren sie durch tiefere Pfützen.

„Man denkt einfach nach einer Weile nicht mehr darüber nach", sagte Peter, „außerdem, wir bemühen uns schon, nicht so sehr in die Tiefe zu gehen, sondern mehr in die Breite. Zudem ist der Abbau zu Tage einfacher und lukrativer geworden. Da vorne hört es schon auf." Peters Antwort war immer lauter geworden, da die Fahrgeräusche, je tiefer sie vorgedrungen waren, durch den Widerhall zugenommen hatten. Als er jetzt das Gefährt abschaltete, herrschte eine tiefe Stille, nur unterbrochen durch das sanfte Plop eines herunterfallenden Wassertropfens. Sie waren vor der Abbruchstelle zum Stehen gekommen. Schiefersteine hatten sich von der oberen rechten Wand des Stollens gelöst, waren an der Seite heruntergerutscht und hatten sich quer über den gesamten Weg verteilt, so dass sie eine unregelmäßige, zum einen Ende hin niedrigere Barriere formten. Die kleine Halde versperrte ihnen nicht nur den Weg, sondern zum größten Teil die Sicht auf das Ende des Gangs.

„Ich will mal gerade einen Blick hinten auf den Abbruch werfen", sagte Peter, als er ausstieg und auf den Haufen zuging. Da ertönte ein leises Stöhnen. Judith erstarrte, Peter blieb mit halb erhobenem Fuß stehen. „Haben Sie das gehört", flüsterte er. Judith nickte schwach. Dann hörten sie es wieder.

„Da hinter dem Haufen muss jemand liegen!" Peter hatte sich aus der Erstarrung gelöste und kletterte behände über die ersten Brocken. „Das kann keiner von unseren Leuten sein. Die habe ich heute alle gesehen. Es kam von dort, nicht wahr? Was zum Teufel…" Er verschwand aus Judiths Blickfeld, als er sich nach rechts zum Abbruch hinwandte. „Jesus!", hörte sie seine Stimme, „hier hinten liegt jemand. Können Sie herüberkommen?"

Das klang nicht gerade beruhigend. Judith atmete tief durch und kletterte ihm nach. Zuerst konnte sie nichts erkennen. Erst als sie sich über Peter beugte, erblickte sie im Schein ihrer Stirnlampe ein Paar Beine in abgetragenen Jeans und eine Jacke von undefinierbarer Farbe. Sie ließ ihre Augen höher wandern, den Kragen eines karierten Hemdes entlang, auf einen blauen Wollschal zu, der neben den unnatürlich herunterhängenden Armen liegen geblieben war. Dann kam sie zum Gesicht und schnappte nach Luft.

Zitternd ließ sie sich neben Johnny the Pilot nieder und berührte sanft seinen Arm. „John", rief sie, „Johnny, können Sie mich hören?"

Peter hatte sich neben sie gekniet, gemeinsam sahen sie auf Johnny hinunter.

„John Sullivan", sagte er nachdenklich, „wie ist der denn hierhergekommen?"

Johnny sah schlimm aus: das eine Auge war total zugeschwollen, sein Kinn zierte ein tiefblauer Fleck und geronnenes Blut hatte einen rotbraunen Streifen über seinen Mund gemalt, dessen Farbe sich grell von seiner grünlichen Gesichtsfarbe abhob.

Judith beugte sich tiefer und horchte an Johnnies Brustkorb. „Atmen tut er", bestätigte sie und stupste ihn leicht mit dem Finger in die Seite. „Er ist ohnmächtig." Sie berührte vorsichtig seine Stirn. „Und unterkühlt."

Peter richtete sich wieder auf. „Wir bringen ihn erst einmal raus hier. Ich hole Decken, in die wir ihn einwickeln können. In der Zwischenzeit rufen Sie einen Krankenwagen", sagte er energisch. „Das scheint mir das Sinnvollste zu sein." Er lächelte grimmig. „Möchte wissen, in welche Schwierigkeiten er sich wieder mal gebracht hat."

Judith nickte zustimmend, da schlug Johnny die Augen auf. Er hatte Probleme seinen Blick auszurichten, nach einiger Zeit gelang es ihm jedoch, die beiden vor ihm stehenden Gestalten scharf zu stellen.

„Hallo." Er war kaum zu verstehen. „Judith?"

Sie bückte sich zu seinem Mund hinunter. „Wir bringen Sie ins Krankenhaus, Johnny. Verstehen Sie? Sie müssen bis dahin durchhalten. Wir werden Ihnen wahrscheinlich wehtun, wenn wir Sie aufladen, aber auf diese Weise geht es am schnellsten."

„Nicht ins Krankenhaus." Er versuchte einen Arm zu heben und sie festzuhalten. Seine Stimme war so leise, dass sie dachte, sie hätte nicht richtig gehört.

„Nicht ins Krankenhaus", wiederholte sie, „das geht nicht. Sie sind offenbar schwer verletzt, wahrscheinlich ist Einiges gebrochen. Und Sie sind ausgekühlt. Sie müssen untersucht werden."

Er hatte es geschafft ihren Arm zu greifen und zog sie zu sich. „Nicht ins Krankenhaus," flüsterte er eindringlich. „Gefahr". Dann sackte sein Kopf wieder ohnmächtig zur Seite.

Ratlos sah Judith Peter an. „Gefahr? Was meint er damit?"

Peter zuckte die Achseln. Dann zupfte er sich am Ohr. „Das kann alles Mögliche bedeuten, keine Ahnung. So gut kenne ich ihn nicht. Allerdings, wenn man den Gerüchten Glauben schenkt...". Er stockte und sah verlegen unter sich. „Was tun wir jetzt?"

„Wenn wir ihm seinen Willen lassen, bleibt nicht viel zu überlegen. Allerdings, irgendwo muss er versorgt werden, und zwar schnell. Bei Ihnen kann er wohl nicht bleiben?"

„Nein, um Himmels willen! Ich lebe mit meinem Bruder und seiner Familie zusammen im Haus unserer

Eltern. Da können Sie gleich auf die Straße laufen und herausposaunen, was mit ihm passiert ist. Wie sieht es bei Ihnen aus?"

Judith zog die Augenbrauen zusammen und sah auf Johnny hinunter. Sie zögerte kurz, dann sagte sie entschlossen: „Es wird schon gehen. Ich wohne im Haus meiner Freunde am anderen Ende der Insel, in Bray." Sie sah ihn an.

„Sie helfen mir doch, oder?"

Er nickte beruhigend und schien dann zu überlegen. „Ein Freund von mir ist Arzt. Er wohnt hinter Waterville und es wird eine Weile dauern, bis er hier sein kann. Ich könnte ihn jetzt anrufen und zu Ihrem Haus dirigieren. Zumindest eine kleine Hilfe. Was meinen Sie?"

„Das ist eine gute Idee. Jetzt müssen wir ihn nur irgendwie dorthin schaffen."

Nach einer kurzen Debatte entschieden sie, dass Peter doch seinen Wagen herholen sollte. Die Sitzbank des Baggers schien einfach zu unbequem für einen schmerzfreien Transport. Peter versprach sich zu beeilen, und Judith hockte sich derweil neben Johnny. Sie betrachtete sein blasses Gesicht mit dem dunklen Fleck am Kinn, bei dem ihr spontan der Mann am Telefon einfiel, der so unflätig geschimpft hatte. Offensichtlich war ihm jemand mit der Umsetzung der Drohungen zuvor gekommen.

Während sie ihn musterte, schlug er erneut die Augen auf.

„Es hat Sie ganz schön erwischt", sagte Judith, „können Sie wenigstens andeutungsweise sagen, was passiert ist?"

Johnny presste die Lippen zusammen und bewegte langsam den Kopf hin und her. „Nein. Geht nicht", flüsterte er schließlich, „auf keinen Fall." Er versuchte ihren Blick einzufangen. „Verstehen Sie doch!" Er schien einer Panik nahe.

„Hören Sie", sagte sie schließlich und nahm seine Hand, „wir bringen Sie zu mir und ich werde Sie nicht verraten, das kann ich Ihnen sogar schwören. Aber, um mich ein wenig zu beruhigen, können Sie nicht wenigstens sagen, ob Sie in etwas verwickelt sind? Etwas Verbotenes oder Kriminelles? Schließlich gehe ich auch ein Risiko ein."

Johnny schien zu zaudern, dann schüttelte er wieder den Kopf. „Nein. Nicht kriminell." Seine Stimme war so leise, dass sie ihn kaum verstehen konnte. Sie beugte sich zu ihm hinunter und hielt ihr Ohr an seinen Mund. „Sagen Sie niemandem etwas." Er holte keuchend Luft. „Niemandem. Kein Arzt. Bitte. Wichtig." Er umklammerte kurz ihre Hand, dann sackte er wieder in sich zusammen und verstummte.

Es blieb ihr wohl nichts Anderes übrig, als nicht weiter zu insistieren und abzuwarten, bis er wieder ansprechbar war.

Sie richtete sich langsam auf.

Aus der Ferne war das Geräusch eines sich nähernden Autos zu hören, das schnell herankam. Endlich hielt Peter neben ihr. Als sie Johnny gemeinsam hochhoben und zum Wagen hinüber bugsierten, um ihn auf die Rückbank zu legen, hatte sich Judith entschieden. „Er will keinen Arzt", sagte sie, als sie einstiegen um loszufahren. „Ich habe es ihm versprochen", fügte sie hinzu, als sie Peters erstauntem Blick begegnete, „förmlich geschworen. Er scheint fürchterliche Angst zu haben. Vielleicht ist er wirklich in Lebensgefahr."

„Zumindest ist der ganze Vorfall mehr als rätselhaft. Wer weiß, was dahintersteckt. Können Sie sich denn überhaupt darauf einlassen?"

Judith zog die Schultern hoch. „Haben Sie eine andere Idee? Ihn doch ins Krankenhaus bringen gegen seinen ausdrücklichen Willen? Würden Sie sich wünschen, dass man Sie so behandelt? Immerhin – vielen Dank, dass Sie mir helfen."

„Ist schon gut." Er schien verlegen. „Ich bin sogar irgendwie entfernt mit ihm verwandt. Seine Großmutter war eine Kusine meines Großvaters."

Peter legte eine halsbrecherische Geschwindigkeit vor. Dabei versuchte er, den einzelnen Schlaglöchern in der Straße auszuweichen, doch das gelang ihm nicht immer. Bei jedem Satz, den der Wagen machte, stöhnte Johnny auf. Judith war vorausgefahren und sprang hinaus, um das Tor zur Wiese neben dem Haus zu öffnen.

„Hier kann uns niemand von der Straße her beobachten", sagte sie, als sie Johnny vorsichtig um die Büsche herum zur Haustür trugen. „Vor allem nicht die Nachbarn. Gut, dass es nicht mehr so hell ist. Warten Sie, ich schließe auf. Ich denke, wir legen ihn hinten in den Raum, der wird kaum genutzt. Da steht eine Bank, die kann ich herrichten."

Sie legten Johnny auf die Bank, die Judith mit Kissen auspolsterte und schlugen ihn in mehrere Decken ein.

Peter nahm sein Handgelenk und fühlte den Puls. „Er scheint eine ziemliche Pferdenatur zu haben", stellte er fest, „der Puls ist schwach, aber regelmäßig. Ich tippe auf eine Gehirnerschütterung und ziemlich viele Prellungen. Vielleicht hat er ein paar Rippen gebrochen, keine Ahnung. Am besten, er schläft erst einmal."

Einen Moment standen sie schweigend im Garten.

„Hören Sie", sagte Peter endlich, „ich will Ihnen keine Angst machen, aber wenn irgendetwas passieren sollte, egal was, rufen Sie mich an. Das müssen Sie mir versprechen", sagte er sehr ernst, „sonst kann ich nicht versprechen, dass ich Schweigen bewahre. Ich glaube nicht, dass es sich um eine normale Prügelei gehandelt hat. Man schlägt niemanden zusammen und versteckt ihn so, dass er erst einmal nicht gefunden wird. Das geht meiner Ansicht nach über eine Auseinandersetzung, zum Beispiel wegen einer Frau, weit hinaus."

Judith nickte. „Da haben Sie Recht. Als ich ihn allerdings vorhin fragte, hat er abgestritten in etwas Illegales verwickelt zu sein."

„Ich habe keine Ahnung, mit welcher Art von Geschäften er sich abgibt. Offensichtlich ist er jemandem ordentlich auf die Füße getreten."

Judith sah ihm hinterher, als er den Wagen auf die Straße bugsierte und nach einem kurzen Gruß davonfuhr. Dann richtete sie ihre Schritte energisch in die Küche, setzte Wasser für eine Wärmflasche auf und durchforstete die bescheidene Hausapotheke nach Schmerztabletten. Schließlich machte sie noch einen Becher Tee und nahm alles hinüber zu ihrem Patienten, der jedoch in einen hoffentlich heilsamen, tiefen Schlaf gesunken war. Sie bugsierte die Wärmflasche unter die Decken, stellte ihm die restlichen Sachen auf einen Hocker neben die Bank und verließ auf Zehenspitzen das Zimmer.

Erst als sie sich mit einem Glas Whiskey in der Hand im Sessel saß, bemerkte sie ihre Anspannung.

Das Klappern der Zähne konnte sie mit einem ersten Schluck abstellen, es brauchte indes mehr, um das Zittern ihrer Hände in den Griff zu bekommen. Da hatte sie sich auf etwas eingelassen. Sie mochte gar nicht an die Konsequenzen denken. Sie schenkte sich noch ein Glas ein und trank einen Schluck.

Je länger sie das Glas in ihrer Hand betrachtete, umso unwahrscheinlicher erschien ihr das gerade Erlebte. Ganz abgesehen davon, dass sie die Leiche von Walter Hendt entdeckt hatte, und dass ein paar hundert Meter entfernt, in Sichtweite, zwei Menschen ermordet worden waren. Und Johnny nebenan lag, zusammengeschlagen. Gab es solche Zufälle? Konnte es wirklich sein, dass alles, was in den letzten Tagen geschehen war, rein gar nichts miteinander zu tun hatte? Konnte schon, musste aber nicht. Sie gähnte. Es war alles sehr merkwürdig. Dabei musste es erst einmal bleiben. Sie sollte besser darüber nachdenken, wie sie Johnny noch vor ihrer Abreise wieder aus dem Haus schaffte. Und zwar unbeobachtet. Sie zog eine Grimasse, als sie sich Marys Gesichtsausdruck bei seinem Anblick vorstellte, wurde aber schlagartig wieder ernst, als sie an Johnnies Zustand dachte.

Judith schüttelte sich leicht und füllte ihr Glas noch einmal mit einer ordentlichen Portion. Das sollte die bösen Geister vertreiben.

16.

Am Dienstagmorgen erwachte sie nicht nur mit einem empfindlichen Schädel, in dem rhythmisch ein Kopfschmerz klopfte, sondern im Augenblick des Aufwachens auch mit dem schrecklichen Moment der Erinnerung an den gestrigen Abend. Panisch schwang sie sich aus dem Bett. Das brachte ihr einen heftigen Anfall von Schwindel ein, der sie zur Seite taumeln ließ. Sie zwang sich zu langsamen Bewegungen und erreichte damit zumindest, dass sie den Abstieg zur Küche heil überstand. Und zu einem Glas Wasser greifen konnte, das sie in einem Zug hinunterstürzte. Auf den letzten Whiskey hätte sie besser verzichten sollen.

Judith öffnete die Tür zum hinteren Raum so behutsam, als erwartete sie, einen Toten zu wecken. Dieser Gedanke entlockte ihr ein schiefes Grinsen, aber sie war doch erleichtert, als sie Johnny auf der Bank liegen sah und sich die Decke leicht mit seinem Atem hob und senkte. Sie ging zu ihm hin und legte ihm die Hand auf die Stirn, die sich zu ihrer Zufriedenheit normal kühl anfühlte.

Das mit der Pferdenatur schien zuzutreffen.

Sich den Kopf haltend, schlich sie in die Küche zurück. Nach einem Kaffee, Aspirin und Toast fühlte sie sich besser.

Nicht so gut gelang es ihr, sich ihre Überlegungen vom letzten Abend ins Gedächtnis zurück zu rufen. Auf jeden Fall musste ihr Gast, wenn man ihn denn so nennen wollte, die beiden nächsten Tage unbemerkt und schnell genesen.

Und heute fand überdies die Beerdigung von Walter Hendt statt. Die hatte sie fast vergessen. Es schien keine besonders gute Idee, bei Marion und Tom anzurufen und sich nach dem Beginn zu erkundigen. Also blieben ihr Mary oder Annerose, die sie fragen konnte. Mary fühlte sie sich in ihrem augenblicklichen Zustand nicht gewachsen. Also blieb nur Annerose. Das kostete sie einige Überwindung, aber dann hatte sie die Telefonnummer herausgesucht und gewählt. Die blinkende Anzeige des Anrufbeantworters ignorierte sie erst einmal. Vorsichtshalber räusperte sie sich ein paar Mal, und als sich Annerose meldete, hatte sie eine einigermaßen klare Stimme.

„Guten Morgen, hallo, ich bin's, Judith."

„Judith, wie schön!" Falls sich Annerose über den Anruf wunderte, ließ sie es sich nicht anmerken. „Alles in Ordnung?"

„Ja, danke der Nachfrage. Weißt du, wann die Beerdigung von Walter Hendt beginnt und wo genau? Ich wollte mich nicht bei den Hendts erkundigen, und da habe ich mir gedacht, rufe ich am besten bei dir an." Was für ein Getue, dachte sie, doch der Zweck heiligt die Mittel. Ihre Gesprächspartnerin lohnte ihr den Einsatz.

„Ja, natürlich", erwiderte Annerose begeistert, „ich helfe gern. Wenn es nur das ist. Soll ich dich abholen? Andererseits beginnt ja der Gottesdienst erst um zwölf - wir könnten doch vorher gemütlich noch einen Tee bei mir trinken, dann steht man eine solche Angelegenheit doch viel besser durch. Und du Arme musst nicht ganz allein zur Kirche. Weißt du denn überhaupt, wo du hinmusst?"

Judith versuchte in fliegender Eile ihre Gedanken zu ordnen. Abholen kam überhaupt nicht infrage. Johnny musste geschützt werden.

„Das ist eine wunderbare Idee", rief sie schnell entschlossen ins Telefon. „Ich komme gleich vorbei. Ich muss mir nur noch etwas Passendes zum Anziehen heraussuchen und", ihr fiel auf die Schnelle nicht ein, wie sie noch etwas Zeit schinden konnte, „und ich muss mich noch um die Katze kümmern."

„Welche Katze?", fragte Annerose verwirrt.

„Ach, so eine Zugelaufene." Judith suchte verzweifelt ihr Hirn ab. „Sie versteckt sich immer im Haus und ich kann sie nicht drin lassen. Du weißt schon, nachher…"

Annerose schien überzeugt. „Komm, wenn du alles erledigt hast", sagte sie beruhigend, „ein bisschen Zeit haben wir noch."

Erschöpft ließ Judith das Telefon sinken: meine Güte, was hatte sie nur für einen Unsinn geplappert. Nun noch der Anrufbeantworter. „Hallo Judith, hier ist Gisela. Schade, dass du nicht da bist. Und auch dein Handy nicht an ist! Melde dich doch mal – bin neugierig!" Das musste warten.

Die Auswahl der Bekleidung nahm nicht viel Zeit in Anspruch. Mehr Kopfzerbrechen bereitete ihr, Johnny einfach allein zu lassen. Schließlich entschied sie sich, ihn zu wecken. Seine Augen waren schon geöffnet, als sie entschlossenen Schritts ins Zimmer hineinkam. Er drehte den Kopf zu ihr hinüber.

„Hallo", sagte sie leicht verlegen, „Sie sind ja wach!"

Er versuchte zu lächeln, aber offensichtlich verursachte die Bewegung Schmerzen, denn er fuhr sofort mit der Hand zum Kinn.

„Wie fühlen Sie sich?"

„Schrecklich, um die Wahrheit zu sagen. Wo bin ich überhaupt?"

„Bei mir, also, im Haus von den Freunden, in dem ich wohne. Peter Quinn hat mir geholfen, Sie hereinzubringen. Und wir haben keinen Arzt geholt, wie versprochen." Sie sah ihn erwartungsvoll an.

Endlich nickte er. „Danke. Für alles", sagte er leise, „das war sehr nett von Ihnen."

„Sie können gerne noch hierbleiben, zumindest so lange bis ich abreise", sagte sie energischer als beabsichtigt, „noch drei Tage. Dann fliege ich zurück. Und ich finde, Sie sollten mir vertrauen und sagen, was los war. Schließlich vertraue ich Ihnen ja auch. Für einen eifersüchtigen Ehemann, fanden wir, Peter und ich, hat sich jemand ziemlich viel Mühe gegeben, Sie aus dem Verkehr zu ziehen. Also bitte, ich möchte die Wahrheit hören."

Johnny hatte die Augen wieder geschlossen und Judith schwankte zwischen Ärger über seinen Rückzug und Besorgnis über seinen Zustand. Er öffnete die Augen und sah sie direkt an.

„Gut", sagte er ernster als sie ihn vorher jemals erlebt hatte, „das erscheint mir fair. Machen wir einen Deal: ich erzähle Ihnen so viel, wie Sie unbedingt wissen müssen, und Sie stellen mir keine weiteren Fragen. Ist das in Ordnung?"

Sie nickte.

„Die mich zusammengeschlagen haben, die kannte ich noch von früher. Als ich jung war. Für die ich damals, also vor ziemlich langer Zeit, mal was erledigt habe. Etwas für sie sehr Wichtiges. Als Junge oder junger Mann war ich, wie soll ich sagen, recht abenteuerlustig. Und die Sache war nicht ganz legal – nicht kriminell, das schwöre ich. Und jetzt sind sie halt wiederaufgetaucht. Und waren wohl nicht zufrieden mit mir", schloss er trocken.

Judith blickte mit gerunzelter Stirn auf ihn hinunter. „Das war jetzt sehr kryptisch."

Er griff nach ihrer Hand. „Glauben Sie mir, es ist besser, nicht mehr als das zu wissen. Für Sie und für mich. Verstehen Sie, ich habe meine Lektion gelernt." Er zeigte auf sein Kinn. „Und lassen Sie es dabei: sagen Sie niemandem etwas. Wirklich niemandem. Bitte."

Was konnte sie anderes tun, als seine Hand beruhigend zu drücken und ein weiteres Mal ein Versprechen zu geben, von dem sie sicher war, dass es grundfalsch war.

Es fiel ihr doch noch eine Frage ein: „Bevor ich es vergesse: Sie haben sich am Sonntag mit Lorenz getroffen. Hat er Ihnen eigentlich von der Ausgrabung bei St Brendan´s Well erzählt? Er wollte nachmittags dort vorbeigehen".

„Nein, wieso? Er hat nichts gesagt".

Judith zögerte kurz, dann entschloss sie sich zu reden. „Sie wissen von dem Mord an den Archäologen?"

Johnny starrte sie einen Moment an. Er schien noch blasser geworden zu sein. Sie ließ den Umstand unkommentiert, wagte aber einen weiteren Vorstoß: „Finden Sie nicht doch, dass Sie zur Polizei gehen sollten? Es könnte einen Zusammenhang zu Ihrem, na ja, Unfall, und dem Mord geben. Finden Sie nicht?" Sie blickte ihm in die Augen. „Inspektor Heeny scheint mir gar nicht so unzugänglich zu sein, wenn man ihm nur alles erklärt. Ich lasse Ihnen seine Karte hier, falls Sie es sich überlegen wollen."

Sie legte die Visitenkarte auf den Tisch. Bevor sie noch etwas sagen konnte, schloss er die Augen und wandte den Kopf zur Wand. Kopfschüttelnd stand sie auf und ging zur Tür.

Johnny sah ihr hinterher. Mehr hätte er wirklich nicht sagen können, ohne sie in Gefahr zu bringen. Das waren sie gewesen, ohne Zweifel. Warum sie ihn nicht ganz erledigt hatten, war ihm ein Rätsel. Vielleicht hatten sie ihn für tot gehalten? Es war ihm zwar nicht klar, warum, aber irgendwann hatten sie von ihm abgelassen. Vielleicht war er es ihnen nicht Wert? Viel hatte er nicht gesagt. Nicht sagen können, weil er nichts wusste. Oder, wenig wusste.

Er zog die Decke höher. Ihn fröstelte, als er an die Szene zurückdachte. Und an die Grotte. Er hätte schon sterben können. Wenn sie ihn nicht gefunden hätten.

Die Frage war, wie weiter. Am besten er verschwand für eine Weile. Allerdings: ohne Hilfe schaffte er es nicht. Wem konnte er vertrauen? Und wenn er Polizeischutz verlangte?

Er ließ sich auf die Kissen sinken. Alles war so mühsam.

Nachdem Judith ihm Tee und ein paar Brote hingestellt und beteuert hatte, so schnell wie möglich nach der Beerdigung wieder zurück zu kommen, machte sie sich endlich auf den Weg. Sie hatte es nicht weit, denn Anneroses liebevoll gepflegtes Cottage lag etwas versteckt gleich hinter der nächsten Straßenkreuzung.

Es war nur zu offensichtlich, dass das Haus von einer Person bewohnt wurde, die dem Drang zur Verschönerung hemmungslos nachgegeben hatte. Staunend nahm Judith nicht nur die stolze Anzahl Gartenzwerge wahr, die sich um ein Schneewittchen im Hollywoodstil gruppierten, sondern sah sich auch mit einer lustig im Wind rotierenden Windmühle konfrontiert nebst einem Vogelhäuschen, das einer strohgedeckten irischen Bauernkate nachempfunden war. Furcht befiel sie, wie es wohl drinnen aussah.

„Hallo", rief Annerose unsichtbar hinter einer der mit gemalten Blumengirlanden verzierten Türen, „komm doch herein! Nur keine Scheu. Ich bin hier hinten in der Küche. Gerade habe ich gedacht, es wird Zeit, dass du kommst und habe Wasser für den Tee aufgesetzt."

Judith entschied sich für die letzte Tür und stieß sie mutig auf. Anneroses Interesse an Dekoration beschränkte sich zu ihrer Beruhigung mehr auf den Außenbereich: die Küche war, abgesehen von einem mit einem Sinnspruch bestickten Tuch über dem Herd und der Vorliebe für Volantgardinen an allen Fenstern, so belassen, wie es sich für ein irisches Haus gehört.

Judith begrüßte die Ältere daher mit einer geradezu liebevollen Umarmung, schon aus schierer Erleichterung.

„Den kann ich jetzt gebrauchen", sagte sie dankbar, als sie sich niedergelassen hatte und nahm den Tee entgegen. „Wann müssen wir denn los?"

Annerose blickte auf die Uhr. „Ich denke, so zwanzig Minuten bleiben uns. Du kennst doch die Kirche in Knightstown, oder? St John´s the Baptist? An der Kreuzung, mit dem Park, den sie letzthin wiederhergerichtet haben. Haben sie wirklich nett hinbekommen."

Judith musste eingestehen, dass sie die neue Gestaltung bisher nicht recht gewürdigt hatte, so zuckte sie nur mit den Schultern. „Und der Friedhof, wo ist der?"

„Richtung Leuchtturm. Man sieht von der Straße nicht, dass es ein Friedhof ist", fügte sie hinzu, als sie Judiths ratlosen Blick auffing, „er ist total zugewachsen. Ganz im Gegensatz zum Katholischen. Eigentlich eine Schande, aber seit Jahren ist dort niemand mehr beerdigt worden. Die Familien, die noch zur Church of Ireland gehören, begraben ihre Toten lieber in Waterville. Der Friedhof wird wenigstens gepflegt. Marion hat wohl durchgesetzt, dass Walter hier auf der Insel liegt. Keine Ahnung warum."

Annerose sah Judith geradezu vorwurfsvoll an, und diese sah sich genötigt den Entschluss der Witwe zu verteidigen.

„Vielleicht hat es Walter Hendt testamentarisch verfügt", sagte sie, „so abwegig finde ich den Wunsch hier begraben zu sein, nicht. Zumindest liegt der Friedhof wahrscheinlich schöner als jeder andere in Deutschland."

So leicht gab Annerose nicht klein bei. „Sieh dir doch an, wie ungepflegt die Friedhöfe hier sind. Beton auf den Gräbern, keine Blumen, nur dieses Plastikzeugs, dazwischen einfach Gras und überall Unkraut. Hier kümmert man sich nicht um die Toten, höchstens an Jahrestagen."

„Braucht man denn ein Grab, um an jemanden zu denken?" Judiths Ton war schärfer als beabsichtigt. „Ich möchte das eher nicht", fügte sie versöhnlicher hinzu, mit Blick auf die störrische Miene ihrer Gastgeberin, „es sollte doch jeder so halten, wie er will, nicht wahr?"

„Nun ja, vielleicht", lenkte Annerose, eingedenk der ihnen bevorstehenden Zeremonie, ein, „außerdem geht es uns nichts an."

Dem konnte Judith nur zustimmen. Und dann wurde es Zeit aufzubrechen.

Vor der Kirche, in der Anlage davor, selbst auf der Straße, standen Menschen.

„So viele", murmelte Judith zu Annerose gewandt, als sie langsam auf den Eingang zugingen.

„Walter war sehr angesehen auf Valentia, auch wenn es in der letzten Zeit, wegen des Golfplatzes, etwas Probleme gab. Jeder kannte ihn. Und du darfst nicht vergessen, dass er einer der ersten Deutschen war, der sich hier niedergelassen hat. Deshalb bezeugen ihm heute viele Menschen ihren Respekt."

In der Kirche waren bereits fast alle Plätze besetzt. Judith konnte gerade noch einen Blick auf Marion, Tom und Andi werfen, die in der vordersten Reihe saßen, dann wurden sie von den Nachströmenden sanft, doch nachdrücklich weiter geschoben und fand sich schließlich hinten in einer der letzten Bänke neben einer Gruppe von unbekannten Menschen wieder, die sie und Annerose mit gemessenem Nicken in ihre Runde aufnahmen.

Unwillkürlich reckte Judith den Hals, um nach Bekannten Ausschau zu halten. Sie glaubte, Mary an ihrem Hinterkopf unter den vor ihr Sitzenden zu erkennen. Annerose hatte sich in die geflüsterte Unterhaltung ihrer Nachbarn eingeschaltet, so dass Judith Muße hatte, ihren eigenen Gedanken nachzuhängen.

Inzwischen war es ruhig geworden. Gemessenen Schrittes, begleitet von dem Spiel eines Harmoniums, bewegte sich der Geistliche durch den Mittelgang auf den vor dem Altar aufgebahrten Sarg zu. Die Trauerfeier begann.

Während um sie herum alle mit Andacht den weiteren Verlauf des Gottesdienstes verfolgten, konnte sich Judith nicht konzentrieren. Immer wieder schweiften ihre Gedanken ab und beschäftigten sich mit den Ereignissen der letzten Woche. Auch jetzt, während der Beerdigung, kam es ihr so vor, als bewege sie sich in einem Film und nicht in der Realität.

Die Urlaube, die sie in unregelmäßigen Abständen mit den Freunden hier auf der Insel verbracht hatte, waren nie besonders aufregend verlaufen. Wunderschön, allerdings ohne Höhepunkte, die sie besonders vermerkt hätte. Ganz normale erholsame Ferien eben.

Abgesehen vielleicht von dem im letzten Jahr mit Richard. Sie schloss die Augen. Das zählte nicht, oder? Abgesehen von den vielen Stunden, die sie ... Und natürlich, es gab diesen grässlichen Segelausflug in Richtung der Skelligs, den sie permanent über die Reling hängend, sich nach einem schnellen Tod sehnend, verbracht hatte.

Ihre Gedankengänge wurden rüde unterbrochen, als der Gottesdienst zu Ende ging. Ihre Banknachbarn waren nach dem Segen still aufgestanden und sie ahmte sie in aller Eile nach, als Annerose sie in die Seite stieß. Das Harmonium begann zu spielen, während sechs Männer den Sarg hochhoben und ihn langsam hinaus zu dem draußen wartenden Wagen trugen. Marion, Tom und Andi folgten mit gesenktem Blick.

In großen und kleineren Gruppen schlossen sich die Menschen an den Leichenwagen an, der sich in Richtung Friedhof in Bewegung setzte.

Nach einer Weile löste sich die bedrückte Stimmung, hörte man das eine oder andere etwas lautere Wort oder sogar ein Lachen.

Auch Judith gelang es nicht auf Dauer, eine dem Anlass angemessene Trauerstimmung aufrecht zu erhalten. Sie ließ ihre Blicke schweifen: hinunter zu der unter ihnen liegende Bucht, an deren Ende sich der Leuchtturm strahlend weiß gegen das graue Meer abhob, und hinüber zu den Klippen des gegenüber liegenden Festlandes. Es übersteigt einfach unsere Vorstellungskraft, dachte sie, dass das alles ohne uns weiter existieren wird. Lieber leugnen wir unsere Sterblichkeit. Oder glauben an eine Existenz über den Tod hinaus. Eigentlich ein tröstlicher Gedanke, als Geist unter den Lebenden zu weilen. Schade, dass sie ihn nicht teilen konnte.

Sie hatten den Friedhof erreicht.

Nach einem letzten Gebet wurde der Sarg hinuntergelassen. Die Anwesenden gaben nacheinander dem Verstorbenen einen letzten Gruß mit auf den Weg, den Angehörigen einen Händedruck und ein paar Worte des Trostes.

Judith hasste diesen Teil der Zeremonie und musste einen Impuls zur Flucht unterdrücken, trat aber dann doch gemeinsam mit Annerose vor. Marion schien wie erstarrt und reichte ihr nur kurz die Hand, während Tom ihre beiden Hände nahm und sie drückte. „Danke, dass du gekommen bist", sagte er leise. „Wir haben noch eine kleine Trauerfeier im Royal. Ich hoffe, du kommst."

Sie nickte.

Die Geste war Annerose nicht entgangen. „Kennt ihr euch näher?" fragte sie neugierig, als sie gemeinsam zurück in den Ort zum Hafen hinunter gingen.

„Nicht näher", antwortete Judith vage, „den Umständen entsprechend halt."

Annerose ließ nicht locker. „Ein interessanter Mann. Und nicht verheiratet, soviel man weiß." Sie schaute Judith auffordernd an.

„Danke für den Hinweis, Annerose, aber ich suche nicht."

Annerose zog einen Flunsch. „So war es nicht gemeint", sagte sie beleidigt, „wofür hältst du mich."

Judith verbiss sich eine Antwort, und sie legten die letzten Meter in gemeinsamem, wenn auch nicht trautem Schweigen zurück.

Das Royal Hotel, in kaum mehr erinnerten Zeiten das erste Haus am Platze, das seinen Namen zu Ehren von König George und Königin Mary trug (die Valentia einmal mit ihrem Besuch beehrt hatten), nunmehr ein nicht mehr ganz so königliches Hostel, hatte sich in den Stuckdecken und den hohen, dunklen Holztüren ein wenig von der alten Pracht bewahrt. Geblieben waren die Jugendstilfenster im Treppenhaus, die alten Holzpaneele und die geschnitzten Brüstungen. Hinzu gekommen waren moderne Cafetischchen, unbequeme Stühle und ein Neonlicht, das sogar Gesunden eine krankenhausfahle Blässe gab, die sie aussehen ließ, als stünden sie – dem Anlass entsprechend - kurz vor ihrem Ableben.

Judith bediente sich an dem mit Sandwichs und Kuchen reichhaltig bestückten Büffet und schlenderte mit ihrem Teller müßig durch den Raum, in der Hoffnung, einen der raren Stühle zu ergattern. Nicht, dass sie bewusst Annerose ausweichen wollte, sie sehnte sich einfach nach einem Augenblick der Ruhe – zumindest nach einem Moment ohne permanentes Gerede. Als sie endlich einen Platz gefunden hatte, ein

Sitzkissen in einem der tiefen Fensternischen, das jemand unvorsichtiger Weise ohne Aufsicht gelassen hatte, dauerte es allerdings keine zwei Minuten, bis sich Tom zu ihr hin bewegte, nicht ohne alle paar Schritte stehen bleiben zu müssen, um die Kondolenzen entgegen zu nehmen. Befangen sah sie ihn näherkommen, bis er endlich neben ihr stand.

„Ich sehe, du bist Annerose entkommen", sagte er augenzwinkernd, „war sicher nicht leicht."

Sie musste lächeln. „Ich hatte jetzt doch eine Pause nötig. Obwohl, sie ist sehr nett."

„Ja, ist sie." Tom schien nicht vollständig überzeugt. „Und dir geht es gut?" Er musterte sie. „Du siehst müde aus."

Sie fühlte, dass sie mal wieder rot wurde. „Oh, nur nicht so gut geschlafen", sagte sie hastig. „Und du? Wie geht es dir? Nicht gut, oder?"

Ihre Augen begegneten sich kurz und einen Moment lang spürte Judith die alte Anziehungskraft – es knisterte leicht zwischen ihnen. Ganz unangemessen. Er straffte die Schultern und zuckte die Achseln.

„Es geht. Ist ja gleich vorbei. Und es gibt so viel zu tun. Für Marion ist es schwerer." Er zögerte, als ob er noch mehr sagen wollte, entschied sich dann dagegen. „Wann fährst du eigentlich?" fragte er statt dessen., „Wolltest du nicht noch einmal vorbeikommen?"

Sie nickte zögernd. „Ja, wenn es Marion passt, komme ich gerne. Ich fliege am Freitag zurück. Am besten, ich rufe an, oder?"

„Ja, mach das. Ich würde mich freuen. Sehr sogar."

Ein während ihrer kurzen Unterhaltung immer lauter gewordenes Stimmengewirr am Eingang lenkte ihn ab. Er legte ihr kurz die Hand auf die Schulter.

„Entschuldige mich einen Moment. Ich bin gleich zurück. Will nur mal gerade sehen, was da hinten los ist."

Judith verfolgte, wie er sich zur Tür durchdrängte, nur um noch zu sehen, dass er in dem immer dichter gewordenen Kreis von Menschen, der sich in der Tür gebildet hatte, unterging.

„Was ist denn da los?" Marion war hinter Judith getreten und versuchte, auf Zehenspitzen stehend, ebenfalls die Ursache des pietätlosen Lärms zu ergründen.

„Ich habe keine Ahnung."

Immer mehr Köpfe hatten sich inzwischen zum Eingang hingedreht. Halblaute Fragen und Vermutungen wurden laut, und wie auf ein geheimes Zeichen hin setzten sich immer mehr Trauergäste Richtung Tür in Bewegung. Es wurde unangenehm eng. Judith sah, wie Tom sich mühsam einen Weg zurück bahnte. Von hinten rief jemand, was denn los sei, mehr Rufe nach Aufklärung ertönten. Tom widerstand nicht länger, sondern stieg auf einen Stuhl, um sich Gehör zu verschaffen. Die Menschen kamen zu Judiths großer Erleichterung allmählich zum Stehen, während sich alle Gesichter Richtung Tom drehten.

Er hob besänftigend die Arme. „Bitte! Bitte! Es hat wegen der Morde an St Brendan's Well eine Verhaftung gegeben." Er holte Luft. „Es handelt sich um Hannah Govern und Sean Doherty. Weiteres ist noch nicht bekannt."

Sein letzter Satz ging im allgemeinen Stimmengewirr unter, aus dem einige Missfallensbekundungen herauszuhören waren. Mehr und mehr Anwesende drängten nach draußen, wohl in der Hoffnung, dort über die mageren Sätze hinaus Genaueres zu erfahren.

„Hallo!" Mary tauchte hinter Judiths Schulter auf. „Hast du das gehört?" Sie tippte sich an die Stirn. „Idiotisch!"

Judith konnte nur nicken, sie war wie vor den Kopf geschlagen. „Das kann doch nicht wahr sein", brachte sie nach einer Weile heraus.

Mary schien ebenfalls geradezu unter Schock zu stehen. „So ein Schwachsinn. Ausgerechnet Hannah. Und Sean. Das glaube ich einfach nicht."

Irgendwie war es Tom gelungen, sich wieder zu ihnen durchzuschlagen. „Doch", sagte er trocken, „was glaubst du, warum vor der Tür jetzt die Hölle los ist."

„Das ist doch Blödsinn. Warum sollten denn Hannah und Sean…?" Judith musste sich räuspern.

„Ich hole uns etwas zu trinken." Marion war aufgestanden, aber Tom hielt sie zurück.

„Lass nur", sagte er, „ich glaube, wir gehen besser. Wir müssen nur Andi finden, dann können wir meinetwegen gleich los." Er wandte sein bleiches Gesicht Judith zu. „Du entschuldigst uns doch sicher, oder? Irgendwie reicht es jetzt. – Und du kommst noch vorbei bevor du fährst, versprochen? Ich wollte dir doch die Pläne zeigen, wenn du dich erinnerst."

Judith runzelte die Stirn. „Pläne?"

„Die vom Golfplatz." Der Golfplatz.

„Ja, gut, ich komme", sagte sie, „bis dann." Vorsichtig berührte sie Marions Arm zur Verabschiedung, die ihr kurz, ohne sie anzusehen, die Hand drückte und sich dann von Tom zur Tür schieben ließ.

Mary hatte die ganze Zeit mit gerunzelter Stirn vor sich hingesehen und fast geistesabwesend den beiden einen Abschiedsgruß hinterher geschickt.

Dann wandte sie sich Judith zu. „Erinnerst du dich? Am Sonntag, das rote Auto, das auf der Straße gestanden hatte? Vielleicht hatte es etwas zu bedeuten."

Judith schüttelte vehement den Kopf. „Nein, nein. Das war nur Lorenz. Lorenz Fischer, der sich von mir verabschiedet hat."

„Ach so." Mary schien enttäuscht. Sie lächelte schief. „Also keine heiße Spur. Na gut. Es wird sich schon noch herausstellen, wer es wirklich getan hat. Hoffe ich. Ich muss los, Pat ist schon gegangen. Wir sehen uns noch, oder?" Und weg war sie.

Der Raum war fast leer. Die Kellnerin hatte begonnen, von Tisch zu Tisch zu gehen und Tassen, Teller und Gläser einzusammeln. Judith sah sich um. Niemand, den sie kannte. Sie fühlte sich plötzlich ganz verlassen und wünschte sich einen, allerdings nur kurzen Moment, Annerose an ihre Seite zurück. Die steckte wahrscheinlich draußen und diskutierte fröhlich die überraschende Neuigkeit, konstatierte sie bitter. So viel zu Anstand, Trauer und so weiter. Es half nichts, wenn sie nach Hause wollte, musste sie Annerose auftreiben. Müde erhob sie sich. Irgendwie, fand sie, war es jetzt mal genug der Überraschungen.

Marion lehnte den Kopf gegen die Scheibe. Es war vorbei. Sie hörte wie Andi, der sich auf der Rückbank in die Ecke gedrückt hatte, laut gähnte.

Sie drehte den Kopf zu Tom. „Ich fliege nächste Woche nach Deutschland zurück", sagte sie leise, „mit Andi. Und werde nicht so schnell wiederkommen".

Er nickte, ohne die Augen von der Straße zu nehmen. „Das habe ich mir schon gedacht", sagte er, „weißt du schon, wo du bleibst?"

„Erst einmal bei meiner Mutter. Nur kurz, bis ich alles geklärt habe. Mit den Anwälten. Denke ich", fügte sie noch leiser hinzu. „Ach, Tom", sie unterdrückte ein Schluchzen, „ich bin schuld, ganz allein ich. Wenn wir uns nicht so gestritten hätten, dann…"

„Unsinn". Tom bremste und fuhr an den Straßenrand. „Marion", er nahm ihre Hände zwischen die seinen und drückte sie, „das ist Unsinn, das weißt du doch. Es war ein Unfall. So etwas passiert. Unglücklicherweise. So ist das Leben". Er strich ihr die ins Gesicht gefallenen Haare zurück. „Gemein und ungerecht. *That's it.*" Er zögerte. „Ich weiß, dass ihr manchmal nicht einer Meinung wart. Ja, okay, auch, dass ihr euch gestritten habt. Das haben Walter und ich ebenfalls". Tom schluckte, dann sah er Marion in die Augen. „Wegen des blöden Golfplatzes. Sogar ziemlich heftig. Und ich war mir nicht sicher, danach, meine ich, wie es ihm mit dem Streit ging."

Dieses Mal nahm Marion seine Hände.

„Ich kann mir nicht vorstellen, dass ihm unsere Auseinandersetzung so an die Nieren gegangen ist. Selbst, dass ich nicht mehr mitmachen wollte. Es ist einfach Unsinn, dass er sich umgebracht haben könnte".

„Nein, das kann ich auch nicht", sagte sie, „nicht wirklich. Es hat schon seine Richtigkeit, mit der Untersuchung, meine ich: wie der Coroner sagte: es war ein Unfall, ein idiotischer Unfall, der jedem passieren kann. Damit muss man sich wohl abfinden. Allerdings, dass ich mich schuldig fühle, das wird mir bleiben."

17.

Kaum hatte Judith das Haus verlassen, zog sich Johnny langsam hoch bis er aufrecht saß. Ihm war schwindlig und er brauchte eine ganze Weile, um sich wieder fangen. Aber es brachte nichts, noch länger zu warten, so oder so.

Er hatte sich gerade noch zusammenreißen können, als Judith von dem Mord gesprochen hatte. Fast hätte er aufgeschrien, …. in dem Moment war ihm erst wirklich bewusstgeworden, wie knapp er davongekommen war.

Obwohl – er hätte es ahnen können. Müssen. Ihn fror wieder. Und wenn er gar nichts gesagt hätte? Dann lebte er jetzt nicht mehr. So einfach war das. War es seine Schuld? Aber wieso Archäologen? Was hatten Archäologen damit zu tun?

Er hatte den einen Typen sofort wiedererkannt, im Pub in Ballinskelligs. Selbst nach so vielen Jahren. So einen vergisst man nicht. Und dass sein plötzliches Erscheinen Ärger bedeuten würde, das hatte er förmlich gerochen. Warum war er nicht auf der Stelle untergetaucht!

Vorsichtig suchte er seine Taschen nach dem Handy ab. Gedankenversunken starrte er ein paar Minuten auf das Telefon hinunter. Er war davongekommen. Dieses Mal. Die Frage war, ob es ein nächstes Mal geben würde.

Warum hatten sie diese Archäologen umgebracht? Er stöhnte auf. Hörte das denn niemals auf, selbst nach so langer Zeit? Der Kampf war doch schon lange ausgekämpft.

Also abhauen. Johnny blickte immer noch auf sein Telefon hinunter. Bloß wohin? Mutlos ließ er sich zurücksinken. Irgendwo neu beginnen. Eigentlich war er zu alt für so einen Unsinn. Und hatte gar keine Lust darauf. Wegen dieser Idioten. Was hatte das noch mit ihm zu tun? Es war Vergangenheit. Er merkte, wie Wut in ihm hochstieg. Wegen denen alles aufgeben?

Entschlossen nahm er die Karte und tippte die Nummer ein.

Judith brummte der Schädel, als sie endlich in die Straße zum Cottage einbogen. Nicht nur, dass ihr Annerose während der gesamten Fahrt ihre allumfassende Meinung zur Verhaftung, wie auch zum Mordfall selbst, auseinandergesetzt hatte. Sie wiederholte auch in aller Ausführlichkeit, was alle anderen, mit denen sie sich ausgetauscht hatte, dazu gesagt hatten. Und das war viel.

Lorenz war nicht der Einzige, dem die Sage von dem verborgenen Schatz unter der Quelle bekannt war: sie gehörte offensichtlich zum erzählerischen Erbe der Insel. Allein die Größenordnung und die Umrechnung in heutige Zahlungsmittel bereitete Schwierigkeiten. Man war sich laut Annerose nicht sicher, ob der Schatz nicht Eigentum des Staates sei und insofern die Tatsache, die Diebe zu bestehlen, mildernde Umstände verlangte. Der Mord, die Tat als solche, fand keine Billigung. Der Umstand, dass die Ermordeten nicht von der Insel stammten, wurde hingegen entschuldigend ins Feld geführt.

Einhellige Meinung herrschte darüber, dass, vorausgesetzt sie hätten es getan, Sean die treibende Kraft nicht nur bei der Ermordung des Paares, sondern auch bei der Bergung des Schatzes gewesen sei. Hannah wurde zur simplen Mitwisserin degradiert, die es nicht übers Herz brachte, ihren Neffen der Polizei auszuliefern. Judith nahm diese Interpretation der Ereignisse stillschweigend zur Kenntnis, zum einen, weil sie der Stimmgewalt der Vortragenden nichts entgegenzusetzen hatte, zum anderen, weil sie endlich nach Hause wollte.

Als Erstes musste sie Johnny natürlich die erstaunliche Entwicklung der Dinge erzählen, anschließend galt es zu bereden, wie es mit ihm weitergehen sollte.

Vorsichtig klopfte sie an die Tür und wartete eine Weile, ehe sie, nachdem sie keine Antwort bekommen hatte, ins Zimmer schlüpfte. Weder dort, noch im Bad oder in den anderen Räumen, die sie nach und nach irritiert absuchte, fand sich eine Spur von ihm. Immer aufgeregter lief sie sogar den Garten ab und untersuchte den Geräteschuppen, musste sich aber eingestehen, dass er einfach das Weite gesucht hatte. Eine Sekunde lang dachte sie an Entführung, ließ diesen Gedanken jedoch sofort wieder fallen. Man musste es nicht zu weit treiben. Sie sah noch einmal, dieses Mal systematisch, das Zimmer durch und tatsächlich fand sich ein zusammengefalteter Zettel neben der Lampe mit einem säuberlich geschriebenen *„Thanks for everything. I better leave you. J."*

Sie starrte eine Weile auf die Worte, die auch nach intensiver Lektüre nicht mehr preisgaben als sie tatsächlich bedeuteten. Wie konnte er sich bloß so einfach davonmachen! Es war nicht ausschließlich Besorgnis wegen seiner Verletzungen, gestand sie sich ein. Sie fühlte sich hintergangen: das Risiko, das sie eingegangen war, wurde nicht gewürdigt. Oder ärgerte sie sich, weil es vielleicht gar keins war?

Immerhin, er, sie – wer immer sie waren, hatten ihn nicht totgeprügelt.

Sie beschloss, Peter Quinn anzurufen, unter der Gefahr seine gesamte Familie aufzuscheuchen.

Er war es selbst, der den Anruf entgegennahm. Sie wurde ruhiger, als sie seine Stimme vernahm. „Johnny ist weg", sagte sie einfach, „was soll ich denn jetzt tun?"

„Nichts", war seine lakonische Antwort.

„Und seine Verletzungen", sagte sie zaghaft, „ich, wir können ihn doch nicht einfach…"

„Doch, können wir. Judith, bitte, was wollen Sie denn noch tun, wenn er sich nicht helfen lassen will? Es handelt sich um einen erwachsenen Menschen. Zugegeben, er verhält sich manchmal nicht so, aber es war seine Entscheidung."

Judith seufzte. „Wahrscheinlich haben Sie recht", sagte sie, „andererseits: könnten Sie nicht doch mal kurz schauen, ob er zu Hause ist?"

„Eher unwahrscheinlich ... Okay, wenn es Sie beruhigt."

Sie verabredeten, dass er sie zurückrufen sollte, falls er tatsächlich etwas entdeckte.

Es blieb ihr nichts Anderes übrig, als zu warten und sich zu überlegen, wie sie ihre Unruhe am ehesten im Zaum halten konnte. Also dachte sie nach, ob ihr noch etwas zu tun übrigblieb. Sie hatte mit Mary geredet, das Interview geführt, war spazieren gegangen, hatte Killarney besucht. Was noch? Fenster putzen? Schubladen aufräumen? Das Interview abtippen? Nichts davon konnte sie wirklich begeistern.

Besser, sie telefonierte gleich.

Eine kurze Verzögerung erreichte sie, indem sie auf der Suche nach Lorenz' Telefonnummer herumtrödelte. Schließlich hielt sie den Zettel in der einen Hand, das Telefon in der anderen und wählte. Das

Freizeichen ertönte. Dann die künstliche Computerstimme des Anrufbeantworters. Judith holte Atem. „Lorenz, hier ist Judith. Es ist hier etwas Schlimmes passiert. Bitte, ruf zurück. Danke. Tschüss." Sie drückte die Austaste.

Fast hätte sie sich am Schluss noch verhaspelt. Ihr Herz klopfte laut. Sie schüttelte den Kopf über sich. Aber mit Logik, das wusste sie aus Erfahrung, konnte sie ihrer Furcht nicht beikommen. Dabei wollte sie doch nur ihre Neugier befriedigen: hatte Lorenz nun etwas bei der Ausgrabung gesehen oder nicht?

Judith wachte zu ihrer Verwunderung ziemlich spät und rundherum ausgeschlafen auf.

Allerdings, alle Gedanken, die sie gestern umgetrieben hatten, tauchten sofort wieder auf, kaum, dass sie die Augen aufschlug. Selbst mehrere Tassen Kaffee und das mehrmalige Durchsehen ihrer Notizen lenkten sie nicht von dem ab, was sie wirklich beschäftigte: was steckte hinter all dem, was passiert war?

Dann fiel ihr Auge auf die hektisch blinkende Anzeige des Telefons und siedend heiß fiel ihr ein, dass sie schon gestern vergessen hatte Gisela zurück zu rufen. Zwei verpasste Anrufe, natürlich beide von der Freundin. Kein Anruf von Lorenz.

„Na endlich", ertönte es direkt nach dem ersten Klingelton. Gisela musste direkt neben dem Telefon gestanden haben. „Wird auch wirklich Zeit!"

„Guten Morgen", gab Judith mit einem Rest Würde zurück. „Sei mir nicht bös', ich war einfach fix und fertig – gestern war doch die Beerdigung von Walter Hendt. Und es ist soviel passiert, dass ich gar nicht weiß wo beginnen."

„Am besten am Anfang", kam es trocken zurück.

Judith zögerte einen Moment. „Haben wir am Sonntag zuletzt miteinander gesprochen?" Es kam ihr vor, als seien Jahre seit ihrem letzten Telefonat vergangen.

„Ja, am Sonntag", bestätigte Gisela, „und du hast Lorenz zum Tee erwartet."

„Ja, der ist dann auch gekommen."

„Und...?"

„Nichts und", antwortete Judith gereizt, „wir haben Tee getrunken und Adressen ausgetauscht, nichts weiter. Du und deine Hintergedanken, das wird langsam zur Manie. Gisela, lass es doch einfach. – Sonst erzähle ich dir nicht, was sonst noch Aufregendes passiert ist."

Die Drohung half. „Ist ja gut, ich gelobe Besserung! Du weißt doch, dass ..."

„... wie meine Mutter. Versprich hoch und heilig, dass du alle Verkuppelungsversuche, jede Andeutung in diese Richtung lassen wirst."

„Ich verspreche es, meinetwegen hoch und heilig", gab Gisela zurück, „jetzt erzähl endlich."

Und Judith erzählte.

Gisela war hinreichend beeindruckt. Allerdings nicht von Judiths Spekulationen, die sie zögerlich angefügt hatte.

„Quatsch", erwiderte sie auf die von Judith schon vorsichtshalber als Fragen formulierten Überlegungen. Sie schnaubte verächtlich durch die Nase. „Du spinnst. Totschlag im Affekt. Oder im Suff, das kann ich mir auf der Insel gut vorstellen. Dass jemand gezielt Leute umbringt wegen eines Golfplatzes, Judith, in Irland, auf Valentia, nein, das glaube ich einfach nicht. Und wenn du recht überlegst, wie sollen denn

Sean und Hannah..." Sie vollendete den letzten Satz erst gar nicht.

„Ja", gab Judith zu, „ich habe mir schon das Hirn zermartert, so richtig passt das alles nicht zusammen. Ich könnte mir noch vorstellen, dass es Sinn macht, Walter Hendt um die Ecke zu bringen, um das Projekt zu stoppen. Dagegen die Archäologen, die sind doch in dem Zusammenhang eher nützlich. Und das mit Johnny passt überhaupt nicht."

„Sage ich doch, da steckt was Anderes dahinter!"

Beide schwiegen. „Dann überlassen wir das mal der Polizei", sagte Judith schließlich, „ich werde jetzt mein Versprechen einlösen und hinunter zu Marion und Tom gehen, Abschiedsbesuche machen. Vielleicht halte ich noch bei Mary und sehe, ob ich etwas Neues erfahre."

Gisela stimmte zu. „Lass nicht wieder so viel Zeit verstreichen, bis du dich wieder meldest."

Judith versprach es und es gelang ihr nach einigem Hin und Her, das Gespräch mit der Freundin zu beenden.

Sie atmete einmal tief durch, dann griff sie erneut zum Telefon und tippte die Nummer der Hendts ein. Tom antwortete sofort.

„Hallo, ich bin´s, Judith." Sie räusperte sich.

„Hallo. Schön, dass du dich meldest." Toms Stimme klang abwartend.

„Ich wollte auf dein Angebot zurückkommen und heute Vormittag vorbeischauen, wegen der Pläne, du weißt schon – natürlich nur wenn es euch passt? Oder ist es zu früh?"

Unbeholfen schwieg sie. Zu ihrer Erleichterung stimmte Tom sofort zu, und nachdem sie noch ein paar höfliche Floskeln ausgetauscht hatten, beendete

Judith das Gespräch mit dem unbehaglichen Gefühl, dass das Geringste von dem, das hätte gesagt werden können, tatsächlich gesagt worden war.

Bevor sie nur einen Gedanken darauf verschwenden konnte zu kneifen, wählte sie eilig Lorenz Nummer.

„Fischer."

Judith musste husten, vor lauter Überraschung verschluckte sie sich.

„Hallo – wer ist denn da?"

„Hallo Lorenz, hier ist Judith. Entschuldige, ich habe gerade Probleme." Sie ließ das Telefon sinken und hustete einige Male nachdrücklich. Wie peinlich. Sie nahm erneut Anlauf. „Tut mir leid, so wollte ich dich eigentlich nicht begrüßen!"

Lorenz lachte.

„Hallo Judith – macht nichts – schön, dich zu hören!" Er klang ehrlich erfreut. Judith zögerte einen Moment, dann gab sie sich einen inneren Ruck.

„Lorenz, ich überfalle dich vielleicht gerade mit meiner Frage, aber es ist wichtig. Weshalb ich anrufe... es ist wegen Sonntag."

Er schien verwirrt. „Wegen Sonntag?"

„Ja, du wolltest doch von mir aus, also vom Haus aus, zu der Ausgrabungsstelle gehen."

„Ja – und?"

„Bist du denn hingegangen?"

„Judith, willst du mir nicht klipp und klar sagen, was los ist?" fragte Lorenz energisch. „Auf was willst du hinaus?"

Judith holte tief Luft: „Du könntest vielleicht dem Mörder der Archäologen begegnet sein! Von den Leuten, die du an St Brendan´s Well vom Fenster aus gesehen hast."

Am anderen Ende blieb es still.

„Lorenz?" Sie hörte ihn Atem holen.

„Ach herrje. Ich verstehe nicht ganz: du meinst, es gab tatsächlich einen Mord? Auf Valentia? An der Ausgrabung? Ich glaube, ich muss mich erst einmal setzen! Um Himmels willen! Was ist denn passiert?"

„Also, dir ist nichts aufgefallen?"

„Nein, ich bin auch nicht ganz hin zu der Stelle." Er schien verlegen. „Es fing dann doch stärker an zu regnen und ich wurde immer nasser. Da bin ich umgekehrt. Aber so lange ich den Weg entlanggegangen bin, ist mir niemand begegnet und auch nichts aufgefallen. Es war ein richtiges Sauwetter, und die Sicht war natürlich nicht gut."

„Natürlich nicht". Das klang etwas lahm, merkte sie, konnte aber in dem Bemühen ihre Erleichterung zu verbergen nicht mehr Enthusiasmus aufbringen.

„Was meinst du?"

„Ich bin froh, dass du umgekehrt bist", sagte Judith leise, „weißt du, ich glaube, es wäre nicht gut gewesen, du wärst hingegangen. Sie haben Hannah Govern und Sean, ihren Neffen, wegen des Mordes verhaftet, gestern. Das hat einen ziemlichen Wirbel verursacht. Und so richtig glauben mag es niemand."

Lorenz schnaubte durch die Nase. „Kann ich mir vorstellen. Warum sollten die jemanden umbringen?"

„Es ist nur", Judith zögerte, „es ist nur, weil doch Walter Hendt vom Felsen gestürzt ist und es den Ärger mit dem Golfplatz gab ..."

„Judith!" Lorenz klang nicht nur entsetzt, sondern jetzt ärgerlich. „Du glaubst doch nicht, ich hätte damit etwas zu tun? Nur weil ich dir erzählt habe, dass ..."

Sie holte Luft. „Das ist noch nicht alles. Und eigentlich habe ich geschworen, nichts zu sagen. Andererseits bist du nicht hier, außerdem ist er dein Freund..." Ihre Stimme erstarb wieder.

„Judith! Verdammt. Was zum Teufel ...?"

„Ist gut, ich erzähle dir alles", sagte sie ergeben, „alles von Anfang an."

Das dauerte eine Weile. Am Ende fühlte sie sich so erschöpft, als habe sie eine längere Wanderung hinter sich. „Und was hältst du davon?"

Lorenz schwieg einen Moment. „Also", begann er zögerlich, „du musst mir glauben, mit den ganzen Ereignissen habe ich wirklich nichts zu tun, auch wenn ich mit Walter Streit hatte und mit Johnny befreundet bin oder war. Und den Archäologen hätte begegnen können. Ich denke nicht, dass es einen Zusammenhang gibt. Natürlich ist es komisch, wenn erst einer abstürzt, dann zwei ermordet und dann noch einer verprügelt wird."

„Noch dazu an einem Ort, an dem nie etwas passiert", warf Judith maliziös ein.

„Nie würde ich nicht sagen, aber wenig – zumindest in letzter Zeit. Ich wüsste nicht, welche Verbindungen es überhaupt geben könnte."

„Du hast sicher Recht," stimmte sie ihm zu.

„Hannah und Sean zu verhaften – absoluter Quatsch. Gut, Sean ist vielleicht etwas unbeherrscht, aber eine alte Frau wie Hannah zu verdächtigen ... Was meint denn die Polizei?"

„Keine Ahnung. Also, zumindest habe ich nichts gehört. Wohingegen die Spekulationen wild ins Kraut schießen."

„Bestimmt, das glaube ich gern." Lorenz lachte. „Du hältst mich auf dem Laufenden, ja? Und mach dir nicht mehr so viele Gedanken. Vor allem nicht um

Johnny. Das war nicht das erste Mal, dass es ihn erwischt hat."

Judith versprach nicht nur, ihn über die weiteren Entwicklungen zu informieren, sondern sich gleich nach ihrer Rückkehr bei ihm zu melden – egal, ob sich etwas Neues ergeben hatte oder nicht.

Das Gespräch hatte sie beruhigt. Vielleicht waren es wirklich Zufälle.

Der Morgen war inzwischen so weit fortgeschritten, dass sie einen sehnsüchtigen Blick auf die Kaffeemaschine warf. Pflichtbewusst verkniff sie sich den Genuss, griff sich ihre Tasche und machte sich auf den Weg.

Inzwischen hatte es der Wind geschafft, die Wolkendecke aufzureißen und dem Grau und Weiß hier und da ein Stück Blau hinzuzufügen. Die Sonne ließ sich noch nicht blicken Es war kühler geworden, stellte sie fröstelnd fest, während sie den Wagen den Weg hinunter zum Haus der Hendts lenkte.

Eigentlich, dachte Judith, müsste ihr leichter ums Herz sein. Lorenz war nicht am Tatort, Johnny untergetaucht, Walter Hendt unter der Erde und die Archäologen gingen sie nichts an. Eigentlich.

In Kriminalromanen las sich das immer so einfach, in Wirklichkeit war ein gewaltsamer Tod doch eine ziemlich unangenehme und belastende Sache. Vor allem, wenn man ihm so nahegekommen war.

Intermezzo III

Vielen Dank für Ihre Hilfe. Ich hoffe, wir haben Ihnen nicht zu viele Umstände gemacht. Jetzt möchten Sie natürlich die ganze Geschichte hören, das verstehe ich.

Es begann, als ich nachts nicht schlafen konnte und daran dachte, was mir die deutsche Nachbarin, Judith, erzählt hatte. Über die Grabung an der Quelle. Ich bin zwar keine Expertin, es kam mir doch nicht ganz geheuer vor: ich erinnerte mich an die Ausgrabung auf Church Island vor ein paar Jahren, wissen Sie noch? Dort waren mehr Leute beteiligt, eine große Gruppe, nicht nur zwei. Das ist das Erste. Dann hatten sie alles mit Seilen kreuz und quer abgesteckt und das Gelände in kleine Quadrate unterteilt. Das ist das Nächste. Und sie haben die Ausgrabung überdacht, wegen des Regens.

Jeder der Beteiligten hat die Erde in seinem Bereich mit einem kleinen Spatel abgetragen, um nichts zu zerstören. Und jetzt hier? Nichts dergleichen – nur zwei Leute, keine Markierungen, kein Wetterschutz, keine Vorsicht.

Jedenfalls hatte Judith nichts davon gesagt und ich hatte, als ich es mir durch das Fernglas ansah, nichts davon gesehen, außer dass die beiden wild herum schaufelten. Das ließ mir keine Ruhe und ich wurde so unruhig, dass ich beschloss, selbst nachzusehen.

So bin ich den Freitag hin, und Sie können mir glauben, es hat mich viel Kraft gekostet, bis dort hinten hin zu laufen. Sie sehen ja, ich bin nicht mehr so gut zu Fuß, und in meinem Alter und mit dem kranken Bein... ich bin dann doch hingekommen. Es war neblig und regnete noch dazu. Und es war niemand da, jedenfalls habe ich niemanden gesehen. Sie waren offensichtlich ausgeflogen, und ich hatte es noch nicht einmal gemerkt. Das ärgerte mich besonders. Wenn ich vielleicht etwas länger am Fenster gesessen und nach draußen geschaut hätte, wären sie nicht entwischt.

Es war alles aufgegraben. Rings um die steinerne Einfassung von St Brendan´s Well, längs des Zuflusses hatten sie einen Graben gezogen, selbst die steinernen Stufen waren herausgebrochen. Ein fürchterliches Durcheinander und im Mindesten nicht so, wie eine Ausgrabung aussehen sollte. Damit war mir klar, dass mein Verdacht richtig, und die Archäologen falsch waren. Worauf waren sie dann aus? – Ich kenne natürlich das Märchen von dem Schatz, den die *Leprechaun*, die Zwerge, oder die Elfen, dort vergraben haben sollen. Das ist natürlich Unsinn. Obwohl, die Geschichte hat ihren Charme und vielleicht sogar einen historischen Kern, wer weiß.

Als ich dort saß und mich ausruhte, ist mir allmählich ein Verdacht gekommen, wer da vielleicht gräbt. Und warum. Man liest so viel in der Zeitung. Oder sieht es im Fernsehen. Deshalb habe ich Sean angerufen und ihn gebeten, zu mir zu kommen. Wir haben zusammen überlegt, was ich tun soll. Ich wollte Ihnen Bescheid geben, aber Sean meinte, es wäre nur ein Verdacht, ich hätte keine Beweise. Und im schlimmsten Fall, wenn ich Unrecht hätte, wäre das Verleumdung. Und dann habe ich sie am Sonntag gesehen. Die Radfahrer.

18.

Tom öffnete ihr selbst die Tür.

„Hallo", sagte Judith, bemüht um einen leichten Ton, „da bin ich!"

„Guten Morgen!" Tom ließ sie vorbei und schloss die Haustür. „Schön, dass du heute schon vorbeikommst." Er beugte sich zu ihr hinunter und küsste sie sanft auf beide Wangen, so als wolle er ihr signalisieren, sie habe nichts weiter von ihm zu befürchten. Immer noch auf der Hut erwiderte sie die Küsse.

„Ist Marion da?", fragte sie. „Wie geht es ihr?"

„Den Umständen entsprechend. Sie ist oben." Er führte sie in die Küche. „Ich mache uns einen Kaffee, in Ordnung?"

Sie nickte. „Gerne. Darauf habe ich gehofft." Sie sah sich um. Die Küche war perfekt. Was hatte sie sonst erwartet? Geld zu haben schien plötzlich nicht ganz so verwerflich.

„Nimm doch Platz." Tom hantierte endlos, so kam es ihr vor, mit der Kaffeemaschine. Dann reichte er ihr eine Tasse herüber.

„Danke."

Eine verlegene Pause entstand.

„Nun verschwindest du also wieder", sagte Tom endlich, „schade!"

Judith blickte in ihren Kaffee. „Jeder Urlaub ist einmal vorbei", antwortete sie leichthin, wobei sie sich innerlich bei der Platitude krümmte.

„Weißt du", sagte er und beugte sich vor, „dass du diejenige Person warst, die mir in der vergangenen Woche am meisten geholfen hat? Nein, warte, lass es mich erklären: du erschienst mir so real – im Gegensatz zu dem, was geschehen war. So, als ob du die einzige real Existierende bist in einer Art Geisterwelt, an der ich mich ein wenig festhalten konnte. Dafür wollte ich dir danken."

Sie schüttelte verwirrt den Kopf. „Ich habe gar nichts gemacht", protestierte sie, „das ist Unsinn. Nur, weil ich ihn gefunden habe ..." Sie ließ den Satz unvollendet und hob die Hände. „Und außerdem: es stimmt nicht – ich fühle mich nicht real. Ganz im Gegenteil. Eigentlich fühle ich mich, als ob ich das alles nicht wirklich erlebe, ein bisschen wie hinter einer Glaswand." Hilflos blickte sie zu ihm hinüber. „Verstehst du, was ich meine?"

„Vielleicht." Er zögerte. „Eine Art Schock, vermutlich. Hast du vorher schon einmal einen Toten gesehen?"

„Nein. Jedenfalls nicht im Wasser." Sie stockte.

„Das wird vorübergehen", sagte er tröstend, „in ein paar Wochen wirst du nicht mehr daran denken."

„Es sind die Bilder", sagte sie leise, „ich weiß nicht, ob die jemals verschwinden werden."

Tom stand auf und kam zu ihr. Er zog sie an sich und legte die Arme um sie. Sie fühlte, wie ihr die Tränen kamen. „Da hab ich dich doch ein bisschen überschätzt?", murmelte er, „tut mir leid!" Er schob sie ein Stück von sich weg und sah sie an: „Und jetzt?"

Judith fuhr sich über die Augen. „Und jetzt zeigst du mir die Pläne."

„Das meine ich nicht. Ich meine, mit uns. Wie geht es mit uns weiter?"

„Oh! Entschuldigung, ich wollte nicht stören." Marion machte Anstalten, die Tür wieder zu schließen. Sie drehten sich beide um, und Tom ließ Judith langsam los, hielt aber ihre Hand weiter fest. Er lächelte Marion zu. „Komm ruhig herein. Ich habe Judith nur Danke gesagt."

Marion blickte zu Judith hinüber, die sich ertappt fühlte wie ein Teenager, der verbotenerweise herumgeknutscht hat. Tom führte sie ganz selbstverständlich zu ihrem Stuhl zurück und drückte ihr noch einmal leicht die Hand.

„Magst du einen Kaffee?", fragte er zu Marion gewandt.

Sie nickte. „Ich wollte nur nicht, dass Sie gehen, ohne dass ich mich von Ihnen verabschiedet habe", sagte sie zu Judith, „Tom sagte, Sie fliegen übermorgen?"

„Ja, mein Urlaub ist zu Ende."

„Meiner ebenso." Marion lächelte schief. „Ich fliege auch nach Deutschland. Und bleibe dort." Sie legte die Hände um ihre Tasse.

„Für immer?", rutschte es Judith heraus.

Marion nickte. „Wahrscheinlich. Ich denke schon. Mal seh' n."

Sie stellte die Tasse auf den Tisch und stand auf. „Ich weiß noch nicht genau, was ich mache." Sie nickte Judith zu. „Wir sehen uns, wenn Sie gehen."

Judith blickte Marion hinterher.

„Tja", sagte Tom, „so sieht es aus. Vielleicht sparen wir uns die Pläne vom Golfplatz für das nächste Mal auf. – Es wird doch ein nächstes Mal geben?"

Was sollte sie sagen? „Um uns näher kennen zu lernen?", fragte sie zurück. „Dann gerne."

Er nickte. „Akzeptiert. Wann fangen wir an?"

Judith musste lachen. „Wenn du das nächste Mal in Deutschland bist ..."

„Ich weiß etwas Besseres", unterbrach er sie, „morgen ist doch das Radrennen um den Ring of Kerry. Wir könnten uns nachmittags in Caherciveen treffen und uns zusammen den Start und die Einfahrt ins Ziel ansehen. Und noch ein Glas zum Abschied trinken. So um drei vor der Kathedrale? Was hältst du davon?"

Judith überlegte. Es sprach nichts dagegen.

Sie nickte. „Akzeptiert."

Marion stand schon auf der Treppe, als sie aus der Küche heraustraten. Die beiden Frauen umarmten sich.

„Wenn Sie Lust haben, dann melden Sie sich doch bei mir", sagte Judith, „ich würde mich freuen, wirklich."

„Mache ich. Wenn ich mich ein wenig eingerichtet habe. Versprochen."

So oder so, dachte Judith, als sie langsam ins Haus ging, damit ist nichts entschieden. Ich kann es mir immer noch anders überlegen, jederzeit. Trotzdem freute sie sich auf den morgigen Tag. Eine witzige Idee, sich beim Radrennen zu verabreden. Irgendwie.

Sie sah auf den heftig blinkenden Anrufbeantworter und stöhnte leise auf. Nicht schon wieder Gisela. Zögerlich drückte sie auf die Wiedergabetaste.

„Hallo, Judith, hier ist Annerose. Schade, dass du nicht da bist. Macht nichts! Ich wollte dir nur sagen, dass Hannah und Sean wieder frei sind. Ist das nicht toll? Die Polizei hat sie nach Hause gebracht. Hat mir jedenfalls Mary erzählt, die hat es gesehen. Habe ich eben getroffen. Na, mach' s gut, bis dann, tschüss."

Das war eine gute Nachricht. Endlich einmal.

Judith gratulierte sich im Stillen, dass sie das Auto bereits am Stadtrand auf den Parkplatz des Supermarkets abgestellt hatte. So musste sie zwar eine gute

Strecke zu Fuß gehen. Angesichts der vielen Menschen, die sich in Richtung Innenstadt bewegten, stellte sich diese Entscheidung jedoch als ausgesprochen klug heraus.

Sie hatte alles erledigt, was zu erledigen war: das Haus war geputzt, ihre Sachen zum größten Teil bereits gepackt. Mary hatte sie mit einem großzügigen Whiskey und vielen guten Wünschen verabschiedet. Nach längerem und breiterem Hin- und Herwenden der Geschichte, warum die Polizei Hannah und Sean frei gelassen hatte, und wer denn nun verantwortlich für die Morde sei, oder wer überhaupt in Frage käme.

„Nächstes Mal kommst du länger", hatte sie zum Abschluss streng gesagt. „Du hast gar nicht deinen Urlaub genießen können. Bei dem, was alles passiert ist."

Judith hatte es hoch und heilig versprochen und war nur mühsam einem weiteren Glas entkommen. Schon nach dem einen Whiskey fühlte sie sich noch ein bisschen benebelt und musste sich auf ihre Schritte zu konzentrieren. Es tat gut zu laufen, und allmählich wich der Alkoholdunst aus ihrem Hirn.

Kurz hatte sie überlegt, ob sie Annerose Auf Wiedersehen sagen sollte. Allein die Vorstellung, allen Spekulationen noch ein weiteres Mal nachgehen zu müssen, hielt sie davon ab. Wahrscheinlich war eine Begegnung beim Radrennen ohnehin unvermeidlich.

Die Hauptstraße war zwar offiziell für den Verkehr gesperrt. Trotzdem herrschte vor dem ehemaligen Postamt ein unübersehbares Durcheinander. Mehrere Busse, die Fahrzeuge, die das Rennen begleiten sollten oder das Equipment für die Fahrer transportierten, Polizeiwagen und geparkte Autos, die noch nicht abgeschleppt worden waren, blockierten den kleinen

Platz vor dem Community Centre, der eigentlich den teilnehmenden Radfahrern vorbehalten sein sollte. Radfahrer und Mechaniker legten letzte Hand an, um noch dieses und jenes zu schrauben, Muttern anzuziehen, Startnummern zu befestigen oder Helme festzuzurren.

Vor den gegenüberliegenden Geschäften hatten ein paar Stände Stellung bezogen, die neben Fish and Chips auch Schweißbänder, Radlerhosen und T-Shirts, schicke Helme oder ähnlich Nützliches anboten.

Aus dem Pub an der Kreuzung strömten Männer mit dem obligatorischen Glas Guinness in der Hand und mischten sich unter die bereits bestehenden Grüppchen, die laut palavernd auf der Straße herumstanden. Diejenigen Radfahrer, denen es nicht gelungen war, sich um den Start zu scharen - gekennzeichnet durch eine weiße Linie und ein riesiges Transparent darüber mit dem Wort „Start" auf der einen und „Finish" auf der anderen Seite - drängten, ihre Räder vor sich herschiebend, von allen Seiten durch die Menge. Es war das blanke Chaos.

Judith stand fassungslos am Rand und fragte sich, wie sie inmitten all dieser Leute Tom finden sollte.

Sie sah ihn sofort! Er stand ganz allein direkt auf dem Platz vor dem Hauptportal der Kirche, der frei von Menschen war, möglicherweise aus Respekt oder nur, weil sie der Zaun ferngehalten hatte.

Es wurde ihr warm ums Herz, als sie langsam hinüber zur Kathedrale lief, und nicht das erste Mal in den zwei Wochen fragte sie sich, was sie eigentlich von ihm wollte. Unbestritten fühlte sie sich zu ihm hingezogen, trotz ihrer Differenzen. Es war nicht nur das Aussehen, oder? Wenn sie ihn mit Richard verglich (zu ihrem Erstaunen ohne Herzschmerz), musste sie ehrlich zugeben, dass es Ähnlichkeiten gab. Keine äußerlichen. Aber dieser gewisse Charme, den sie beide hatten. Dem sie nur schwerlich widerstehen konnte. Darauf bin ich schon immer hereingefallen dachte sie. Es gab aber auch Unterschiede. Immerhin hatte Tom vorgeschlagen, sich Zeit zu nehmen. Das war doch anständig. Nur, eigentlich wollte sie sich gar keine Zeit lassen - ach, *shit,* sie sollte sich nicht so viele Gedanken machen. Sondern einfach genießen, mit ihm zusammen zu sein! Morgen flog sie sowieso zurück, und wer weiß, ob sie ihn in Deutschland wiedersehen würde.

Sie winkte ihm und er kam, kaum dass er sie wahrgenommen hatte, sofort auf sie zu.

„Da bist du ja!" Er sah fast ein wenig erleichtert aus. So, als ob er befürchtet hätte, sie hätte es sich anders überlegt.

„Da bin ich", antwortete sie und berührte kurz seine Hand, bevor er auf die Idee kam andere Möglichkeiten ins Auge zu fassen.

„Und, alles in Ordnung?"

Sie sah zu ihm hoch. Er schien es ernst zu meinen. Und eingedenk ihrer letzten Überlegungen gab sie die Antwort, die ihr als Erstes in den Sinn kam. „Ja, danke. Und ich finde es schön, dass wir uns noch einmal sehen, bevor ich nach Hause fahre."

Tom nickte. „Finde ich auch."

Zu dieser befriedigenden Übereinkunft gekommen, nahm er ganz selbstverständlich ihre Hand und zog sie ohne Umstände in Richtung des größten Durcheinanders.

„Wir haben noch ein bisschen Zeit, aber wenn wir den Start sehen wollen, sollten wir uns schon einmal dort einen Platz sichern, was meinst du?"

Gezwungen, sich mehr oder weniger hinter ihm zu halten, um nicht beiseite gedrängt zu werden, blieb ihr nichts anders übrig, als ihm zu folgen.

Je enger sich die Menschenmassen zusammen schoben, desto mehr zog Tom sie hinter sich her. Langsam fühlte sie, wie ihre Hand in seiner unangenehm feucht wurde, wollte sie jedoch aus Angst, ihn dann im Gedränge zu verlieren, nicht loslassen. Als er sich zu ihr herumdrehte, fand sie sich plötzlich eng an ihn gepresst und versuchte instinktiv einen Schritt zurück zu treten. Ohne Erfolg. Amüsiert blickte Tom zu ihr herunter. Er hielt immer noch ihre Hand und gerade, als sie wenigstens diesem Zustand ein Ende bereiten wollte, beugte er sich zu ihr hinunter und küsste sie. Sie war so überrascht, dass sie nicht nur stillhielt, sondern sogar leicht ihre Lippen öffnete. Eine gefühlte Ewigkeit später lösten sie sich voneinander.

„Das war doch jetzt irgendwie unvermeidlich", sagte Tom lächelnd, „oder?"

Judith wusste nicht so recht, was sie darauf antworten sollte. Ihre guten Vorsätze, so schnell dahin – nun gut, es stimmte. „Ja", sagte sie seufzend, „wahrscheinlich."

Zwischen den Menschen eingekeilt, mussten sie abwarten und stehen zu bleiben. Schließlich fuhr ihr Tom zärtlich über die Haare. „Ich glaube, es hat keinen Zweck, hier ist es zu dicht. Wir sollten es besser oben entlang versuchen." Judith folgte ihm widerspruchslos, als er sich, sie diesmal um die Schulter haltend, zurück durch die Menge drängte, die Main

Street überquerte, in die Old Post Office Street einbog, um endlich oben in der Old Road in ruhigere Gefilde zu gelangen.

Intermezzo IV

Johnny zog an seiner Zigarette. Er sah Heeny an. „Danke, es geht schon. Was wollen Sie wissen?"

Heeny zuckte die Achseln. „Alles natürlich. Wenn Sie sich schon entschlossen haben zu kommen." Er stand auf. „Es ist nicht einfach, das weiß ich. Die alten Loyalitäten. Wir wissen das zu würdigen. Vielleicht sollte ich Sie doch zuerst ins Krankenhaus bringen?"

Johnny verzog den Mund und schüttelte den Kopf.

„Ich will es hinter mich bringen. Die alten Zeiten sind vorüber, das haben nur Einige nicht mitbekommen. Oder kochen ihr eigenes Süppchen, mit den alten Zutaten. Ich werde ganz vorne anfangen, es wird eine lange Geschichte."

„Nur zu, wir haben Zeit."

„Wenn Sie sich zurückerinnern – zu der Zeit sind Sie aber wahrscheinlich gerade geboren worden, so jung wie Sie aussehen - war es in den siebziger, achtziger Jahre in Irland und in England insgesamt recht unruhig. Wegen Nordirland. Wegen den Auseinandersetzungen zwischen der IRA und der Britischen Armee, der IRA und der RUC, der IRA und der UFF oder UDA. Der, wie man sagt: ‚Troubles'. Es gab Schießereien, Bombenanschläge, Entführungen. Können Sie alles im Detail nachlesen, wenn es Sie interessiert. Ab und zu wurden Leute gefasst, verurteilt und ins Gefängnis gesteckt.

Und wegen deren Haftbedingungen gab es jede Menge Demos, sogar hier im Süden. Vielleicht ist Ihnen noch der Name Bobby Sands ein Begriff? Der ist '81 bei einem Hungerstreik gestorben. Da haben sie in Tralee aus Solidarität sogar einen Hungerstreik organisiert.

Hier in Kerry gab es ebenso Republikaner oder Unterstützer der IRA wie oben im Norden. Das denkt man nicht. Ist trotzdem so.

Ich war sechzehn, als 1984 das mit der ‚Marita Ann' passierte. Diese Geschichte kennen Sie vielleicht? Hat damals ziemlichen Wirbel verursacht.

Die ‚Valhalla', ein Schiff aus Boston, beladen mit sieben Tonnen Waffen, Munition und Sprengstoff für die IRA, sollte auf See die ‚Marita Ann', einen Frachter aus Fenit, treffen. Dort sollte die Fracht umgeladen und dann in einem der kleinen Häfen das ganze Zeugs auf Autos verteilt werden. So der Plan. Nach einem Tipp vom FBI warteten allerdings schon zwei Kriegsschiffe hinter den Skelligs, was die von der IRA nicht gemerkt haben. Also wurde die ‚Marita Ann' aufgebracht, die Waffen beschlagnahmt und die Crew verhaftet. Einer der IRA Leute, Martin Ferris, ist später übrigens, nachdem er seine Strafe abgesessen hat, Abgeordneter im Parlament in Dublin geworden. Natürlich für Sinn Fein. Das ist erst ungefähr zehn Jahre her.

Zurück zur ‚Marita Ann'. Damals ist wohl doch etwas durchgesickert: dass es ‚Schwierigkeiten' geben könnte. Es gab nicht nur auf der einen Seite Informanten, nicht? In der IRA oder neben der IRA (wie man's nimmt) gab es andere, wie soll ich sagen, Interessierte, Interessensgruppen, oder besser, Abspaltungen. Die hatten was läuten hören, haben das jedoch nicht weitergegeben. Die waren sich untereinander nicht unbedingt grün.

Jedenfalls kamen eines Nachts, es muss vielleicht zwei Wochen danach gewesen sein, ein paar Jungs, die ich kannte, bei mir vorbei und fragten, ob ich nicht mitkommen wolle, es gäbe da ein Problem. Sie müssten jemandem helfen. In dem Alter denkt man nicht viel nach, vor allem wenn ein Abenteuer lockt. Und es ging um die ‚Sache'. Das erfuhr ich, als wir in Coonana Harbour angekommen waren, dem kleinen Hafen noch vor Kells Bay, den werden Sie kennen – da wurden später ja auch noch manch' andere Sachen angelandet.

Als wir dort angekommen sind, war Mitternacht vorbei und es war richtig dunkel. Was ich gerade noch erkennen konnte, war ein Boot. Ein ganz normales Ruderboot, aus dem zwei Typen ein paar längliche Pakete ausluden. Einer von ihnen kam auf uns zu und wandte sich an den Fahrer, also einen meiner Kumpels, und wollte die Parole wissen. Damit war klar, was da ausgeladen wurde. Und von wem. Tatsächlich, wie mir dann einer der Jungs gesteckt hat, waren das Waffen. Die sie jetzt wohl loswerden wollten, so kurz nach der Geschichte mit der ‚Marita Ann'. Das habe ich mir hinterher zusammengereimt.
Ganz schön wagemutig! Direkt vor der Nase der Küstenwache und der Polizei, die immer noch überall herumschnüffelte.
Der Typ, der nach der Parole gefragt hatte, schien mit der Antwort zufrieden zu sein. Jedenfalls sagte er, wir sollten uns beeilen und mit anpacken, weil bestimmt gleich die Bullen da wären. Und sollten zusehen, dass wir für das Zeug ein gutes Versteck finden. Und ihm einfach eine Nachricht schicken, wo sie die Pakete finden könnten. Dann hat er einen Zettel vorgekramt und ein paar Zeilen drauf gekritzelt. Dazu hat er eine Taschenlampe rausgeholt. Und dabei habe ich

sein Gesicht gesehen. Er war der Einzige, der andere hielt sich im Hintergrund, im Dunklen. Die trugen überhaupt keine Masken, was mich im Nachhinein gewundert hat. Vielleicht dachten sie, wir gehören dazu, oder sie hatten in der Eile keine dabei, was weiß ich. Jedenfalls konnte ich das Gesicht von dem Einen gut sehen, als er seine – oder eine Adresse aufschrieb. Den Zettel hat er ausgerechnet mir in die Hand gedrückt, ich stand halt genau neben ihm. Und, wissen Sie was, ich habe mich total geehrt gefühlt!

Dabei habe ich mich gar nicht für Politik interessiert, mit sechzehn. Natürlich wusste ich, was die IRA ist. Und natürlich war man für die, vor allem nach dieser Sache mit Bobby Sands. Und man hat sich keine Gedanken gemacht wegen der Bomben und so. Das war eben gerecht, dass die Engländer jetzt einen auf den Deckel kriegten. Für das, was da in Belfast oder Derry passierte. Eben Rache für die Jahrhunderte lange Unterdrückung! Kampf für ein geeinigtes Irland!

Das war die allgemeine Meinung, und meine auch. Dazu brauchte man eben Waffen. Dass meine Kumpels, oder besser, zwei von denen, mehr drinsteckten, das habe ich schon auch geahnt. Angesprochen hat man das nicht.

Jedenfalls, als wir die zwei Pakete im Auto hatten, haben wir gemacht, dass wir wegkamen. Und sind gleich auf die Insel. Weil wir uns da am besten auskannten. Natürlich gab' s viel Diskussion wegen des Verstecks. Zuerst wurde natürlich die Grotte genannt, lag nahe. Aber von der wussten wir, dass es immer ein paar Neugierige gab, die sich weiter in sie hineinwagten. Und dann kam St Brendan's Well auf. Vielleicht, weil es ein bisschen abseits liegt, andererseits an einem befahrbaren Weg. Und weil es schon haufenweise Steine gab, und man nicht viel graben musste. Darauf waren wir nämlich nicht scharf. Hinzu kam, dass kein Wasser in der Quelle war, sie war trockengefallen, das wussten wir. Und zu der Zeit war sie nicht so populär wie heute – wieder, muss man sagen: zu der Zeit jedenfalls ging kaum noch jemand dorthin um zu beten. Und es gab keine Prozessionen oder Ähnliches. Irgendwie gefiel uns die Idee gut, dass St Brendan über die Waffen wacht. Um es kurz zu machen, wir vergruben das Zeug dort unter den Steinen und sahen zu, dass wir nach Hause kamen."

„Und die Nachricht?"

„Ich habe mir ziemlich viel Mühe gegeben, genau zu beschreiben, wo sie ihre Pakete wiederfinden. Mit einem handgezeichneten Plan von der Stelle. Ich glaube, es hat ein wenig gedauert, bis ich den Brief abgeschickt habe, keine Ahnung, warum. Jedenfalls weiß ich noch, dass ich ihn eine Weile mit mir herumgetragen habe und deshalb etwas nervös war."

„Können Sie sich erinnern, wie lange? Ungefähr?"

„Vielleicht eine, zwei Wochen. Vielleicht ein bisschen länger."

„Und Sie haben sich nicht zufälligerweise den Namen gemerkt? Oder die Anschrift notiert? Nur für sich?"

Johnny lachte auf. „Sind Sie wahnsinnig?"

„Wieso? Kann doch sein: als eine Art Versicherung. Falls Ihnen mal jemand dumm kommt."

Johnny schüttelte vehement den Kopf. „So lief das nicht. Nicht hier auf der Insel. Hier war die ‚Bewegung' übersichtlich. Man kannte sich und wusste, wer wo stand – mehr oder weniger - aber man redete nicht darüber, wie gesagt. Es gab zwar jede Menge

Unterstützung für die Sache, politisch und eben auf andere Art und Weise, aber man hing es nicht an die große Glocke.

Kurz danach wurde dann doch durchgegriffen, begannen auch hier die Verhaftungen. Da war man sowieso vorsichtig und hielt den Mund.

Es interessierte mich nicht, ob die das Zeug abgeholt hatten. Ich war, wie gesagt, nicht wirklich politisch interessiert. Wir alle waren damals für die IRA, nur, die Aktionen, die liefen, die waren eher etwas für Hartgesottene. So einer war ich nie. Um ehrlich zu sein, ein paar Jahre lang machte ich sogar einen großen Bogen um St Brendan´s Well. Man wusste ja nie.

Hinzu kam, dass unsere Gruppe kurz danach auseinanderbrach. Wie das so ist: Schule zu Ende, der eine dahin, der andere dorthin. Einer ist nach England gegangen wegen der Arbeit, der andere nach Australien ausgewandert, einer ist verunglückt – sogar recht schnell danach, wenn ich mich recht erinnere. Und ich bin ein paar Jahre lang zur See gefahren.

Und außerdem, die Zeiten änderten sich. Der Waffenstillstand kam. Der Friedensprozess. Das Karfreitagsabkommen. Die Abgabe der Waffen. Irgendwie dachte man, es wäre vorbei, nicht?

Bis ich letzte Woche den Typ wiedergesehen habe, der sich damals angeleuchtet hat. Im Pub in Ballinskelligs. Bei dem Konzert abends. Ich habe ihn gleich erkannt trotz Glatze. Er hatte sich in den Jahren nicht sehr verändert. Als ich ihn sah, da wusste ich, es gibt Ärger. So war es dann auch.

Ich hatte noch überlegt zu verschwinden, aber irgendwie dachte ich, was soll mir schon passieren. Ich habe doch alles so gemacht, wie sie es wollten. Und am letzten Sonntag, als ich aus dem Pub in

Knightstown, dem Harbour Inn, kam, da standen sie vor meinem Wagen und haben mich erwartet."

„Sie?"

„Ja, es waren vier. Mit Rädern. Als wären sie auf einem Ausflug. Anfangs waren sie noch ziemlich freundlich. Zuerst sind wir alle zusammen mit meinem Auto Richtung Friedhof gefahren, da haben wir angehalten. War ja niemand mehr auf der Straße, so konnte man gut dort stehen.

Der mit der Glatze war derjenige, der das Wort geführt hat. Er hat mich gefragt, wie das denn damals gelaufen wäre. Mit den Paketen. Was wir mit denen gemacht hätten. Ich habe ihm es dann genauso erzählt wie Ihnen jetzt: dass wir noch in der Nacht zu St Brendan´s Well gefahren sind, und dass wir sie dort vergraben haben. Dass ich ihm den Brief mit der Skizze geschickt habe. Er hat immer wieder gefragt ob ich sicher sei, dass ich die Nachricht geschickt habe. Und es nicht vergessen habe. Er wurde immer saurer, das habe ich gesehen. Die anderen drei haben geschwiegen, aber es war kein angenehmes Schweigen

Jedenfalls sind wir irgendwann weitergefahren, hoch zum Slate Quarry. Ich dachte, es wäre mein Ende. Ich dachte, sie stellen mich an die Wand. Zuerst habe ich versucht, sie umzustimmen, ihnen angeboten zu zeigen, wo wir sie vergraben haben. Als sie überhaupt nicht darauf reagiert haben, war ich still. Das war schon komisch. Ich bin ganz ruhig geworden. Ich dachte, schade, dass es vorbei ist, das Leben. Dass es auf diese Weise, durch solche Typen, enden muss.

Wir sind dann in die Grotte rein, so weit, dass niemand uns mehr sehen konnte. Und dann haben sie angefangen, mich zusammen zu schlagen. Systematisch. Ohne etwas zu sagen. Merkwürdig war: es war irgendwie gebremst, fast vorsichtig. Ab und zu hat einer von ihnen, soweit ich das noch mitkriegen konnte, gefragt, ob ich mich an die Adresse erinnere, an die ich den Brief damals geschickt hatte. Konnte ich natürlich nicht. Habe ich immer wieder gesagt. Zumindest zu Beginn. Ob oder ob nicht, und wenn ja, was ich später gesagt habe, keine Ahnung, ich war schon zu sehr hinüber. Zum Schluss hat noch einer gesagt, ich sollte den Mund halten, sonst kämen sie wieder. Und dann waren sie auf einmal weg. Oder ich war weg. Dass die Steine heruntergekommen waren, habe ich nicht gemerkt. Vielleicht hat sie das verscheucht."

„Die dachten, wenn sie Sie da liegenlassen, erledigt sich die Sache von selbst."

„Nicht ganz zu Unrecht. Wenn Judith und Peter nicht gewesen wären, hätten sie sogar Recht behalten."

19.

Inzwischen hatte sich der kleine Platz vor dem Community Centre so mit Menschen gefüllt, dass unter dem Startbanner kaum noch Platz für die Radfahrer blieb. Die Ordner bemühten sich, die Masse zurück zu drängen. Beharrlich mahnte die blecherne Stimme aus dem Lautsprecher, doch bitte Platz zu machen, damit das Rennen endlich beginnen könne. Dieses schon im Ansatz vergebliche Unterfangen verdarb den Anwesenden weder die Laune, noch war es von Erfolg gekrönt – niemand schien den Bitten auch nur Gehör zu schenken, bis sich die Polizisten endlich zu einer Reihe formierten und ruhig und beharrlich anfingen, die Leute von der Straße zu schieben.

Judith und Tom waren weit oberhalb des Starts gestrandet: sie waren nicht die Einzigen mit der hervorragenden Idee gewesen, sich von hinten an den Ausgangspunkt des Rennens heran zu schleichen. Immer mehr waren mit ihnen gemeinsam hinaufgeeilt, um über die Strasse, die oberhalb der Main Street verlief, auf den Platz zu gelangen. Jetzt standen sie eingekeilt zwischen denen, die unten von der Polizei zurückgedrängt wurden und jenen, die von oben hinzustießen.

Erste Rufe wurden nun doch laut zu starten, während andere protestierten, sie würden nichts sehen und Dritte wiederum nach mehr Bier verlangten. In diesen gut gelaunten Austausch mischte sich jetzt die Rennleitung ein, die ersichtlich genervt, mehrfach um Ruhe bat. Wahrscheinlich, um den Teilnehmern überhaupt den Startschuss zu Gehör zu bringen, mutmaßte Judith halblaut. Sie genoss es, sich an Tom anzulehnen. Er hatte die Arme um sie gelegt und strich ab und zu mit seinem Mund über ihre Haare.

Schließlich trat eine gewisse Ruhe ein, nur noch unterbrochen von einzelnen Rufen, in die, unverhältnismäßig laut, der Startschuss fiel, gefolgt von einem gemeinsamen Aufschrei der Zuschauer. Judith musste sich auf die Zehenspitzen stellen, um den chaotisch wirkenden Aufbruch der Radler zu sehen - ein einziges Durcheinander von gelb, grün und schwarz aufglänzenden Trikots, im Sonnenschein aufblitzenden Rädern, bunt behelmten Köpfen auf geduckten Leibern, die in einem gewaltigen Schwung losfuhren, angefeuert von den am Rand Stehenden, die begeistert Arme und Biergläser schwenkten. Es dauerte eine ganze Weile, bis sich alle Teilnehmer in Bewegung gesetzt hatten, und der letzte Pulk hinter der nächsten Biegung verschwunden war.

Eigentlich fand Judith diese Art von Veranstaltung rätselhaft. Warum sich vor allem Männer dieser Anstrengung unterzogen, konnte sie nicht verstehen. Allein die Vorstellung, sich auf einen der Pässe hoch quälen zu müssen, ließ sie innerlich schaudern. Andererseits hatte sie sich dem gemeinsamen Aufschrei nicht entziehen können und empfand die mit Adrenalin aufgeladene Stimmung nicht unangenehm. Als sie eine Bemerkung in dieser Richtung zu Tom machte, stimmte er ihr zu. „Ich glaube, es ist einfach die Massensuggestion. Wenn du im Stadion unter Tausenden von Zuschauern ein Fußballspiel ansiehst, kannst du dich der Stimmung auch nicht entziehen. Was dir vor dem Fernseher ohne Anstrengung gelingt. Trotzdem, was für ein aufwendiger Zirkus! Dabei ist das nur ein kleines Rennen. Und nun? Was ist jetzt mit einem Kaffee? Oder Stärkerem?"

Auf diese Idee schienen gerade alle zu kommen. Alle strömten auf den Platz zurück, und Judith und Tom schlossen sich den Strömenden an. Die sich in kürzester Zeit in alle vorhandenen Pubs verfügten, sodass wundersamer Weise von einem Moment zum anderen die Strasse begehbar wurde.

So strebten sie ohne größere Schwierigkeiten dem neuen Cafe neben dem Zeitungsladen zu. Das natürlich bis auf den letzten Platz besetzt war. Als sie enttäuscht wieder kehrtmachen wollten, wurde direkt neben ihnen der Ecktisch frei. Aufseufzend ließ sich Judith auf den Stuhl fallen.

„Was für ein Gewimmel," sagte sie, während Tom noch damit kämpfte, seinen Stuhl in eine bequemere Position zu rücken

„Ja", antwortete er, „andererseits witzig, oder? So etwas bekommt man nicht alle Tage geboten. Was möchtest du? Kaffee? Etwas zu essen?"

„Dann vielleicht einen Cappuccino und etwas Süßes ohne Schokolade. Und danke!" Sie deutete mit dem Kinn auf die Schlange, die sich vor der Theke gebildet hatte.

„*A pleasure.*" Tom zog eine Grimasse und schlängelte sich an den dicht gestellten Tischen vorbei, während Judith müßig in die Runde blickte.

Annerose war zu ihrer Erleichterung nicht zu sehen.

Ihre Augen kehrten zu Tom zurück, der gelassen vor der Theke wartete. Es fühlte sich immer noch gut an, dachte sie erstaunt: so wie angekommen. Zufrieden. Das war es. Und tatsächlich Herzklopfen, als sie ihn beobachtete, wie er sich hinüberbeugte und die Bestellung aufgab, wie er seine Brieftasche zog und bezahlte, wie er noch einmal der Bedienung zunickte.

Und wie er jetzt langsam auf sie zukam und sie anlächelte. Er setzte sich. Nun blickten sie gemeinsam in die Runde, bis sich ihre Augen trafen.

„Es tut mir leid", sagte Judith schließlich, „ich kann mit der Situation nicht so gut umgehen wie du. Warte, nur kurz", sie holte tief Atem, „also, ich ..."

Er nahm ihre Hand. „Okay", sagte er, „wir wollten es eigentlich ruhig angehen. Das hast du zumindest vorgeschlagen. So jung sind wir auch nicht mehr", fügte er mit einem Grinsen hinzu, auf seine paar grauen Haare weisend. „Irgendwie konnte ich mich nicht zurückhalten, als ich dich gesehen habe. Ich will mich nicht entschuldigen. Es tut mir nämlich nicht leid." Er sah sie an. Sie wollte antworten, wurde aber von der Kellnerin unterbrochen, die mit einem schwer beladenen Tablett an den Tisch getreten war.

„*That's all for you*?", fragte sie zweifelnd, als sie das Tablett auf dem Tisch absetzte. Tom nickte. „Ich wusste nicht so recht, was ich nehmen sollte", sagte er, als er Judiths erstaunten Blick sah, „so genau hast du dich nicht ausgedrückt. Ist alles ohne Schokolade."

Auf einem Teller lagen ein Eclair, ein Apfeltörtchen und ein Stück Käsekuchen, auf dem anderen zwei Scones, Marmelade und ein Schälchen geschlagene Sahne.

„Du darfst wählen", sagte er großzügig, „ich nehme das, was übrigbleibt."

Ungläubig schüttelte Judith den Kopf. „Ich bin überwältigt", sagte sie.

„Das hoffe ich. Und, weißt du, ich denke..." Er schloss abrupt seinen Mund.

Heeny war zur Tür hereingekommen und sah sich um. Judith stöhnte innerlich auf. Es blieb ihnen nichts Anderes übrig, als sich bemerkbar zu machen.

„Inspektor!", sagte Tom laut und hob die Hand zum Gruß. „Was tun Sie denn hier?"

Heeny machte einen Schritt auf ihren Tisch zu. „Hallo", sagte er und musterte sie beide, wobei er sich sichtlich anstrengte, ein Grinsen zu unterdrücken. „Wir mussten aushelfen. Heute waren alle gefragt. Jetzt mache ich Schluss. Ich wollte mir nur gerade einen Kaffee holen", fügte er entschuldigend hinzu, „und dann nach Hause. Die letzten Tage waren doch recht anstrengend."

Tom sah zu ihm hoch. „Sie hatten Erfolg?"

„Wie man's nimmt." Heeny zog die Schultern hoch. „Wir wissen, wer's war, und was passiert ist." Er blickte nachdenklich auf sie hinunter, dann gab er sich einen Ruck: „Ich kann es Ihnen ebenso erzählen. Falls es Ihnen überhaupt recht ist. Sie sind ja in gewisser Weise Beteiligte. Lassen Sie mich nur schnell einen Kaffee besorgen."

Verblüfft schauten sie ihm nach. „Beteiligte?", fragte Tom gereizt, „inwiefern Beteiligte? Was meint er damit?"

Da kam Heeny bereits zurück, und nach einigem Hin und Her war er untergebracht, hatte seinen Mantel abgelegt, Zucker in seinen Kaffee geschaufelt, umgerührt und lehnte sich nun zufrieden zurück.

„Fangen Sie ruhig an zu essen", sagte er, „mir ist es recht, dann kann ich ohne Unterbrechungen berichten."

Tom war immer noch irritiert. „Was meinen Sie mit ‚Beteiligte'? Wovon? Wobei?"

Heeny räusperte sich. „Das betrifft Ms Richter." Er sah zu Judith hinüber, die sofort zusammenzuckte, mit dem typisch schlechten Gewissen der unschuldig Schuldigen.

„Johnny lässt grüßen und entschuldigt sich vielmals für die Umstände, die er Ihnen gemacht hat."

Tom zog die Brauen zusammen: „Johnny?"

„Ja, Johnny Sullivan, the Pilot. Aus Knightstown." Heeny deutete auf Judith. „Wahrscheinlich hat sie ihm das Leben gerettet. Und Sie haben etwas gut bei mir." Er drehte sich ihr zu. „Sie haben ihm meine Karte gegeben. Ohne die wäre er sicherlich nicht auf die Idee gekommen, sich bei uns zu melden. Nochmals vielen Dank, Sie haben uns sehr geholfen. Und er uns auch. Wir hatten ein langes Gespräch. Das", hier senkte er die Stimme, „sollte bitte unter uns bleiben. Er ist jetzt zu Hause. Sie wollten ihn im Krankenhaus behalten, aber er wollte nicht. Zwei Rippen gebrochen, ein paar Blutergüsse und eine Gehirnerschütterung. "

Tom sah von Judith zu ihm und zurück. „Kann mir mal jemand erklären, was das alles bedeutet?"

Judith zögerte. „Vielleicht berichten Sie am besten. Ich habe im Grunde genommen nur das Ende mitbekommen. Hat er tatsächlich geredet? Bei mir hat er nur Andeutungen gemacht."

„In Ordnung." Heeny nahm einen Schluck von seinem Kaffee. „Ist eine lange Geschichte. Sie beginnt bereits in den achtziger Jahren. Wollen Sie alles hören?"

Die beiden nickten.

Als er geendet hatte, fragte Judith: „Was passiert jetzt mit ihm?"

Heeny zuckte die Achseln. „Mit Johnny? Ich bin mir nicht sicher, ob er mit einer Anklage rechnen muss. Die Geschichte ist verjährt. Oder fällt unter eine der inzwischen zahlreich gewährten Amnestien. - Die

Waffen interessieren uns nur am Rande. Nein, es geht um die Morde bei St Brendan's Well."

„Dann waren das natürlich keine Archäologen", unterbrach ihn Judith, „habe ich mir doch gleich gedacht."

Er nickte. „Nein, waren sie nicht. Ihren Ausweisen nach kamen sie beide aus Derry, aus Nordirland. Ein Paar – ‚unbescholtene Bürger'. Zumindest lag nichts weiter gegen sie vor, sie waren den Kollegen nicht bekannt. Das muss aber nichts heißen.

Sie haben mir von der Karte erzählt, Judith, die der ‚Archäologe' schnell in seine Jacke gesteckt hat, als Sie kamen. Wir nehmen an, dass es sich um die Skizze handelt, die John Sullivan damals gemacht und auftragsgemäß verschickt hat. Wir haben nämlich eine merkwürdige Übereinstimmung gefunden: der ‚Archäologe' trug den gleichen Namen wie ein zu seiner Zeit bekanntes IRA Mitglied, Andy Kelly. Es handelt sich, so die Kollegen aus Nordirland, um seinen Sohn. Der Vater ist zufälligerweise um die Zeit untergetaucht, als die Geschichte passierte. Damals hat man gedacht, er wäre in die ‚Marita Ann' Aktion verwickelt und hätte sich deshalb abgeseilt. Interessant ist, dass er nicht allein verschwunden ist: er ist, soviel ist sicher, gemeinsam mit einem anderen IRA Mann namens Seamus Cullen in die Staaten abgehauen. Kelly ist dort vor einem Jahr verstorben und Cullen ist kurz darauf nach Nordirland zurückgekehrt. Das wissen wir.

Reine Spekulation ist, dass Kellys Sohn von Cullen auf die Skizze mit dem Waffenversteck angesprochen und davon angeregt wurde, selbst zu graben. Was wiederum Cullen nicht gefallen konnte. Der sich mit ein paar Gleichgesinnten auf seine Spur gesetzt hat, ihn und seine Partnerin ermordete und mit den Waffen verschwand. Eine wacklige Hypothese, gebe ich zu. Wir setzen darauf, den Weg der Gruppe zu rekonstruieren, um mehr zu erfahren. Außerdem steht der Bericht der Spurensicherung noch aus. Vielleicht hat Seamus Cullen doch irgendetwas hinterlassen."

Er sah nicht besonders hoffnungsfroh aus bei seinem letzten Satz. „Auf John Sullivan können wir nur insofern zählen, dass er Cullen als einen derjenigen identifiziert, die ihn verprügelt haben."

„Also", Tom fasste zusammen, „wenn ich Sie richtig verstanden habe, dann wissen Sie, warum Johnny verprügelt wurde. Und von wem. Und aufgrund seiner Aussage, dass diese Leute wegen der Waffen an St Brendan's Well interessiert waren, nehmen Sie an, dass Cullen und seine Leute dort waren – und möglicherweise dieses Paar umgebracht hat. Dazu kommt die Namensgleichheit."

„Ja, genau. Und - dafür, dass sie dort waren, gibt es Zeugen."

„Hannah!", schaltete sich Judith ein, „was war mit Hannah und Sean?"

„Nun", Heeny sah sie an, „das wollte ich gerade erzählen. Ms Govern rief uns an, um uns ihre Befürchtungen mitzuteilen, dass etwas Seltsames an St. Brendan's Well vorgeht. Sie fand die Ausgrabung, wie soll ich sagen, nicht besonders professionell. Und wunderte sich über die Anzahl der Radfahrer, die dort plötzlich am frühen Sonntagabend auftauchten und wieder verschwanden. Sie hatte Angst. Wobei sie nicht so richtig mit der Sprache heraus rückte, warum. Ich denke, sie reimte sich zusammen, dass sich dort etwas Illegales abspielte. Vielleicht hatte sie sogar eine Ahnung, um was es ging. So abwegig ist es nicht, dass es sich um Waffen handelte. Es tauchen immer noch Verstecke aus der damaligen Zeit auf. Und es werden immer noch Beteiligte aus der Zeit umgebracht. Oder bringen sich gegenseitig um.

Jedenfalls haben wir sie und ihren Neffen mitgenommen. Es erschien uns sicherer, nachdem wir die beiden Leichen entdeckt hatten. Natürlich haben wir sofort versucht die Gruppe ausfindig zu machen." Er machte eine resignierte Handbewegung. „Sehen Sie sich um: alles voll mit Radfahrern, die alle gleich aussehen. Das haben die sich schon gut ausgedacht. Wir versuchen unser Bestes, aber es wird nicht einfach werden. Tja, so war das."

Als er geendet hatte, schwiegen sie alle drei. Dann sah Heeny auf seine Uhr. „Ich glaube, ich muss mal los. Soweit also, jetzt wissen Sie Bescheid." Er stand auf und gab Judith die Hand.

Safe journey. Und vielen Dank nochmals für Ihre Unterstützung. Ich hoffe, Sie kommen bald wieder." Er zwinkerte Tom verschwörerisch zu und klopfte kurz auf den Tisch. *„God bless. See you!"*

Judith und Tom sahen ihm hinterher, als er sich zur Theke durchkämpfte um zu bezahlen.

Judith schüttelte immer wieder ungläubig den Kopf. „Das habe ich nicht erwartet." Innerlich wand sie sich ein bisschen bei dem Gedanken an ihre Spekulationen. Darüber würde sie besser kein Wort verlieren.

„Ich auch nicht", sagte Tom nachdenklich, „vor allem, da ich offensichtlich nicht alles mitbekommen habe. Wie war das jetzt mit Johnny the Pilot?"

„Nicht, was du denkst!" Judith berichtete nun von ihrem Interview im Slate Quarry, und wie sie und Peter Quinn Johnny gefunden hatten.

„Ganz schön mutig. Um nicht zu sagen unüberlegt."

„Was hättest du denn in der Situation gemacht?", verteidigte sie sich, „Ihn gegen seinen Willen ins Krankenhaus gebracht? Ihn der Polizei übergeben? Immerhin war er so vernünftig, Heeny anzurufen, das habe ich nicht erwartet. Ich dachte, er wäre einfach abgehauen."

„Keine Ahnung", lenkte er ein, „hätte ich vielleicht ebenso gemacht. Andererseits, du kanntest ihn doch überhaupt nicht. Da hätte, weiß der Teufel was, passieren können."

Sie blickte ihn an. „Etwa eifersüchtig? Johnny ist ein Charmeur. Und er ist schon das, was man früher einen Hallodri nannte. Dass er einen bewusst in etwas reinreitet, das kann ich mir nicht vorstellen." Sie lachte, als sie sein Gesicht sah. „Nein, nein, er sah einfach nur so verzweifelt aus. Das war alles. Komm, lass uns aufbrechen. Langsam möchte ich zurück."

„Nicht mehr zum Ziel? Willst du nicht wissen, wer gewonnen hat?"

„Nein, danke, mir reicht' s. Außerdem glaube ich, dass es schon vorbei ist."

Tom nahm ihre Hand und küsste sie. „Dein Wunsch sei mir Befehl. Gehen wir."

Gemeinsam gingen sie hinaus. Es sah so aus, als habe sie Recht behalten. Auf der Hauptstraße herrschte wieder der übliche Verkehr, unter den sich nur noch ein paar wenige Radfahrer mischten. Wobei nicht klar war, handelte es sich um Teilnehmer, die eintrafen oder um die, die nicht genug hatten und eine weitere Runde fuhren.

Es war Abend geworden. Die Sonne stand zwar noch hoch, aber die Abendkühle machte sich schon langsam bemerkbar und Judith zog fröstelnd ihre Jacke zusammen. „Wo stehst du?", fragte Tom.

„Oben, auf dem Parkplatz vom Supermarkt."

„Dann fahre ich hinter dir her – wenn du nichts dagegen hast."

Sie schüttelte den Kopf. „Nein. Habe ich nicht. Dann – dann sehen wir uns bei mir, oder?"

Er strich ihr leicht über den Arm und nickte. „Bis gleich."

So einfach war das also. Irgendwie auch folgerichtig.

Judith schlug die Augen auf. Und war glücklich. Sie drehte sich um. Tom lag neben ihr und schlief noch. Er schnarchte leise und sie musste lächeln. Vorsichtig schlug sie die Decke zurück, griff nach ihrem Morgenmantel und schlich sich zum Bad. Sie musterte sich im Spiegel. Es war kein Unterschied zu sehen, dabei hatte ihre Mutter immer behauptet, man sehe es – ‚es' – den Mädchen an. Stimmt nicht, dachte Judith triumphierend. Aber möglicherweise lag es am Alter, schließlich war sie kein Mädchen mehr.

Als sie mit einer Tasse Tee in der Hand wieder ins Schlafzimmer zurückging, war Tom wach und beobachtete lächelnd, wie sie die Tasse neben das Bett stellte.

„Guten Morgen", murmelte er und zog sie zu sich hinunter. Sie ließ es sich widerstandslos gefallen, dass er sie küsste und leistete keinen Widerstand, als er ihr den Morgenmantel wegzog.

„Guten Morgen", erwiderte sie, leicht behindert durch seinen Mund, „dir auch einen guten Morgen."

Eine ganze Weile später lagen sie einträchtig nebeneinander und Tom nahm einen Schluck Tee. Er zog eine Grimasse. „Kalt", sagte er vorwurfsvoll.

Judith lachte. „Natürlich kalt", sagte sie, „wir sollten jetzt aufstehen. Musst du denn gar nicht arbeiten?"

Er zuckte die Achseln. „Nicht wirklich. Ich helfe Marion, die Unterlagen zu sortieren und mir einen Überblick zu verschaffen."

„Über den Golfplatz?"

Er hob abwehrend die Hände. „Du gibst wohl keine Ruh': ja, über den Golfplatz, unter anderem. Und bevor du mich armen wehrlosen nackten Mann verprügelst, gehe ich lieber duschen."

Sie sah ihm hinterher, als er im Bad verschwand. Der Streitpunkt würde ihnen bleiben.

Nach einem eiligen Frühstück begleitet sie ihn zur Tür. „Ich bringe dich nicht zum Flughafen", sagte Tom, „ich sage dir lieber hier auf Wiedersehen. Aber wenn ich es schaffe, komme ich nächste Woche nach." Er nahm ihr Gesicht in beide Hände. „Wenn dir das nicht zu schnell geht. Nachdem du es ja langsam angehen lassen wolltest." Er sah ihr in die Augen. „Das meine ich ernst, ich richte mich nach dir. Das solltest du wissen, egal ob schnell oder langsam: los wirst du mich nicht!"

Judith schluckte. „Gut", flüsterte sie, „ich bin einverstanden. Bis zur nächsten Woche!" Sie küsste ihn, dann schob sie ihn energisch hinaus. „Mach, dass du wegkommst. Sonst überlege ich es mir noch!"

Er ließ sie los. Lachend winkte er und verschwand um die Ecke: „Bis dann!"

Sie blieb stehen bis sie sein Auto hörte, das sich schnell entfernte.

Es blieben die letzten Dinge zu erledigen, bevor sie endgültig das Haus verließ. Sie räumte das Geschirr in die Spülmaschine, stellte die übrig gebliebenen Lebensmittel zusammen, die Mary später abholen wollte, zog das Bett ab, packte ihre restlichen Sachen, brachte den Koffer hinunter. All das ging ihr automatisch von der Hand, sie fühlte sich fast ein bisschen wie in Trance. Erst als sich ertappte, wie sie auf der Terrasse stand und ins Leere starrte, gab sie sich einen Ruck. Ein paar Minuten hatte sie noch. Sie warf sich die Jacke über und lief vor auf die Straße. Nur ein paar Schritte in Richtung Küste.

Vor fast zwei Wochen war sie den gleichen Weg gegangen. Es kam ihr vor wie vor einer Ewigkeit. Judith legte die Hand über die Augen und blickte hinüber zu den Klippen. Dort hatte sie Walter Hendt gefunden. Dort hinten war St Brendan's Well, dahinter Hannahs Haus. Sie drehte sich einmal um ihre eigene Achse – und das war Valentia.

Sie würde wiederkommen, nicht nur wegen Tom, das wusste sie. Einfach, weil es so schön war und so ruhig. Nie passierte hier etwas.

Anmerkungen

IRA	Irish Republican Army: versteht sich als direkte Fortsetzung der IRA, die 1919 bis 1921 für die Unabhängigkeit Irlands gekämpft hat - bis zum Karfreitagsabkommen 1998 in Nordirland aktiv; Anfang 2007 hat die IRA offiziell erklärt, ihre Waffen niederzulegen und zu zerstören
	Aufspaltung 1969 in Official IRA und Provisional IRA
	Abspaltungen Real IRA und Continuity IRA, die nach eigener Erklärung bis heute die Waffen nicht niedergelegt haben.
	2012 erklärten kurz vor den Olympischen Spielen in London diverse Splittergruppen die Neugründung der IRA und drohten mit Anschlägen.
UDA	Ulster Defense Association: protestantische paramilitärische Untergrundbewegung, wie auch die
UFF	die Ulster Freedom Fighters und die
UVF	Ulster Volunteer Force
RUC	Royal Ulster Constablery: nordirische Polizei

(Wikipedia 7/ 2016)